*Sur l'auteure*

Originaire de Lyon, Cécile Baudin est très attachée aux régions et à leur histoire qu'elle cherche à mettre en valeur dans ses écrits. Elle donne la primeur à la reconstitution des traditions et des métiers et à la mise en valeur du patrimoine. *Marques de fabrique* est son premier roman.

# CÉCILE BAUDIN

# MARQUES DE FABRIQUE

10/18

LES PRESSES DE LA CITÉ

ISBN 978-2-264-08296-1
Dépôt légal : avril 2023

*À mes parents*

*Travail mauvais qui prend l'âge tendre en sa serre,*
*Qui produit la richesse en créant la misère,*
*Qui se sert d'un enfant ainsi que d'un outil !*

*Melancholia*, Victor Hugo

# PROLOGUE

*Ain, décembre 1872*

L'apprenti médecin sent la sueur couler le long de sa nuque, malgré le froid ambiant.

Ses mains sont moites, inexpertes. Il sait à peine où les poser sur le corps épuisé, souillé de sang, qui se répand devant lui.

Il ne dispose que d'un seau d'eau, de quelques linges et de la trousse flambant neuve que son père lui a offerte l'année dernière, à sa sortie de la faculté.

— Poussez, madame, je vous en prie ! lance-t-il avec insistance au corps impudique, comme si cela pouvait l'aider, lui.

— Elle ne t'entend pas, fait l'autre jeune homme qui se tient debout, à l'arrière, bras croisés, adossé à l'entrée de la petite chambre de pierre.

Celui-ci paraît un peu plus jeune. À peine sorti de l'enfance. Il est bien bâti, là où l'autre est gras. Élégant dans le minimalisme de ses gestes, là où l'autre tressaute frénétiquement. Surtout, ses deux yeux sont sains, alors que l'iris entièrement noir et le globe rabougri de l'autre trahissent un accident qui l'a laissé aveugle du côté droit quand il était enfant.

Ces deux garçons sont manifestement différents en tout, et pourtant, à cet instant précis, ils scellent un même destin.

— Je crois qu'elle s'est évanouie, précise le jeune homme nonchalant. Il va falloir que tu l'aides.

Le médecin en herbe le sait. Mais il retardait le moment où il lui faudrait l'affronter.

— Allons, tu n'as qu'à prendre cela comme un entraînement à bon compte, sans réelles conséquences… poursuit l'autre, narquois.

Le borgne essuie son front luisant du dos de sa main, laissant sur son visage une légère traînée de sang. Il se penche sur le lit de paille, et rampe un peu plus près, jusqu'à venir se coller à la femme au ventre grotesque. Elle ne cesse de défaillir, puis de revenir à elle. Elle n'arrivera pas à accompagner les contractions.

Le docteur se cale sur le côté de la femme et, de l'avant-bras, appuie de toutes ses forces sur le haut du ventre rond lorsqu'il sent que le corps se raidit spontanément. Il répète l'opération plusieurs fois, jusqu'à ce que l'autre garçon, qui n'a pas bougé d'un pouce, signale négligemment :

— Je vois quelque chose.

Le jeune médecin se précipite entre les jambes de la femme, aperçoit la tête. Tente d'agrandir l'ouverture de ses doigts. Puis il répète l'alternance de la pression sur l'abdomen et de l'extirpation du bébé.

Après de longues minutes d'effort, il finit par accueillir un nourrisson minuscule et chétif entre ses mains fébriles.

— Comme il est petit ! s'exclame-t-il alors qu'il utilise un peu de la paille ramassée sur la terre battue pour essuyer l'enfant.

Il le pose sur un des langes, à même le sol. Il s'étonne que le bébé rachitique gigote. Il prend une paire de ciseaux dans sa trousse et coupe le cordon. Puis il revient à la femme, pas peu soulagé d'en avoir terminé.

Mais voilà qu'elle retrouve ses esprits, et se cambre à nouveau en beuglant. L'apprenti médecin n'y comprend plus rien. Il s'approche du sexe devenu gouffre, et distingue autre chose, un corps lisse qui pointe derrière.

— Ça alors ! Il y en a un autre !

Mais la femme ne poussera pas : elle vient de tomber à nouveau dans les vapes. Le jeune docteur réitère ses efforts, et quelques minutes plus tard, le second bébé pousse un couinement plaintif et pitoyable. Il est déposé à côté de son frère.

Le docteur nettoie, par réflexe, les jumeaux. Cela ne sert pourtant à rien, compte tenu de ce que les deux complices vont devoir en faire.

— Ces enfants sont la preuve de ce que tu as fait, tu le sais ? dit-il alors au jeune homme toujours immobile. Il va te falloir t'en débarrasser, tu ne peux pas les garder.

Le garçon sourit.

— Tu fais un drôle de médecin…

— Et toi, un drôle d'ami ! s'énerve le docteur grassouillet en se contorsionnant pour se relever. Quelle idée de nous avoir entraînés là-dedans, Édouard et moi ! Vois-tu dans quelle situation tu nous places ?

Le jeune homme racé décolle enfin de son socle, comme une statue qui prendrait vie. Il écarte les bras en signe de reddition.

— Bon, bon, il y a un étang discret, de l'autre côté du parc. Je vais les y emmener.

— Non, c'est trop dangereux. Imagine qu'ils réapparaissent, qu'ils flottent, qu'on les trouve. Non. Tu dois prendre ton cheval, et aller aussi loin que tu le peux. Là, tu feras ce que tu as à faire, si tant est qu'ils n'aient pas déjà succombé au voyage, et tu les enterreras aussi profondément que possible. Car ainsi, même si un jour on découvrait leurs restes, on ne pourrait pas faire le rapprochement avec cet endroit, ni avec nous.

— Et elle ? demande le jeune homme en se penchant pour saisir les deux bébés.

Bizarrement, il les empoigne avec une infinie délicatesse. Lorsqu'il se redresse, les petits corps sont calés contre son épaule ronde.

— Je ne suis pas sûr qu'elle survive bien longtemps, confirme le médecin. C'est peut-être une chance pour toi, ajoute-t-il plus bas.

Le jeune homme serre les deux frêles nourrissons sur son torse. Contre lui, ils semblent plus calmes. Il ne confirme pas la sentence de son ami. Il hausse les épaules. Il a l'air de penser que l'avenir le dira.

Puis il se retourne, et disparaît.

# 1

## *Un mort à la tréfilerie*

*Vendredi 1er décembre 1893*

La jeune femme lève des yeux engourdis. Elle fait un effort pour les écarquiller, afin de mieux voir dans l'obscurité, et le froid en profite pour pénétrer par cette fenêtre ouverte sur la chaleur du corps. Elle cligne des paupières : trois, non, quatre fenêtres sont allumées au deuxième étage de la façade qui lui fait face. C'est celle d'une maison de rue aussi haute que simple. Pourtant, s'il faisait moins sombre, la jeune femme pourrait en admirer les meneaux ocre, et les pierres dorées si courantes dans cette région des bords de Saône.

À cet endroit de la ville, le sol part en pente raide vers la rivière. La maison s'est donc fichée dans le relief : si l'on compte trois étages de ce côté-ci, il n'y en a qu'un seul de l'autre côté, plus haut. Et le long du mur de droite, un escalier descend en larges marches de galets glaciaires, d'ordinaire bien désagréables à la voûte plantaire. Mais ce soir, la jeune femme a les pieds si gelés, malgré ses bottines de cuir, qu'elle ne sentira rien.

Elle soupire, resserre son châle sur sa robe, aussi

stricte et rêche que sa fonction. Elle cherche âme qui vive à gauche et à droite, mais la rue pavée est vide. Au loin, la vieille église, toute de formes cubiques accolées, dissimule la lune. Finalement, elle ravale l'angoisse qu'elle ne peut s'empêcher d'éprouver à chacune de ses missions, et attaque l'ascension de la rue-escalier.

Elle s'arrête à mi-chemin, à l'entrée de la maison tronquée, et frappe quelques coups sur la porte. Elle les espère suffisamment déterminés pour qu'on lui ouvre rapidement. À chaque seconde qui passe, ses résolutions ont tendance à faiblir.

Les minutes défilent. Cela ne l'étonne pas vraiment. Elle lève à nouveau la tête : trois fenêtres allumées. Elle s'apprête à réitérer ses coups avec plus de volonté encore lorsque le lourd vantail de bois s'ouvre de mauvaise grâce.

— C'est pour quoi ? fait une voix peu engageante depuis la pénombre, sans doute une femme, bien qu'on ne puisse le jurer, mais la visiteuse sait où elle met les pieds.

— Madame Gromier ? Je me nomme Claude Tardy. Je suis inspectrice du travail, et je vous remercie de bien vouloir me laisser accéder aux locaux de votre atelier de couture.

De l'autre côté de la frontière de bois, un œil revêche détaille la jeune femme aux cheveux noirs, fins et courts, et aux traits aussi symétriques qu'il est possible. Cette perfection lui confère une beauté androgyne, originale. L'inspectrice paraît fluette sous son manteau, mais elle est grande, et large d'épaules, ce qui contredit l'impression de fragilité.

— Vous faites erreur. Il n'y a ici qu'un atelier de

famille, avec moi et mes sœurs. Il n'y a matière à aucun contrôle.

L'argumentaire est rodé. Et pour joindre le geste à la parole, la vieille referme l'entrée de sa grotte au nez de Claude. Mais si la jeune femme n'est encore que stagiaire, elle n'en est pas moins expérimentée, et elle a déjà glissé sa bottine dans l'entrebâillement. Mme Gromier se voit donc stoppée net par un des pieds congelés de l'inspectrice, qui ignore une douleur aussi brutale qu'inutile.

L'hiver a du bon, finalement.

Avec une mauvaise volonté flagrante, Mme Gromier fait pénétrer l'intruse dans la pièce principale. Un poêle réchauffe légèrement l'atmosphère, mais de façon si ténue que sa chaleur n'atteint même pas les murs de lambris. Une table, couverte de cahiers et d'échantillons d'étoffes aux couleurs douteuses, des chaises, un fauteuil, et deux lampes à huile pour éclairer le tout.

Au fond à droite, contre le mur, une table avec une machine à coudre à pédale, escamotable dans le plateau du meuble. Un buste de femme à la taille trop marquée, planté sur un pied de bois tel un cadavre de toile. Rien de plus, et rien de trop. Deux fenêtres face à elle donnent sur la rue d'où elle les observait quelques minutes plus tôt.

— Vous n'avez donc rien de mieux à faire, à des heures pareilles, que de déranger les pauvres artisans ? Ah ! C'est bien la France, que d'ennuyer les honnêtes ouvriers au lieu de les laisser avancer leur ouvrage ! Voulez-vous donc que nos clientes se tournent vers les pièces cousues à Londres ?

Claude renonce à rétorquer que cela fait plus de soixante-dix ans que le Royaume-Uni a légiféré pour protéger l'enfance au travail. Elle sait aussi que, là-bas comme en France, ces principes demeurent très théoriques.

— Où se trouve votre atelier ? se contente-t-elle de demander.

Sans plus rien dire, en tout cas avec la bouche, Mme Gromier se dandine à contrecœur jusqu'à la porte au fond à gauche, et l'ouvre. Claude s'avance. Elle pénètre dans une chambre assez sombre malgré une bougie qui tente de repousser la nuit. Et autour d'une table ronde, trois femmes d'âge mûr cousent en dépit de l'obscurité et du froid. Car ici, point de poêle. L'air est si glacial que Claude perçoit la chaleur de la flamme qui parvient jusqu'à elle quand elle s'avance vers les ouvrières. À droite, une autre fenêtre à croix de pierre donne sur l'escalier en contrebas.

— Pourriez-vous décliner vos identités, mesdames ?

Les trois ouvrières s'exécutent. Toutes déclarent être les sœurs de la Gromier. Claude n'est pas surprise, et elle n'imagine pas qu'elles mentent : la chose est aisément vérifiable, de toute façon.

À ce stade, la chef couturière a raison : l'inspectrice n'est pas à sa place. Les ateliers dits « de famille » sont exclus des récentes lois de protection de l'enfance au travail, et n'ont pas lieu d'être contrôlés. Aussi sages que prudents, les députés n'ont pas manqué de sacraliser les espaces privés. Hors de question de venir troubler l'ordre immuable qui maintient la stabilité du clan autour de l'autorité patriarcale.

C'est bien la raison pour laquelle de plus grandes maisons confient souvent leurs travaux à ces ateliers familiaux, que les récents règlements ont soudainement rendus plus compétitifs : pour eux, nulle limite de temps de travail, d'exigence de repos dominical, encore moins de contraintes d'âge ou de formalités administratives. Paradoxalement, si les conditions des uns s'améliorent doucement dans les grandes usines, celles des autres se dégradent au sein même du foyer. Claude se retourne.

— Où est l'autre atelier ?

Les trois sœurs lèvent la tête de leur ouvrage comme si elles avaient appartenu à une hydre. La vieille Gromier plisse ses yeux en tête d'épingle. Son bonnet blanc glisse légèrement sur son front. Elle redresse imperceptiblement son torse épais, comme une poule, en signe de défiance.

— Quel autre atelier ?

— Celui qui éclaire la quatrième fenêtre que j'ai vue depuis la rue. Celle qui est maintenant éteinte. L'autre chambrée.

L'absence de réponse en est une.

Claude sait que c'est en cet instant que tout se joue. Dans ce virage précis qu'est en train de prendre son contrôle. De l'autre côté, tout est possible : une collaboration résignée, une contrition de mauvaise foi, mais également les menaces ou les contraintes physiques, une soudaine violence, voire l'arrivée de tierces personnes pour accentuer la pression…

Sans rien montrer de l'angoisse qui accélère son rythme cardiaque, elle prend son interlocutrice de vitesse. Elle passe devant elle, traverse la pièce principale vers la machine à coudre. Résolument, elle saisit le meuble et le déplace, le traînant sur le parquet humide dans une plainte sépulcrale. L'action libère le mur, et dévoile une poignée à hauteur de taille.

La vieille Gromier sort de sa torpeur et se met à vociférer. Mais il est trop tard. L'inspectrice, mince et agile, a déjà fait le tour de la machine à coudre et ouvert ce qui était en réalité une porte, dissimulée derrière.

D'abord, elle ne voit rien. La pièce est plongée dans l'obscurité. Elle est sournoisement silencieuse, comme si un écho récent s'y dissimulait. Claude laisse ses yeux s'accommoder et élargit encore l'ouverture de la porte. Elle tente d'ignorer les protestations de la couturière qui couvrent, probablement à dessein, les souffles légers que la jeune femme aurait pu percevoir. Elle se concentre sur le fond de la pièce, finit par distinguer deux longues tables parallèles, et peu larges. Couvertes de tissus divers et de paires de ciseaux aussi lourds que des sabres.

Et de part et d'autre, comme émergés d'une mer d'encre, pas moins de huit petits visages alignés, aux yeux inquiets, surgissent du néant.

Claude est attablée dans la pièce principale. Elle a sorti de dessous sa ceinture un petit carnet dans lequel elle prend des notes. La vieille Gromier grommelle dans un coin, les bras serrés contre elle, fixant la jeune femme comme si son seul regard pouvait lui faire prendre feu par combustion spontanée. Les filles sont alignées les unes derrière les autres, pour passer à la question, chacune son tour.

Claude s'est arrangée de façon que la file indienne des petites tourne le dos à la couturière, afin de leur épargner la vue du visage gonflé de colère. Elle interroge, et on lui répond docilement. Non pas par peur de l'autorité qu'elle incarne. Mais par habitude. Elle sait que ces enfants n'ont même plus la force de mentir, ni de craindre pour elles-mêmes. Elles ne savent qu'obéir et faire ce qu'on leur demande, simplement, mécaniquement.

Les bourgeons d'ouvrières déclarent avoir entre huit et douze ans. Compte tenu de l'irrégularité de la chose, c'est sans doute vrai, même si aucun livret ni registre ne peut en attester. Elles ont commencé leur labeur ce matin, à six heures. Et elles ont eu une heure de pause à midi. Il est actuellement huit heures du soir, et elles annoncent en avoir encore pour une heure avant de pouvoir rentrer chez elles.

— C'est exceptionnel, signale la couturière en mâchant sa hargne comme un bâton de réglisse. C'est bientôt Noël. Dans les semaines qui précèdent la fin d'année, les commandes sont au plus haut. Nous ne pouvons pas espérer les honorer seules, mes sœurs et moi. Donc les filles viennent donner un coup de main. Rien que des choses faciles. Mais ensuite, c'est fini. C'est juste pour quelques jours !

Claude ne répond pas.

— Et comme je ne suis pas accoutumée à toutes vos contraintes, eh bien, je n'y ai pas pensé, poursuit la femme. Il n'y a vraiment pas de quoi me faire perdre tout ce temps. Vous croyez que ce n'est pas assez difficile comme ça, qu'il faut en plus que vous nous harceliez de la sorte ?

L'inspectrice a terminé ses auditions. Elle renvoie les petites filles chez elles. La plupart ont encore près d'une heure de marche à faire, dans le vent glacé, avant de retrouver leur foyer. Puis, une fois les enfants sorties, elle s'adresse enfin à son hôtesse :

— Madame Gromier. À partir du moment où vous accueillez à des fins mercantiles qui que ce soit d'autre que votre famille directe, vous devenez un atelier qui relève de l'industrie en chambre. À ce titre, vous devez employer des personnes de plus de douze ou treize ans, pas moins.

— Ce n'est pas huit ans ? fait mine de s'étonner la Gromier.

— Non, ça ne l'est plus. Et ces personnes doivent pouvoir prouver leur âge au moyen d'un livret, que vous êtes aujourd'hui, manifestement, incapable de présenter. Elles doivent en outre être titulaires du certificat d'études primaires et d'aptitude physique. Compte tenu de l'âge de vos… recrues, c'est de fait impossible, tente vainement d'expliquer la jeune femme en écartant les bras en signe d'évidence.

La grosse couturière attend. Elle fulmine tellement que l'air froid se trouble autour d'elle. Claude reprend.

— Vous devriez également avoir affiché vos horaires de travail, ce qui n'est pas le cas. Enfin, en ayant commencé à six heures, avec une heure de pause, vos ouvrières devraient avoir terminé depuis plus d'une heure déjà. Je vais donc devoir établir un procès-verbal reprenant toutes ces infractions à la loi du 2 novembre 1892, que vous recevrez prochainement. Je ne saurais trop vous conseiller de vous conformer à ces dispositions, sinon tous ces manquements constitueront autant de contraventions qui se multiplieront par le nombre d'enfants que vous employez.

Mais la couturière change de tactique, et crache presque son dédain.

— Vous savez très bien que tout le monde fait ça. Vous le savez, mais c'est chez moi que vous venez. De toute manière, vous pouvez bien m'envoyer tout ce que vous voulez, vous ne ferez que perdre votre temps. J'écrirai au préfet, et il m'entendra. Car voyez-vous, il se trouve qu'une des robes dont vous venez de retarder la confection a été commandée par son épouse elle-même. Et à mon avis, il ne sera pas disposé à…

Mais la pauvre défense de la vieille Gromier se perd dans un nouveau fracas, qui fait se détourner Claude. Derrière elles, un petit homme râblé, au visage couvert de plis horizontaux comme s'il avait été aplati par un grand coup tombé du ciel, vient de faire une entrée tonitruante. Il reprend à peine son souffle avant de lancer :

— Félicie ! Tu devrais te renseigner, on prétend qu'on a retrouvé un mort à la tréfilerie de la Grande Argue !

Claude porte un regard nouveau sur la couturière. Félicie ? C'est un prénom bien inadéquat… Encore que, voilà la vieille femme subitement vidée de sa colère. C'est la peur qui a manifestement pris toute la place. Ses mains osseuses encadrent son visage, le faisant paraître plus maigre et bien moins effrayant.

— Mon Dieu ! Tu crois que c'est François ?

— Ben, je ne sais pas s'il s'agit de ton fils ou pas. C'est un peu confus. Mais tout le monde en parle en tout cas, tu devrais vérifier.

La couturière attrape à la hâte un châle et une écharpe supplémentaire, et se précipite à la suite du nouvel arrivé. Elle a complètement oublié la longue liste des infractions dont elle vient de se rendre coupable. L'inspectrice les observe s'engouffrer dans le petit escalier trop raide. Elle réfléchit quelques secondes, saisit son carnet, et s'élance derrière eux.

Claude court dans la rue principale de cette ville qu'elle ne connaissait pas encore deux jours plus tôt.

D'ordinaire, elle loge à Bourg, chez l'inspecteur divisionnaire, qui est tout à la fois son patron, son référent durant cette période de stage, et son propriétaire. Mais celui-ci a absolument tenu à venir passer quelques jours chez Julien Morel, sous-préfet à Trévoux. Ce dernier se trouve être le fils d'un ami d'enfance de l'inspecteur, et a beaucoup insisté pour recevoir celui qui lui rappelle un peu son père décédé. Trévoux appartenant à la circonscription dont les inspecteurs ont la charge, ils ont vu là une occasion de joindre l'utile à l'agréable.

D'autant que c'est une ville charmante, située au sud de Bourg en direction de Lyon. Elle colonise une colline qui plonge dans la Saône. Ici, la rivière est si calme qu'il est parfois difficile d'en déterminer le sens du courant à l'œil nu. Sa couleur limoneuse promet de généreuses récoltes, mais sa largeur imposante laisse craindre d'imprévisibles inondations lors des printemps pluvieux.

Pour l'heure, la cité se repose. Il faut dire qu'ici tout le monde est bien occupé la journée. Une vraie fourmilière, entre les marchandises que délivrent les bateaux tirés depuis les chemins de halage et celles qui arrivent avec le train. Surtout, on y trouve de nombreuses industries. En particulier celles issues de la filière des métaux précieux, héritées d'une époque où la ville frappait sa propre monnaie et échappait à la censure comme aux taxes nationales, attirant les premiers imprimeurs autant que de riches orfèvres.

Claude est arrivée à la villa du sous-préfet. Elle se précipite dans la cour de la bâtisse en U, élégante et austère, rose lorsque le soleil frappe ses trois niveaux. Elle se rue à l'intérieur, et se retrouve hors d'haleine dans l'immense hall d'entrée. Le vacarme a attiré le propriétaire des lieux : un homme affable et discret, à la calvitie galopante même s'il n'a qu'une petite quarantaine d'années.

— Mademoiselle Tardy, vous voilà bien essoufflée ! Auriez-vous connu quelque ennui lors de votre visite à l'atelier Gromier ?

— Non, monsieur, parvient-elle à répondre, pliée en deux. Mais j'ai entendu dire qu'on venait de retrouver un mort à la tréfilerie de la Grande Argue. Savez-vous où elle se trouve ?

— Naturellement ! Je peux vous l'indiquer.

— Laissez-moi juste quelques minutes.

La jeune femme monte prestement les marches vers l'étage des chambres et s'engouffre dans la sienne. Elle a à peine atteint le lit qu'elle a déjà commencé à se dévêtir. Elle s'agenouille, ouvre la malle de bois qui la suit partout avec ses effets personnels, saisit un paquet de linges et disparaît derrière un paravent à trois pans, aux couleurs huileuses et chamarrées.

Alors qu'elle se change, on frappe à la porte. Sur son autorisation, un homme qui paraît sans doute plus vieux qu'il n'est entre.

— Mademoiselle Tardy ? Mais où diable êtes-vous ? Julien me dit que l'on a retrouvé un mort dans un atelier ? lance-t-il d'une voix caverneuse.

— Oui, monsieur, je me prépare à m'y rendre. Souhaitez-vous m'accompagner ? Vous pourriez venir avec votre attirail photographique, suggère-t-elle depuis sa cachette.

— Naturellement ! répond-il, légèrement vexé. Que dirait-on si l'on savait que l'inspecteur divisionnaire de la circonscription est dans la place et ne s'est même pas rendu sur les lieux…

— Monsieur… Qu'est-ce qu'une tréfilerie ?

De là où elle est, Claude ne peut distinguer le regard mi-consterné, mi-méprisant que le vieil homme lance aux moulures du plafond.

Moins d'une heure plus tard, deux personnes « qui ne sont pas du coin » se présentent devant la tréfilerie. Un attroupement s'est formé, qu'un gendarme encapé de laine tente de tenir à bonne distance de l'entrée de l'immeuble.

Les deux inspecteurs se glissent à travers la foule des badauds, avec l'assurance des gens autorisés. Claude reconnaît Félicie Gromier parmi les anonymes. Elle espère que la réciproque ne sera pas vraie.

Ils atteignent le gendarme, qui semble démuni devant cette visite imprévue. Tandis que son patron se plante devant le militaire, Claude avise l'épaisse porte aux clous carrés, surmontée d'un tympan en fer forgé. D'immodestes arabesques y forment les lettres A et R, pour Argue Royale, car c'est bien ici que l'on tournait ce treuil géant qui étirait les fils d'or au siècle dernier, avant la mécanisation du procédé.

— Bonjour, jeune homme. Vous serez bien aimable de nous laisser pénétrer dans les lieux. Je suis Edgar Roux, inspecteur divisionnaire du travail de la onzième circonscription, et voici Claude Tardy, l'inspecteur départemental qui m'accompagne. Nous sommes habilités à nous rendre sur tout lieu d'accident ou de décès survenu dans le cadre du travail.

Le gendarme n'a jamais rencontré d'inspecteur du travail. Un instant, il se demande si cela existe vraiment. Peut-être, après tout. De nos jours, il y a des inspecteurs pour tout et n'importe quoi. Ça, et des commissions.

Il observe l'homme qui lui parle. Sa barbe claire tombe en pluie drue, puis en bruine, jusqu'à son plastron. Ses cheveux du même blanc, ondulés, brillent sous la lune. Son regard bleu semble délavé derrière ses lunettes rondes, même s'il reste perçant, et légèrement effrayant.

Le jeune adjoint qui se tient aux côtés du vieil homme paraît plus inoffensif, lui. Des cheveux noirs bien lissés de part et d'autre d'une raie soignée, un visage doux auquel sa fine moustache donne ce qu'il faut de virilité, une bellc redingote noire ajustée sur des épaules en forme de cintre : il a assurément plus d'allure que son chef. « Un peu comme moi », se dit le gendarme en son for intérieur.

— Et ça ? C'est quoi ? demande-t-il en indiquant de son menton pointu la lourde boîte en bois et le trépied que porte l'inspecteur.

— Ça ? Du matériel de photographie, jeune homme. Vous n'en avez jamais vu ?

— Pas sous cette forme, non, répond le fonctionnaire qui se sent de plus en plus mal à l'aise face à l'étrange regard, bien trop pâle. Bon, allez-y, passez.

Les deux inspecteurs pénètrent alors dans une vaste pièce, obscure et haute de plafond, comme une grange. Mais ce qui les frappe ici, c'est la chaleur, qui tranche avec l'extérieur. Ils comprennent qu'ils sont dans la forge. Ils la traversent rapidement pour suivre un brouhaha indistinct. Ils en trouvent la source dans un atelier situé au deuxième étage d'un second bâtiment, à l'arrière du premier et invisible depuis la rue.

L'animation a lieu au fond de la grande salle. Pour l'atteindre, il faut longer les outils et les machines des fileurs sous une verrière qui distille le clair de lune. Le divisionnaire explique à son adjoint ce qu'il voit.

Il raconte comment, ici, les lingots de métaux précieux sont façonnés en bâtons d'environ un mètre de long et quinze kilogrammes. Puis comment ils sont étirés de nombreuses fois, à l'aide de ces pinces courbes et de ces machines à enrouler, animées par la force de la vapeur, en lieu et place de l'antique argue. La tige métallique devra passer, par la force de la traction, dans des trous en forme de cône dissymétrique, les filières, dont l'entrée est légèrement plus large que la sortie. Les orifices sont à chaque fois plus petits, encore et encore, jusqu'à ce que l'acharnement humain finisse par transformer le bâton originel en un fil aussi fin et délicat qu'un cheveu.

— Un seul de ces bâtons peut donner lieu à plus de deux cents kilomètres de fil, précise Edgar à la jeune femme, fascinée par les lourdes battes perforées de trous réguliers a priori identiques ; pourtant, à bien y regarder, ces trous sont de plus en plus imperceptibles, comme s'effaçant en eux-mêmes.

— C'est incroyable… Et ces fils ne cassent pas ?

— Si la filière reste suffisamment intègre et ne s'érode pas, non. C'est pourquoi l'on utilise des pierres précieuses pour contraindre le métal. Le cœur des filières est fait de rubis, de saphirs et même, ces dernières années, à Trévoux, de diamants. Il n'y a rien de plus solide que le diamant.

— Mais que deviennent tous ces fils ?

— Ils servent aux tissages précieux des tentures, des robes brodées d'or et d'argent, ou de cuivre, à agrémenter sacs, chapeaux et foulards. Ils ornent les chasubles des prêtres, ainsi que les uniformes des gradés de l'armée. Et Dieu sait que ce siècle en a gâché, des uniformes… Tenez, nous arrivons.

Alors qu'ils s'approchent de l'attroupement concentré au fond de l'atelier, Claude observe son mentor. Pourquoi n'est-il pas toujours ainsi, didactique et patient ? Pourquoi est-il la plupart du temps si froid, si absent, et si inaccessible ?

Un homme à la moustache semblable à une vague écumante s'avance vers eux.

— Qui êtes-vous ? Que faites-vous là ?

— MM. Roux et Tardy, nous sommes les inspecteurs du travail de la circonscription, répond le vieil homme une nouvelle fois, sans masquer son exaspération à se répéter.

Il note la blouse et l'air supérieur de celui qui ne l'est que très relativement, et en déduit qu'il a face à lui le chef d'atelier.

— Déjà ? Diable, mais comment avez-vous pu être prévenus aussi vite ? demande ce dernier pour lui-même. De toute façon, vous vous êtes déplacés pour rien. Il ne s'agit pas d'un accident du travail, mais d'un triste suicide.

— Si cela ne vous dérange pas, nous aimerions pouvoir nous en assurer.

L'homme en blouse obtempère et les emmène à sa suite. Un groupe de gendarmes est déjà là, en train de caler maladroitement une échelle sur les poutres. On dirait que chacun s'attend à ce que l'autre la tienne. Deux autres hommes sont debout un peu à l'écart, consternés. Sans doute un médecin, à en juger par la trousse qu'il porte dans ses bras comme un bébé. Et derrière lui, un bel homme fort bien mis, la veste portée en cape sur ses épaules. Il est manifestement plus inquiet qu'attristé ; sans doute le propriétaire des lieux.

Claude ne comprend pas tout de suite ce qu'ils sont venus chercher. Si cadavre il y a, elle ne le voit pas.

Mais c’est compter sans l’instinct d’aigle de son mentor. C’est en le regardant, lui, menton et barbe levés, qu’elle distingue enfin ce qu’il semble contempler. En suivant le fil invisible de son regard, elle tombe sur une vision étrange, quasi mystique, aussi effrayante qu’hypnotisante.

Elle sait déjà qu’elle ne l’oubliera plus jamais.

## 2

## *L'arrivée aux Soieries*

D'abord, la surprise la sidère.

La religieuse ne doit son stoïcisme apparent qu'à la profonde raideur de son caractère et à sa grande habitude des convenances. Mais le coup porté est rude, direct, et aussi brutal qu'imprévisible. Une étrange mécanique s'empare d'elle, qui prend le contrôle de sa respiration et de ses sens. Elle n'a d'autre choix que de la laisser prendre les rênes.

Puis, tout de suite après, la souffrance.

Une vieille blessure qui saigne, à nouveau. Plus calleuse était la plaie cicatrisée, plus cruelle est la déchirure qui la rouvre. Sous ce qu'elle croyait être l'oubli, elle trouve le feu qui couve toujours. Celui de la colère, de la rancune et de la déception. Un feu toujours aussi vif.

Il n'y a rien de divin dans ce qu'elle éprouve. Rien que de l'humain. Des sentiments aussi vils que pathétiques et inutiles. Elle en a honte, et c'est la culpabilité de cette douleur qui finit de la terrasser. Elle qui s'était imaginé avoir dépassé la force de ses souvenirs depuis longtemps est obligée de se rendre à l'évidence.

Le temps a menti.

Elle fait mine de tousser. La diversion ne durera pas, mais elle lui laisse ce qu'il faut de répit pour revenir à la réalité du moment présent. Elle s'efforce de se persuader que cela n'a pas de sens. Ce ne sont que des enfants qui lui font face, tous inconnus. Douze petites filles très exactement, uniques, originales, et pour autant insignifiantes et interchangeables. Elle tente de les considérer comme un ensemble, un groupe, une entité. Cela l'aide à détourner son regard de celle qui est à l'origine de son étourdissement.

— Allons, mesdemoiselles, parvient-elle à marmonner. Continuons la visite !

Sœur Placide est enfin revenue du passé, en ce jeudi 1er mars 1894, au froid humide et pénétrant qui a dévalé les pentes râpées entourant le village de Saint-Jean-le-Vieux, pour s'accumuler comme une flaque invisible au sein de l'usine-pensionnat des Soieries Perrin.

Les nouvelles recrues arrivent en groupe, une à deux fois par trimestre. Elles sont invitées à se présenter à sept heures du matin, afin qu'elles n'aient pas à croiser les ouvrières qui ont pris leur service à six heures trente. Elles sont alors accueillies par une des sœurs qui auront à les chaperonner pendant les années à venir. Aujourd'hui, le sort a voulu que parmi la vingtaine de ces religieuses de l'ordre de Saint-Joseph ce soit sœur Placide qui ait été missionnée pour cette tâche.

Il faut dire qu'elle est souvent mise à contribution pour ce faire, car son message est à la fois oral et subliminal. Il n'est nul besoin d'être une fillette intelligente ou docile pour comprendre dès cette première journée ce qui attend les nouvelles à la moindre incartade. Il suffit de croiser le regard implacable de sœur Placide, et de voir sa bouche demeurer sévère et pincée même lorsqu'elle parle aussi gentiment qu'elle en est capable.

On ne peut s'empêcher de suivre le mouvement pendulaire de la tige de roseau souple qui ne quitte jamais sa main et qui se balance au rythme de sa longue chasuble noire. Le seul fait de voir la verge ainsi prête provoque immanquablement un frisson réflexe, qui part du cou jusque derrière le genou.

Sœur Placide reprend la tête de son groupe, qui la suit comme un banc de poissons, discipliné et silencieux. Elle laisse derrière elle la grande maison bourgeoise, où vivent les membres de la famille Perrin et les dignitaires de l'entreprise. Située en hauteur, au-dessus d'un mur de soutènement, le hasard veut que depuis les grandes fenêtres du salon on puisse observer l'arrivée groupée des ouvrières externes qui rejoignent le Tissage.

La religieuse présente les ateliers, sur la gauche, derrière le grand monument érigé l'année dernière à la gloire du père fondateur de l'usine. Au-dessus de son buste de marbre blanc, qui marque l'entrée sur ce territoire indépendant, la devise des Soieries Perrin : « C'est dans l'effort que Dieu se manifeste ; Et la vertu est Sa plus grande récompense. »

Comme couvercles aux ateliers, les toits en shed pointent régulièrement vers le ciel par de curieux triangles dissymétriques. On dirait les dents d'une mâchoire perpétuellement béante. Sous ces verrières, tisseuses et autres ouvrières parmi les plus expertes transforment le fil de soie en draperies noires célèbres dans le monde entier.

Dans ces interminables salles à plusieurs niveaux

ouverts, de grands métiers forment tentures et motifs, dans un vacarme assourdissant, et sous le contrôle des gareurs : ce sont les garçons qui règlent les métiers à tisser et leurs guides pliés et cartonnés, comme autant d'orgues de Barbarie précieux. Quand ils officient, on dirait qu'ils accordent un piano.

Les ouvrières du tissage sont, pour la plupart, externes. La rareté et la préciosité de ce savoir-faire excluent la main-d'œuvre de masse et trop jeune. On les tient confinées dans ce bâtiment situé tout de suite à l'entrée du complexe, autant que possible à distance des pensionnaires de la filature. Il ne faudrait pas qu'elles transmettent le goût de l'extérieur comme s'inocule la tuberculose !

Le petit groupe abandonne l'atelier. Il longe, sur sa droite, le bâtiment plat en forme de quadrilatère creux à l'intérieur comme une maison romaine. Celui-ci abrite la forge et tous les corps de métiers nécessaires au bon fonctionnement de l'usine : vanniers pour tresser les paniers qui accueillent les cocons de soie, forgerons pour réparer les chaudrons de cuivre où on les ébouillante, mais aussi mécaniciens, menuisiers… C'est également ici que se termine le petit rail qui permet une livraison centralisée et efficace des matières premières.

Au-delà, de l'autre côté du quadrilatère, elles atteignent une grande cour au centre de laquelle trône la cheminée des machines à vapeur, qui fuse dans le ciel comme un obélisque. La place est bordée, sur son angle nord-ouest, par deux immenses bâtisses perpendiculaires, hautes comme des falaises. Les petites filles forment des « O » impressionnés avec leur bouche, même si elles s'abstiennent d'émettre le moindre son.

— À votre gauche, le grand bâtiment construit sur cinq étages est celui dans lequel vous travaillerez, la Filature : c'est là que l'on prépare les fils qui seront ensuite utilisés au tissage. Vous serez donc amenées à y faire du dévidage et du moulinage. Et l'autre bâtiment sur quatre étages, juste en face de nous, c'est celui du Ménage.

— On y fait la poussière, ma sœur ? se risque une des recrues.

Et pas la plus maligne d'entre elles, en déduit sœur Placide tandis que les autres se retiennent de pouffer. Cela dit, elle préfère la bêtise à l'insolence.

— On l'appelle bâtiment du Ménage au sens de communauté domestique, jeune demoiselle. C'est dans ce bâtiment que l'on trouve les dortoirs, le réfectoire, et les salles de récréation.

Les nouvelles recrues considèrent l'austère bâtisse avec une curiosité accrue. Derrière cette longue façade (l'une des filles compte sur ses doigts pas moins de dix-sept fenêtres le long de chacun des quatre niveaux, presque quatre mains entières), une part importante de leur vie va se dérouler. Elles n'y seront plus jamais seules. Elles n'y seront plus jamais libres. Ce qu'elles mangeront, l'heure de leur réveil, de leur toilette, de leur coucher, tout ce qu'elles feront entre les deux, le moment de la matinée où elles iront se soulager, le choix de leur activité récréative, tout respectera désormais le règlement à la lettre. Au moins pendant trois ans, et, pour la plupart d'entre elles, jusqu'au mariage.

La plus vieille de ces filles n'a pas quatorze ans.

Sœur Placide leur laisse une poignée de secondes

pour assimiler cette réalité. Le petit groupe en profite pour se disperser sur quelques mètres, les unes considérant avec ravissement la chapelle qui clôture la cour sur la droite, les autres tournant sur elles-mêmes pour mieux se rendre compte de la grandeur de ce qu'elles découvrent. Deux d'entre elles poussent même l'exploration jusqu'à un charmant étang, à côté de la chapelle, entouré de nombreux mûriers blancs, ces fameux arbres dont raffolent les vers à soie. Pour l'instant, ils sont encore à l'état de branchages nus.

Cela laisse un peu de latitude à sœur Placide pour regarder plus attentivement celle des petites filles qui n'a pas bougé. Elle a cambré son dos pour voir au plus haut du bâtiment du Ménage, comme si elle cherchait quelqu'un derrière une des fenêtres du dernier étage.

Le rythme cardiaque de la religieuse s'accélère. Si elle avait déjà été amoureuse dans sa vie, elle saurait reconnaître cette pression qui lui broie le cœur, ce souffle qui lui manque, ces picotements dans les mains. Elle détaille les cheveux fins et blonds, presque blancs, qui tombent sur les frêles épaules ; le nez délicat et retroussé ; les yeux d'un bleu de cobalt ; les pommettes hautes ; le grand front, interminable comme certaines de ces plages de galets qui s'étalent à n'en plus finir au bord de la rivière. Et surtout, ces dents de devant, qui s'avancent comme pour ne rien rater de la vie, reléguant même une canine vers l'intérieur de la bouche. La petite inconnue n'a pas encore parlé, mais sœur Placide est déjà certaine qu'elle produira ce léger zozotement qui fendra sa mémoire.

— Ma sœur ! Ma sœur !

Elle est ramenée à la réalité par certaines des petites

qui reviennent vers elle, après de premières observations plus ou moins pertinentes.

— Pourquoi y a-t-il des piquants sur les murs qui entourent l'usine ?

— Ça, mesdemoiselles, ce sont des tessons de bouteilles. Il y en a sur toutes les enceintes. Ils ont vocation à éviter aux garçons du village d'être tentés de visiter quelque pensionnaire.

— Travaillerons-nous sous votre surveillance, ma sœur ? demande une autre.

— Non. Les sœurs sont en charge de votre vie en communauté, de votre éducation générale, morale, religieuse et sociale. Principalement dans ce bâtiment-ci, précise-t-elle en indiquant le Ménage de sa baguette. À la préparation des fils de soie, durant votre journée de travail, vous obéirez à vos contremaîtresses et autres chefs d'atelier.

— Ma sœur, ma sœur ! Verrons-nous tantôt M. Perrin, lui ou un membre de sa famille ?

— Probablement, mademoiselle. Un jour prochain, vous le croiserez. J'espère que vous saurez toutes lui montrer la reconnaissance qu'il mérite pour ses bonnes œuvres.

Les filles arborent soudainement, et de concert, un air grave et contrit. Elles savent que la vallée doit beaucoup à M. Perrin. Près de mille cinq cents familles dépendent directement ou indirectement de la production des Soieries. Et sur de nombreuses générations, puisque cela fait plus de soixante ans que le père de l'actuel dirigeant a fondé cette usine-pensionnat, qui n'a cessé de grossir et de prospérer pour se transformer en cité, au cœur même du village.

Ce faisant, elle est devenue un exemple type de production séquencée, poussant loin la spécialisation des compétences qui permet de dédier la main-d'œuvre d'expertise, la plus chère, aux seules actions finales et pointues. Les petites, aussi novices que maladroites, peuvent ainsi se retrouver reléguées à des travaux plus ingrats, et à moindre valeur ajoutée.

Cette hiérarchisation des tâches permet de coller à l'ordre naturel, les hommes étant mieux payés que les femmes, et les enfants, moins que les adultes. La rentabilité est à ce prix : la concurrence grandit, avec la Grande-Bretagne notamment, et les cocons doivent désormais s'importer du Japon.

Surtout, l'usine-pensionnat est devenue un modèle de disciplinarisation des classes populaires, des orphelins, des femmes, selon des normes religieuses strictes, les seules à même d'éviter que la population ouvrière ne se retourne contre ses guides. C'est ainsi que l'Église met gratuitement à disposition des régiments entiers de religieuses dévouées et qu'en retour les industriels consacrent d'importants budgets au culte et à l'entretien du patrimoine immobilier du clergé.

Sœur Placide revient à ses recrues. Voilà qu'elles commencent à chahuter. Elle en entend même une qui rit, juste derrière elle. Elle quitte sa contemplation de la petite blonde à la dentition tourmentée, et lève sa baguette. L'effet est immédiat.

— Allons, mesdemoiselles, du calme et du silence ! Nous allons procéder à la visite du bâtiment, et nous vous remettrons les effets dont vous aurez besoin pour votre installation.

Les filles pénètrent en rang serré dans cette immense boîte de petites pierres ocre et râpeuses, qui retiendra toutes leurs années à venir, et peut-être plus. La religieuse en profite pour observer de derrière le pas de la mystérieuse petite blonde. Elle s'attend à ce qu'elle boite légèrement, un subtil décroché sur la droite, à chaque roulement de hanches. Et puis non. L'enfant marche normalement. C'est stupide bien sûr, et sœur Placide ressent l'âpreté du dégoût à l'idée de son propre fantasme.

L'installation des recrues du jour n'a pas été de tout repos. Et ce soir, plusieurs d'entre elles ont sangloté dans leur lit.

— C'est qu'elles ne sont pas assez fatiguées de leur journée, estime sœur Placide en réponse à une de ses homologues, sœur Grimonie, qui s'émouvait des larmes étouffées. Ou qu'elles n'ont pas assez froid. Il y a dix ans, quand il n'y avait pas encore de chauffage dans les dortoirs, curieusement, on n'entendait rien ni personne !

Elle laisse donc pleurnicher les nouvelles sous leur couverture de laine rugueuse. Elle s'isole du grand dortoir en tirant deux rideaux perpendiculaires qui, en fermant un angle de la pièce, constituent une chambre de fortune. On dirait l'espace dédié à un grand malade. Sœur Placide en a déjà vu de semblables, lorsqu'elle a commencé sa carrière à l'hospice de Bourg pour soigner des soldats de retour de la guerre de Crimée.

Elle s'assoit sur son petit lit, d'allure militaire lui aussi. Cela la place de fait face à un miroir de nacre, posé contre le mur sur un minuscule bureau. Une bible le cale, pour lui éviter de glisser et de provoquer un bruit tonitruant dans le silence épais du dortoir. Cette glace est la seule coquetterie qu'elle s'octroie.

Elle s'observe attentivement, ce soir. Elle pourrait s'attendre à se découvrir quinze ans plus jeune.

Compte tenu du choc ressenti à la vue de cette enfant, la chose l'aurait à peine étonnée. Mais tel n'est pas le cas. Elle est bien cette femme déjà vieille qui ne peut se lever d'une chaise sans souffrir des articulations, et qui ne gravit plus les quatre étages du Ménage sans risquer l'apoplexie. Pourtant, l'espace de quelques secondes, face à cette petite fille, elle s'est redressée et s'est rappelé qui elle avait été. Était-ce un mirage ? L'effet de l'imagination d'une femme parvenue au bout de son histoire ?

Pour s'en assurer malgré tout, elle tâte ses joues tombantes et son cou fripé. Elle tente de hausser les sourcils pour redresser ses paupières, mais c'est à peine si elle distingue l'effet de la manœuvre. Ses yeux étaient verts, ils sont désormais gris. Et quand elle le relâche, son front se retrouve plissé longitudinalement comme si le voile noir au-dessus de la coiffe blanche pesait une tonne. Peut-être est-ce le cas, d'ailleurs.

Avec un soupir, elle décroche de derrière son cou l'immense col blanc qui descend jusque sous ses seins, gommant ses épaules et donnant le sentiment que sa tête s'extirpe péniblement d'un entonnoir. Elle le déplie avec soin et le dépose sur la chaise, près du lit. Elle se sent inexplicablement épuisée, vidée.

Les nouvelles sont en général réparties entre les différents dortoirs, afin qu'elles ne s'encouragent pas dans leur mélancolie. Cela limite aussi « l'effet de classe » qui pourrait découler de ce premier point commun qu'est le jour de l'arrivée. On encourage ainsi l'intégration immédiate des recrues au milieu des quelque six cents pensionnaires qui peuplent le Ménage.

Sœur Placide en a récupéré deux dans sa zone à

elle. Et fort heureusement, la petite fille mystérieuse n'est pas l'une d'elles. Cette dernière s'est retrouvée à l'étage du dessus, dans le dortoir de sœur Grimonie. Sœur Placide ne peut s'empêcher de se demander si la gamine fait partie des pleurnicheuses. Elle est sûre que non.

Elle s'apprête à retirer sa chasuble noire, lorsqu'un cri strident, si aigu qu'il pourrait presque ne pas s'entendre malgré sa force, fend l'atmosphère et la saisit d'effroi. Le plus glaçant, c'est que ce cri dure, il ne s'arrête pas, il reste fixe, haut. La religieuse agrippe la lampe à huile d'une main, la baguette de l'autre, et déchire le rideau de fortune.

Elle se rue entre les lits qui s'alignent sur la gauche, contre le mur, sous autant de miroirs suspendus. À droite, les couches sont accolées sous les fenêtres. Elle cherche à déterminer l'origine du hurlement. Celui-ci s'est arrêté net, laissant une brume d'écho derrière lui. Dans la salle, les corps ensuqués se redressent sous les couvertures, comme autant de cadavres le jour de la résurrection des corps. Le cœur de sœur Placide bat à tout rompre, il a été soumis à rude épreuve aujourd'hui.

— Par ici, ma sœur !

La religieuse se précipite. Elle parvient au niveau des deux derniers lits, et s'arrête juste avant les rangées de lavabos. La fille assise en angle droit dans le lit de gauche tremble de tous ses membres. Ses voisines sont déjà à son chevet. La pauvre est pétrifiée, yeux écarquillés regardant droit devant elle, comme pour chercher l'aide de la lune dans les fenêtres qui lui font face. Elle respire bruyamment par la bouche, muscles tendus.

Sœur Placide, qui n'apprécie pas l'hystérie, lève

un bras comme pour donner un coup de verge. Spontanément, les filles au pied du lit haussent les leurs pour se protéger. Mais celle qui a crié n'en fait rien. Elle ne bouge pas. Elle est véritablement tétanisée. La religieuse s'assoit alors sur le bord du lit.

— C'est vous qui avez crié, jeune fille ? Que s'est-il passé, un cauchemar ?

Sans quitter la fenêtre des yeux, la gamine remue la tête de droite à gauche. Elle ne peut que pointer la baie à petits carreaux d'un doigt machinal. Elle a vu quelque chose dehors et ne parvient même pas à le décrire. À sa décharge, il faut dire qu'à hauteur du troisième étage, cela ne peut raisonnablement pas être humain.

Les autres filles sont presque toutes réveillées maintenant. La peur se transmet. On chuchote, on frémit, on passe l'information à sa voisine, l'angoisse croît au fur et à mesure qu'elle circule… Et sœur Placide devine sans peine la teneur de ces échanges. « C'est le fantôme ! » finit-elle par entendre quelque part derrière elle. Parce que l'une des filles a eu un peu plus de courage que les autres pour formuler intelligiblement la désignation du coupable.

— Il était… là, dans la fenêtre… J'ai vu un visage, un mouvement, et une lumière, finit par articuler la pensionnaire.

— C'est une chose impossible, voyons ! coupe net sœur Placide. Vous avez rêvé. Ou alors il s'agissait d'un oiseau, une chouette peut-être. Ou vous avez pris un rayon de la lune sur la vitre pour un mouvement. Elle est pleine, ce soir. Allons, recouchez-vous à présent, conclut-elle fermement.

Mais elle sait que le mal est fait. Il faudra des heures pour que les choses reviennent à la normale.

— Je ne veux plus entendre un bruit à présent ! lance-t-elle d'un ton sec à l'ensemble de la chambrée.

Puis elle retrouve, non sans une certaine et irrationnelle impatience, la mince protection de ses rideaux.

Dans le dortoir sombre, à la tranquillité apparemment recouvrée, toutes les internes fixent les fenêtres avec appréhension. Une des filles arrivées le jour même interroge sa voisine de lit, tout bas :

— Un fantôme ? Vraiment ? Ces choses-là existent donc ?

— Ici, oui, répond l'autre en chuchotant. Il y en a un, assurément. Il n'est pas rare d'entendre des bruits étranges et inexplicables, ou de croiser des reflets dans les vitres ou les miroirs…

— Mais, pour qu'il y ait un revenant, il faut qu'il y ait eu un drame, n'est-ce pas ?

— Oh ! Mais il y en a bien eu un, il n'y a pas si longtemps, souffle la voix qui gagne en mystère et en clandestinité au fur et à mesure que le silence reprend ses droits. Il y a à peine six ans, un incendie a détruit tout le bâtiment du Tissage. On a construit l'atelier à la place.

— Oh mon Dieu ! Il y a eu des morts ?

— Non, aucun. Mais tous les trousseaux que les filles avaient cousus pendant des années en prévision de leur sortie étaient à l'époque rangés dans des malles, dans le grenier de ce bâtiment. Tout est parti en fumée en une nuit. Une des pensionnaires, qui devait sortir quelques semaines après, n'a pas supporté la perte de son trousseau. Il incarnait sans doute ce qu'elle avait réalisé de mieux tout au long de sa présence ici. Elle est devenue comme folle. Et quelques jours plus tard, elle s'est volontairement noyée dans l'étang à côté de la chapelle. C'est bien dommage, elle était à moins d'un mois de sa libération…

— Et vous pensez que c'est elle, le fantôme ?

— Ma foi, oui ! Un suicidé est bien damné, n'est-ce pas ? Il ne peut monter au ciel. Et qui d'autre refuserait de quitter cet endroit maudit, et pour quelle autre raison, sinon celle d'en être empêché pour l'éternité ?

# 3

## *Le petit Constantin*

Le toit de l'atelier de la tréfilerie est partiellement constitué de verrières où plongent les rayons de la lune à son zénith. Mais dans le dernier quart de l'immense pièce, le plafond est plein, haut, en forme de cathédrale, et strié de larges poutres plus sombres qui s'entrecroisent. C'est dans cette zone que Claude lève son visage de statue grecque, mimant en cela l'inspecteur divisionnaire qui l'accompagne.

— Seigneur… ne peut-elle s'empêcher de lâcher, suffisamment bas heureusement pour que personne ne l'entende.

Au-dessus d'eux, un peu plus loin devant, on reconnaît la forme d'un homme, pendu par le cou, bien qu'il paraisse également retenu par les bras, dans une posture grotesque d'oiseau en vol. Le visage n'est pas discernable, car la tête penche en avant, menton sur la poitrine, selon un angle biaisé et impossible. Claude comprend que les fils précieux avec lesquels l'homme s'est entravé ont entaillé près de la moitié du cou, comme du beurre, détachant partiellement la tête du corps.

Ce n'est rien de dire que le malheureux ne tient plus qu'à un fil…

Le buste serait d'ailleurs probablement déjà tombé au sol, si le poids du cadavre n'était pas également réparti sur les bras, enserrés au niveau des coudes par le même enchevêtrement de fils tendus depuis la poutre. Claude ne saurait préciser si l'amas de fils ambrés dans lequel repose le cadavre en équilibre est constitué d'or ou de cuivre. En tout état de cause, on dirait que l'homme s'y est pris les membres et le visage, avant de tomber, maintenu telle une marionnette immobile par ces entrelacs étincelants.

Un gendarme est enfin parvenu en haut de l'échelle. Il va tenter de sectionner, à l'aide d'une pince coupante, les fils métalliques qui entourent la solive. Il avance précautionneusement à quatre pattes sur la poutre, genoux serrés. Il s'approche de cet étrange et précieux nid qui se balance entre ciel et terre, brillant de mille feux sous les rayons de la lune, et où repose pour toujours un oiseau incongru.

Si le corps est comme emmitouflé de traits dorés dans sa partie supérieure, il est libre à partir de la taille, et Claude suit la direction indiquée par les jambes. Environ deux mètres plus bas, au sol, une flaque noire s'est formée. Le sang y paraît bien sec, la lueur de la lune ne s'y reflète déjà plus.

Ça y est ! Les hommes s'assemblent, en cercle, sous le corps. Le gendarme a commencé à couper les fils. Il a le bon sens d'attaquer par le nœud qui retient la tête. Nul doute sinon qu'elle n'aurait pu soutenir à elle seule le poids de l'homme. Puis il libère un bras, qui tombe ballant le long de son propriétaire comme celui d'un pantin. Des cheveux d'or flottent jusque par terre, sans bruit. Au second bras libéré, le corps chute dans une pluie scintillante et platinée. Le groupe en dessous le saisit avant qu'il touche le sol.

Claude reprend sa respiration, soudain consciente d'être restée en apnée tout ce temps. Elle se tourne vers Edgar. Celui-ci a déjà écarté son trépied et y visse la chambre photographique, dont il vient d'ouvrir le soufflet. C'est à peine s'il semble impressionné par la situation.

L'inspecteur est habité par sa passion pour la photographie. On dirait qu'il ne voit bien le monde qu'à travers son objectif. Il emporte son attirail partout avec lui, et même chez lui, il immortalise tout et n'importe quoi. Au début, Claude était fascinée par le procédé, mais à présent, elle le trouve contraignant.

Et précisément aujourd'hui, elle l'estime déplacé.

— Monsieur Roux, chuchote-t-elle. Croyez-vous qu'il soit vraiment temps de…

— Allons, taisez-vous ! Pour l'instant, on ne nous remarque pas. Faites en sorte que cela dure !

Le vieil homme, effectivement, se penche pour effectuer une première mise au point. Puis il se redresse, tandis que les hommes allongent le corps supplicié sur un établi long comme une table de banquet.

Edgar dégaine une plaque photographique sèche. Celle-ci vient d'être commercialisée par les frères Lumière à Lyon, et permet d'être conservée et emportée partout. À croire qu'elle a été créée tout exprès pour l'inspecteur. Le voilà donc qui sort la plaque de son étui en papier bleu et la place dans le châssis qu'il va venir caler à l'arrière de la chambre photographique. À ce stade, la surface photosensible du verre n'a encore jamais vu la lumière, et attend son heure.

L'abandonnant à sa préparation, Claude s'avance vers les hommes, qui entourent le corps maintenant entièrement libéré de ses entraves précieuses. On laisse faire le médecin, lequel procède aux premières constatations sous la lumière de plusieurs lampes qui ont été apportées. Pas besoin d'être un grand spécialiste pour constater la mort, estime la jeune femme. Elle observe le visage tourné vers elle. Ses yeux sont ouverts, le regard est comme triste. Il le sera toujours désormais.

Il s'agit d'un garçon, plutôt jeune, mais pas un enfant, cela semble certain. Les traits sont étirés le long d'un grand nez fin, et des yeux étroits et écartés lui donnent un vague air de félin. Il arbore une marque, juste sous l'œil droit, mais ce n'est pas du sang. On dirait une petite tache de naissance en forme de cœur. Serait-ce le fils de Félicie Gromier ? Claude se lance, non sans travestir sa voix en lui faisant perdre quelques octaves :

— De qui s'agit-il, messieurs ? Le reconnaissez-vous ?

— Oui, répond le chef d'atelier sans quitter la dépouille des yeux. C'est le petit Constantin, Constantin Prudent. Il est en apprentissage avec les tireurs. Enfin, il l'était… se reprend-il, songeur. Mais qu'est-ce qui a bien pu lui passer par la tête ! Il faut le faire tout de même, monter là-haut pour se tuer de la sorte ! Quelle idée !

Claude imagine le soulagement que Félicie ressentira bientôt. Ses réflexes reviennent. Elle cherche des yeux les affichages obligatoires qu'elle contrôle régulièrement, et les aperçoit à l'entrée de l'atelier. Elle revient en arrière et consulte les horaires de l'équipe : les ouvriers commencent à six heures du matin et terminent à six heures du soir, non sans deux pauses de trente minutes dans la journée. Constantin avait donc fini son travail un peu plus de deux heures plus tôt.

Il aura fallu qu'il revienne sur ses pas, ou se laisse enfermer ici, pour procéder ensuite à une mise à mort aussi spectaculaire que complexe. Cela indiquerait une sérieuse préméditation.

Les yeux dans le vague, elle cherche à se représenter le genre de désespoir qu'il faut éprouver pour mettre fin à ses jours, alors que tant s'évertuent à survivre à tout prix.

Et subitement, Claude sursaute. Elle vient d'apercevoir un homme dans l'escalier qu'ils ont emprunté un peu plus tôt. Immobile, il la fixe étrangement, comme si une barrière invisible l'empêchait de monter plus haut. Pourtant, il est tendu dans sa direction. Il cherche à l'atteindre, de ses intentions mystérieuses. Il est passablement laid, avec son énorme nez un peu tordu et ses yeux trop enfoncés. Il malaxe son pauvre chapeau, comme si l'accessoire pouvait souffrir à sa place. C'est là son seul mouvement.

Effrayée, Claude recule pour que l'escalier redevienne vide à sa vue. Puis elle revient se poster derrière les hommes qui entourent toujours le cadavre. Elle s'apprête à poser une question, lorsque le propriétaire de la tréfilerie redresse son haut-de-forme et procède à une synthèse qui réfute toute contestation :

— Bien, les choses me paraissent claires : le jeune Constantin a décidé de mettre fin à ses jours sur les lieux de son travail. Il faut dire qu'il était un peu chez lui, ici. Il aura voulu se pendre, et plutôt qu'une corde, il aura préféré les fils qu'il connaissait bien, dit-il avant d'indiquer les lourdes bobines entassées dans l'angle : Rien de plus facile que de se les procurer, il y en a partout…

— Et comment est-il monté ? l'interrompt Claude.

Tous les regards convergent vers elle. Elle tente

de contenir le rougissement qui la saisit, et retient sa respiration de peur que l'on devine sa minuscule poitrine sous les bandes serrées. Quelques secondes passent.

— L'échelle que vous voyez était déjà là à notre arrivée, au sol. Elle sera tombée lorsqu'il s'est jeté dans le vide, répond l'industriel avec réticence. Monsieur ?

— Nous sommes les inspecteurs du travail, lance depuis l'arrière Edgar Roux, de sa voix rocailleuse et forte.

Elle a toujours beaucoup d'impact sur ses interlocuteurs. Elle emplit l'espace, rebondit sur les murs et laisse dans l'air une empreinte presque palpable. L'homme ne manque jamais une occasion d'utiliser cet avantage dont il a pleinement conscience.

— Nous dresserons un procès-verbal de l'incident, qui n'a aucun motif valable de se démarquer de vos propres constatations… annonce-t-il d'entrée de jeu. Et maintenant, pourriez-vous avoir l'obligeance de vous écarter légèrement de la victime, je vous prie, que je la distingue ? Je vais procéder à une photographie de la scène, pour la bonne tenue de nos dossiers.

Si le petit groupe est étonné de tant de modernité au sein des services de l'État, il n'en laisse rien voir et s'écarte docilement. Il faut dire que ce nouveau corps de contrôle, aux pouvoirs relativement élargis, suscite chez les industriels une méfiance certaine, et des fantasmes qui, paradoxalement, servent parfois ces curieux fonctionnaires.

Edgar se penche pour relever le volet protégeant la surface photosensible de la plaque.

— Ne bougez plus !

Claude constate que tous ces hommes bombent le

torse et prennent la pose, comme s'ils venaient de rapporter quelque trophée d'une chasse africaine.

Dix secondes plus tard, le vieil homme replace le volet dans la chambre, et le claquement sec sur le bois marque la fin de la séquence. Les ventres bedonnent à nouveau. Encore quelques secondes, et le chef d'atelier aurait pu défaillir d'étouffement. Claude dissimule un sourire sous sa moustache.

— Bien, fait l'inspecteur à l'intention de son adjoint, et assez distinctement pour que chacun l'entende. Il n'y a rien d'autre pour nous ici. Laissons ces messieurs emmener le corps et remettre cet atelier en l'état.

— Mais, monsieur, ne pourrions-nous pas interroger ses collègues ? Vérifier ses horaires de travail, son état psychologique…

Le regard du divisionnaire est sans appel. Claude encaisse et tourne les talons. Edgar salue ses homologues d'un haussement de chapeau, et tous lui rendent son salut non sans soulagement. Les voilà rassurés d'avoir reconnu dans ce vieil homme une figure d'autorité et de pragmatisme au service du bien commun, bref, un des leurs.

C'est dans le silence que les deux inspecteurs parcourent le chemin inverse. L'inconnu aussi laid qu'étrange a disparu de la montée d'escalier, note Claude. Aurait-elle rêvé ?

— Comment faut-il vous dire qu'il faut vous faire discrète, jeune fille ? la tance le vieil homme une fois qu'ils se sont éloignés de la foule des badauds.

Claude a remarqué que Félicie Gromier n'était plus là. Elle a dû apprendre que son fils était en vie, suppose-t-elle.

— Est-ce donc trop vous demander que de rester

à votre place ? Vous qui êtes la première à vous plaindre d'être tenue à l'écart, ne voyez-vous pas que, par ce type de comportement, vous ne faites que donner raison à ceux qui estiment que vous ne disposez pas du sang-froid nécessaire à la bonne marche de notre action ?

Claude ne répond pas. Elle est en colère. Depuis maintenant plus de six mois qu'elle travaille avec Edgar, elle a compris que, quoi qu'elle fasse, elle se trouvera dans une impasse. La docilité et la soumission ne lui permettront jamais de conquérir l'espace dont elle a besoin face aux arguments admis et maintes fois répétés. Et toute résistance ne fera que conforter ces mêmes arguments, les renforçant d'autant.

Parce que les circonstances s'y prêtent, elle a trouvé avec son mentor un semblant d'équilibre qui, bien qu'inéquitable, lui permet d'accéder à de nombreux savoirs qui devraient lui être interdits. La plupart du temps, elle s'en contente.

Mais pas ce soir.

*

TROIS MOIS PLUS TARD…

Chaque année, c'est la même chose.

Lorsqu'il s'éreinte à la moisson, brûlé par le soleil et cloqué par le manche de la faux, Patrice Jacquet ne jure que par le retour de l'hiver et le travail au froid. Et lorsqu'il y est, au milieu de ces montagnes infranchissables et par moins vingt degrés, il prie pour l'arrivée précoce des beaux jours. Quatre ans déjà qu'il hésite entre ce qu'il déteste le plus et ce qu'il aime le moins.

Alors, il fait les deux.

À sa décharge, outre le travail de forçat qui l'occupe actuellement, il lui faut marcher près de deux heures chaque après-midi pour rejoindre l'équipe de nuit. Le retour au petit matin est plus long, parce que remonter à Apremont lui impose un dénivelé de près de cinq cents mètres. Et quelle que soit l'équipe à laquelle il se trouve affecté, ces laborieux trajets quotidiens s'effectuent systématiquement de nuit, où chaque pierre peut devenir un éboulis et où les souches abandonnées ressemblent à des fantômes.

Il faut dire qu'ici, sur le lac de Sylans, encastré au creux de montagnes escarpées, le soleil se lève à onze heures et se couche à quatorze. C'est d'ailleurs cette ombre quasi permanente, conjuguée à l'altitude et à la topographie, qui permet aux fermiers de la glace de la cultiver efficacement pendant près de quatre mois d'hiver.

Grâce à elle, les agriculteurs du coin complètent leurs maigres revenus par des salaires corrects, de quarante-deux centimes de l'heure, à l'instar de ce que percevrait un maçon ou un charpentier. Cette pensée ragaillardit un peu Jacquet, alors qu'il s'évertue, avec un autre, à scier un radeau de glace de plus de dix mètres sur quatre. Cette banquise artificielle ira bientôt rejoindre les autres, dans le chenal central, en flottant gentiment. Puis elle sera acheminée, à grands coups de griffes et de pointes, jusqu'aux majestueuses glacières, ces bâtiments imposants qu'on aperçoit de l'autre côté du lac, à l'entrée de l'exploitation.

Cette nuit, Jacquet et son acolyte Ramouniche, dont il ignore le vrai nom, font partie des « hommes du bout » : ceux qui découpent la glace au fond du bassin, près de deux kilomètres au-delà des dernières constructions humaines. Vues d'ici, les hautes et longues murailles de la glacière à l'autre extrémité se dressent devant la forêt. Elles ressemblent aux fortifications d'une ville qui n'existe pas.

— Attends un peu, Ramouniche. Faut que j'aille pisser…

— Encore ! Mais tu y es déjà allé il y a moins d'une heure !

Jacquet formule une réponse incompréhensible dans sa barbe congelée. Il la porte drue comme de nombreux hommes ici, car tout est bon pour se réchauffer. Il lâche le manche de la longue scie verticale lestée à sa base et abandonne son partenaire. Comme si ça l'amusait, lui, de devoir marcher plusieurs dizaines de mètres sur la glace, jusqu'aux arbres menaçants : on manque de glisser et de se rompre le cou à chaque pas malgré les clous plantés sous les bottes de cuir épais.

Mais le principal danger vient des canaux formés par le découpage des radeaux : il suffit d'en manquer un pour tomber dans l'eau et mourir d'hypothermie avant même d'avoir eu le temps de crier. Pire, les couloirs d'eau peuvent se refermer sur vous par le déplacement permanent des plaques, de telle sorte que l'oubli peut vous avoir englouti sans que nul ne le sache jamais. C'est pour cette raison que les ouvriers vont toujours par deux et qu'ils sont munis de lampes. Toutes les équipes de nuit au travail sur le lac ressemblent à des lucioles qui feraient du patin à glace.

Ah ! Les choses seraient plus simples s'ils étaient autorisés à pisser dans l'eau, mais c'est impossible : la glace la plus pure d'Europe, destinée aux restaurants, bars huppés et hôpitaux de toute la France, ne saurait être souillée par la moindre déjection. Alors, il vaut mieux éviter de boire, et, à défaut, se débrouiller pour atteindre la rive aussi prestement qu'un faon nouveau-né. Puis arroser d'un peu de chaleur liquide les rives accidentées de la montagne.

Jacquet est enfin arrivé au plus près du bord. Il pose sa lampe sur la glace, à sa gauche. Il râle déjà à l'idée qu'il va lui falloir ouvrir son pantalon de velours, puis son caleçon, et offrir ce qu'il a de plus précieux à la morsure de l'hiver. D'expérience, il redoute le moment où il devra viser le plus loin possible, avec un sexe réduit à la taille d'un goujon et pas beaucoup plus facile à attraper. Dans le silence de cathédrale, il distingue les récriminations de Ramouniche, au loin, qui glissent jusqu'à lui. Cela ne l'aide vraiment pas, tandis qu'il enlève ses gants et tente de se concentrer sur ce qu'il a à faire.

Patrice Jacquet n'aurait jamais cru que quoi que ce soit puisse lui faire passer toute envie de soulager sa trop petite vessie. Pourtant, quand son regard tombe derrière sa lampe, là où la glace devient progressivement pierre, toute velléité de miction l'abandonne. Son estomac explose, comme les flancs de la montagne sous l'effet de la dynamite. Une boule brûlante remonte dans son œsophage. Par réflexe professionnel, il ravale le flot de bile. Pourtant, c'est idiot : rien ne saurait être plus corrompu que ce qu'il reconnaît.

Sans prendre le temps de réajuster son pantalon, et incapable de tendre le bras pour récupérer sa lampe, il fait promptement demi-tour pour rejoindre Ramouniche. Malheureusement, dans sa confusion, il ne cible pas la lumière de son coéquipier, mais une autre, moins éloignée en apparence, et surtout émanant d'une autre équipe « du bout », actuellement à la découpe.

Il patine sur le sol de marbre bleu, s'aide d'une main pour se redresser, tandis que de l'autre, il s'évertue à retenir son pantalon. Ses doigts gèlent instantanément sur la glace, et de petits lambeaux de chair y restent accrochés à chaque fois qu'il se redresse. La douleur accentue la panique qui l'a saisi et qui a retourné ses sens. Très vite, il ne voit plus où aller, il tombe encore, roule sur lui-même. Il ne sait plus d'où il vient, ni où il va. Il entend des cris au loin. Sans doute lui enjoignent-ils de se dépêcher, de s'éloigner de ces rives maudites.

Mais il n'ira pas bien loin. Il ne prend conscience d'être tombé dans l'eau que lorsque ce qu'il croit être de l'air laboure ses bronches de milliers de minuscules lames acérées.

# 4

## *L'esprit de la fabrique*

Sœur Placide a eu du mal à se rendormir, après l'incident de la veille au soir. Elle n'a pas pu ignorer les chuchotements qui n'ont pas manqué de parcourir les sillons du grand dortoir, longtemps après le retour du silence. Mais elle les a laissés se promener librement, avant qu'ils meurent tout seuls avec la fatigue. Elle n'aurait pas eu l'énergie de se battre contre, de toute façon. Son esprit était occupé par un autre fantôme, bien en chair celui-ci.

Et tenir les souvenirs éloignés lui prenait l'essentiel de son effort.

Elle a fait tout ce qu'elle devait, machinalement. Elle a réveillé les pensionnaires, qui se sont livrées, dans un élan grégaire, à une rapide toilette du matin dans les lavabos alignés au fond du dortoir. S'est assurée que les chevelures étaient toutes rassemblées et retenues dans de sévères chignons. Ici, les cheveux sont des ennemis : ils peuvent se prendre dans les métiers, tremper dans les bassines, corrompre la pureté d'un fil tissé de soie, ou prendre feu. Alors, il faut les contraindre et les préserver.

Puis elle les a conduites au réfectoire, où toutes les chambrées se sont réunies dans un léger brouhaha fait de pas traînants, de voix étouffées et encore ensommeillées. Le petit déjeuner est servi à six heures pour permettre le début du travail une demi-heure plus tard. Avec l'efficacité de l'habitude, les quelque six cents jeunes filles se sont rangées le long de tables longues, minces et parallèles. On leur a servi à la hâte du café, du lait et du pain. C'est peu, pour les efforts qu'elles auront à fournir, mais une collation viendra compléter cet apport à la pause de huit heures et demie.

Les sœurs se sont retrouvées à part, à une table dédiée. Elles se réchauffent d'un café, mais surtout, elles passent en revue les coiffes des filles, et les cols montants qui doivent tout dissimuler de la peau du cou. Les manches doivent être portées longues pour la vertu, mais ajustées afin de n'être jamais gênantes pour le travail.

Sœur Placide s'installe à côté de sœur Grimonie. C'est cette dernière qui entame la conversation en rompant avec peine un petit morceau d'un pain gros et lourd comme un rocher.

— Il semble qu'il y ait eu du grabuge cette nuit dans votre dortoir, sœur Placide ?

— Hélas oui, quelque peu. Encore une de ces visions hystériques. Je ne peux pas dire que je suis étonnée, ce type d'incident se produit la plupart du temps en période d'arrivée des nouvelles.

— C'est une chose étrange, en effet.

Sœur Grimonie n'en dit pas plus. Elle n'a pas le courage de partager sa conviction avec sa consœur, à savoir qu'elle n'exclut pas que la chose soit avérée. Et que les phénomènes anormaux dont sont parfois témoins certaines pensionnaires relèvent bel et bien d'un maléfice. Elle se tait, car dans l'ordre de Saint-Joseph, comme dans la religion catholique en général, on ne croit pas aux fantômes. Le seul être paranormal qui vaille, c'est Dieu.

— Et chez vous, sœur Grimonie, comment se sont comportées vos nouvelles ? interroge sœur Placide avec tout le détachement dont elle est capable.

— Bah, l'une des deux a sangloté toute la nuit.

— La blonde ou la brune ?

— La brune.

Sœur Placide le savait. Elle sait aussi que si elle pousse plus loin sa curiosité et ses questions, elle entamera un processus inverse à celui qu'elle s'impose depuis quinze ans. Elle détricotera ce qu'elle a tissé. Elle rognera ses remparts par leur base. Elle creusera en elle-même, et se doute déjà qu'elle n'y trouvera rien de bon.

Son cœur s'accélère : pour une fois, il n'écoute rien ni personne. Pas même elle.

— La petite blonde, celle aux dents qui avancent, sauriez-vous comment elle se nomme ?

— Victorine, je crois. Mais j'ignore son nom de famille. Elle parle peu. Sans doute à cause de ce zozotement.

Le jour est maintenant franchement levé. La lumière chasse un peu de la brume suintante qui stagne entre les immenses bâtiments. Cette humidité permanente est liée à la présence de l'Oiselon, le cours d'eau qui traverse Saint-Jean-le-Vieux pour rejoindre l'Ain un peu plus loin.

La ville-usine s'est installée à la sortie du village, entre Saint-Jean et le hameau de Hauterives. Si ce niveau d'hygrométrie est inconfortable pour la vie quotidienne, il est utile à la culture et à la manipulation du fil de soie qui ne sèche jamais vraiment et conserve ainsi sa solidité. À défaut, il romprait trop souvent.

Sœur Placide a enfin un peu de temps pour elle. Elle traverse la cour principale, où fume la grande cheminée, et remonte la voie centrale en direction de l'entrée du complexe. On s'active dans le bâtiment de la Forge : des wagons de cocons viennent d'arriver du Pays du Soleil levant. Contrairement aux cocons locaux, il ne sera pas nécessaire d'étouffer ceux-ci : ils ont été tués avant le départ, faute de quoi ils n'auraient pas manqué d'éclore pendant le voyage.

Il y a quarante ans, les cocons étaient produits sur le site même ou importés des Cévennes. Mais une curieuse maladie, la pébrine, s'est mise à décimer les vers à soie. Il suffisait qu'un seul d'entre eux arbore ces vilaines taches noires sur son corps gras pour être sûr que tout l'élevage était corrompu. Leur récolte ne se faisant qu'au mois de juin, toute une saison pouvait s'envoler en une seule fois. L'importation, bien que plus coûteuse, s'est donc finalement révélée une solution pratique : l'approvisionnement pouvait être plus régulier et plus sécurisé.

Sœur Placide pénètre dans le bâtiment de l'atelier par son petit côté est. Elle débouche dans le hall des bureaux. De part et d'autre, derrière de hautes vitres enchâssées dans des boiseries bleu clair, des employés s'affairent. Des hommes pour la plupart, en col blanc et veston sombre, rédigent factures et bons de commande avec application.

Elle passe devant « la Caisse », le fameux guichet où pensionnaires et employés viennent parfois retirer un peu de l'argent gagné. Par défaut, le salaire est obligatoirement retenu et placé dans ce qui n'est rien d'autre qu'une banque privée.

Car ici, les pensionnaires sont bien cela, avant que d'être salariées. Elles perçoivent des gages, comme autant de domestiques, mais n'en voient généralement pas la couleur. Il faut dire qu'elles n'en auraient aucune utilité, prises en charge comme elles le sont. Les gages sont d'abord dégrevés du coût de la pension, ainsi que des éventuelles amendes et retenues en cas de mauvais travail ou d'infraction. Ce qui reste est ensuite placé sur un livret interne à la fabrique, qui rapporte des intérêts. Les ouvrières le récupéreront lorsqu'elles quitteront l'endroit, dans plusieurs années.

Cette somme, qui peut être rondelette pour les filles fidèles, appliquées et dociles, constituera leur dot. Cela et toutes les compétences domestiques acquises au fur et à mesure des années passées à l'usine, outre l'assurance d'une pureté fermement défendue par les sœurs, font des pensionnaires les meilleurs partis de la région. Et les demandes en mariage affluent, directement à l'usine.

Sœur Placide pousse la porte d'un des bureaux. De l'autre côté des murs, le vrombissement constant de l'atelier fait rage. Elle salue les employés d'un discret mouvement du menton et se dirige vers l'un d'entre eux. Elle le connaît bien. Il est le fils de sa sœur bien-aimée, et c'est par la religieuse qu'il a pu avoir la chance de trouver un emploi dans ces murs.

— Ma tante ! Quel plaisir de vous voir dans nos bureaux !

— Bonjour, Paul.

Sœur Placide se penche un peu vers le jeune homme

aux moustaches recourbées et enroulées comme la queue d'un hippocampe.

— Crois-tu que tu pourrais me rendre un service ? J'ai besoin d'accéder au dossier d'une nouvelle, arrivée hier. Une petite Victorine, j'ignore son nom de famille.

— Bien sûr, ma tante. Installez-vous sur cette chaise, je vais tâcher de vous trouver cela.

Personne, alentour, n'a entendu la demande de la religieuse. Le bruit des machines a couvert la conversation.

Paul revient quelques minutes plus tard, avec une large chemise ocre dans les mains. Il la tend à sœur Placide, qui s'en saisit fébrilement. Elle la pose devant elle et attend que le garçon ait repris ses activités propres pour lire le nom minutieusement calligraphié sur l'étiquette. Son cœur cogne dans sa poitrine. Elle prie pour que son neveu n'en remarque rien.

*Victorine Toussaint.*

La religieuse garde les yeux rivés sur ce patronyme qui ne lui dit rien. Elle ne sait si elle doit en éprouver du soulagement ou de la frustration. Et puis, elle réfléchit. Si Victorine est bien la fille de celle à qui elle pense, elle ne saurait porter le nom de sa mère, mais plutôt celui de l'homme qu'elle aurait épousé. Comment s'appelait-il déjà ? Impossible de se souvenir.

Elle se penche sur la pochette qu'elle caressait inconsciemment jusque-là, et l'ouvre. Elle tombe sur le livret d'identité à la couverture chamarrée de motifs géométriques. Elle avise des certificats divers de niveau d'instruction et d'aptitude physique.

Victorine Toussaint a un peu plus de douze ans et serait née le 20 octobre 1881. En réalité, il serait plus juste de dire que sa vie a débuté ce jour-là, lorsqu'elle a été recueillie par l'orphelinat d'Hotonnes à l'état de nourrisson.

Sœur Placide relève la tête et s'abîme dans la contemplation inexpressive de son neveu. Elle n'y comprend plus rien. La petite Victorine est identique en tout point à Léonie. Elle ne lui ressemble pas, elle est comme elle. La même mélancolie apparente, les cheveux presque blancs, le bleu de ses yeux si foncé qu'elle n'en a jamais revu de comparable depuis, la canine en arrière et le zozotement. Tout. Victorine est forcément la fille de Léonie. Il n'y a pas d'autre explication. Mais si tel est le cas, pourquoi Léonie aurait-elle abandonné son enfant à un orphelinat, alors qu'on la dit mariée et vivant dans la joie quelque part, loin d'ici et des souvenirs amers de sœur Placide ?

— Paul, j'aurais besoin de retrouver le dossier d'une autre pensionnaire. Une ancienne, celle-ci. Elle a quitté l'usine il y a quinze ans. Une certaine Léonie Nectoux.

Paul est un peu gêné. Il se dandine sur sa chaise comme s'il avait besoin de se soulager. On dirait un écolier.

— Ah, cela, ma tante, c'est impossible. Je n'ai pas vraiment accès à la clé des archives. Elle se trouve dans le bureau de l'administrateur et je n'ai pas l'autorisation d'y aller, en principe.

Sœur Placide ne répond rien. Elle se contente de fixer ce neveu qui lui doit tout. Et même plus encore qu'il l'imagine. Elle lui retourne ce regard qu'elle lance telle une flèche empoisonnée aux pensionnaires récalcitrantes. Et elle obtient le même résultat.

— Cela étant, peut-être que je peux tenter de récupérer discrètement cette clé, murmure-t-il, et vous l'apporter un soir. Mais il vous faudra me la rendre dès le lendemain matin, que nul ne se doute de rien, conclut-il, vaincu.

Elle ne l'en remercie même pas. Elle a déjà à lui pardonner d'avoir seulement hésité.

Elle tend à son neveu le dossier vide et plat comme une feuille de mûrier, et insiste :

— Je compte sur toi, pour la clé.

Il acquiesce doucement et laisse la silhouette sombre, informe mais non moins menaçante, quitter son bureau. Il en ressent un soulagement coupable.

Les nuages se déchirent enfin. Un coin de ciel apparaît pour la première fois depuis des jours. La religieuse décide de s'octroyer un moment de vagabondage et choisit pour cela le jardin de l'orangerie. C'est un square magnifique, qui s'étend dans le prolongement du jardin d'hiver de la maison bourgeoise, à l'entrée du complexe.

Les membres de la famille Perrin et quelques cadres importants de l'entreprise vivent dans cette immense bâtisse, sans fioritures extérieures. On y cultive les agrumes dans la haute serre de fer forgé qui flanque la maison. Elle donne plein sud de toute la majesté de sa façade vitrée, et qui plus est sur un magnifique jardin clos. Dans ce havre de paix, les bancs de pierre se sont perdus entre les rosiers faussement sauvages et odorants. Chèvrefeuilles, jasmins étoilés, orangers du Mexique et autres arbres fruitiers sont autant de ravissements pour l'œil et pour l'âme.

La canopée est assurée par des essences rares, rapportées des pérégrinations commerciales de la famille Perrin : catalpas, cèdres du Liban, ginkgos biloba, séquoias… Il était logique que l'on autorise l'accès de cet échantillon d'Éden aux sœurs de Saint-Joseph, en remerciement de leur implication auprès des pensionnaires. Pour s'y rendre, elles n'ont pas besoin d'entrer dans la maison des propriétaires. Il leur suffit de la longer et de se glisser dans cet échantillon de paradis par un portillon mystérieux.

Pour l'instant, le jardin est encore muet. Les arbres fruitiers se réveillent timidement de l'hiver, les buissons odorants dorment encore. Seules les fleurs de printemps parsèment les carrés verts ici et là – bleuets, coquelicots et marguerites –, offrant ainsi les couleurs du drapeau national. C'est déjà ravissant en soi, et revigorant. La nature est la seule réalité, avec Dieu, à laquelle on puisse véritablement faire confiance. La seule qui ne trahisse pas, qui revienne immanquablement à chaque saison.

Sœur Placide flâne entre les bosquets griffus, à peine bourgeonnants. Elle ne peut chasser de son esprit le visage de Victorine, qui se superpose à la perfection sur le souvenir qu'elle a de Léonie. Léonie, son seul espoir qui fut aussi son unique déception.

À la sortie d'un chemin de gravier, elle débouche sur une minuscule clairière, où les buissons de pivoine émergent péniblement de leur torpeur. Mais alors qu'elle s'imaginait en train de s'installer sur son banc préféré, pour s'abandonner à la réflexion, elle le découvre déjà occupé.

— Oh ! Madame Perrin, toutes mes excuses ! J'ignorais que vous étiez au jardin.

Sœur Placide a amorcé un demi-tour immédiat pour laisser la propriétaire des lieux en jouir tranquillement, lorsque celle-ci la rappelle :

— Mais non, voyons, ma sœur ! Venez près de moi, venez !

Avec déférence, la religieuse y consent et s'approche délicatement de son hôtesse, comme pour ne pas l'effrayer. Elle s'installe le plus loin possible, à l'autre bout du banc de granit dont le socle est rongé par la mousse.

— Sœur Placide, c'est bien cela ?

— Oui, madame, parfaitement.

— Allons, allons, pas de chichis ! Appelez-moi Olympe !

Olympe est l'épouse de César Perrin, le propriétaire de l'usine-pensionnat, le fils du fondateur historique des Soieries Perrin. C'est une femme élégante et légèrement fantasque, qui n'a pas peur de rire aux éclats. Ses cheveux noirs, striés de lignes argentées, sont retenus dans un chignon à deux étages, assez lâche pour que plusieurs mèches s'en échappent. On dirait qu'elle sort tout juste d'une danse endiablée.

Pourtant, comme son époux, et comme sœur Placide depuis peu, elle a passé la soixantaine. Son visage poudré disparaît derrière des yeux si étincelants qu'on en oublie ce qui les entoure. À vrai dire, ils sont si pénétrants que l'on a du mal à les soutenir longtemps.

— Bien, madame… Olympe.

— Je vous ai aperçue, hier, depuis notre salon. Vous étiez avec une ribambelle de nouvelles. On aurait dit une maman canard avec ses petits !

La comparaison égratigne le cœur de sœur Placide, qui n'en montre rien.

— C'était moi, effectivement.

— Elles avaient l'air bien jeunes… Se sont-elles correctement acclimatées à notre maison ?

Olympe a véritablement l'air de s'en inquiéter.

— Il est encore un peu tôt pour le dire, répond

prudemment la religieuse. Mais hormis quelques péripéties nocturnes, tout s'est déroulé normalement.

Olympe saisit immédiatement. Intuitivement, elle devine le caractère mystérieux et transgressif de l'anecdote. Sœur Placide regrette aussitôt de s'en être ouverte.

— Quel genre de péripéties ? Racontez-moi cela ! Je veux tout savoir !

— Il est bien délicat d'évoquer ainsi une chose qui n'avait de sens qu'au moment où elle a eu lieu, dans un contexte différent, en pleine nuit, dans l'obscurité du dortoir…

— Tentez tout de même.

— Eh bien, voilà. Il arrive parfois que certaines de nos pensionnaires évoquent une sorte de… présence. Elles disent voir des choses, fugaces, dans les miroirs. Elles prétendent entendre des bruits, des voix étouffées, qu'elles ne s'expliquent pas. Alors, elles ont donné à ces manifestations une explication qui n'en est pas une et les attribuent à… hum… un fantôme, disent-elles.

Sœur Placide s'attend à une réaction incrédule, voire méprisante. Mais elle est surprise de trouver considération et curiosité sincères dans les yeux vifs de son interlocutrice.

— Et qu'en pensez-vous, ma sœur ? Croyez-vous qu'une telle chose soit possible ?

— Nous ne croyons pas aux fantômes. En tout cas, pas de cette sorte-là. Les vrais fantômes sont ceux qui peuplent nos souvenirs, et nos remords. Ils habitent dans notre conscience, pas dans de grands dortoirs. Ce que les filles racontent n'est que le fruit de leur imagination. Je suppose qu'elles ont besoin de trouver une échappatoire à la brutalité de leur entrée dans la vie d'adulte, voilà tout.

— Eh bien, ma sœur, je ne vous imaginais pas si perspicace et si au fait de la nature de la conscience humaine. Cependant, je ne vous rejoins pas. Les fantômes existent bel et bien, vous savez.

Sœur Placide considère avec curiosité cette femme du monde, qui a probablement côtoyé nombre de personnages importants, cultivés et particulièrement rationnels. Elle se demande même, une seconde, si Olympe ne se moque pas d'elle.

— Je suis sérieuse. Et votre histoire de présence ne me surprend pas. Moi aussi, je perçois cette présence. Il lui arrive de se manifester pas plus loin que chez moi.

— Allons, madame ! Olympe… Que dites-vous là !

— Je vous l'assure, ajoute-t-elle très sérieusement et, c'est plus étonnant, parfaitement tranquillement – sans honte ni peur. Cet esprit fait tomber des choses chez moi, de temps en temps. J'ai l'impression qu'il me suit. Au début, j'en étais effrayée, mais plus maintenant. Vous savez, je m'intéresse à ces phénomènes, et je ne suis pas la seule. De nombreux scientifiques se penchent sur ces questions. On appelle cela le spiritisme.

— Mais, c'est impossible… Vous ne pouvez pas croire à ces choses ! Pas vous !

— Et pourquoi donc ? Parce que nous sommes censément des êtres instruits ? C'est tout le contraire, voyez-vous. Nous avons désormais accès à des ouvrages, des techniques, des moyens de communication qui nous permettent d'espérer voir le monde invisible, et d'entrer en contact avec lui !

Sœur Placide est époustouflée. Il lui faut quelques

secondes pour encaisser l'étrangeté de cette conversation. Par réflexe, elle s'assure que personne ne peut les entendre.

— Et que seraient ces esprits ? Que chercheraient-ils, à venir nous tourmenter de la sorte, selon vous ?

— Peut-être n'est-ce pas là leur intention, si tant est qu'ils en aient une. On suppose qu'il s'agit de personnes disparues dans des conditions d'une telle violence, ou d'une telle soudaineté, que le processus normal de migration de l'âme vers l'au-delà s'en est trouvé perturbé. À moins que ces esprits n'aient une bonne raison de chercher à entrer en contact avec nous. Cela demeure un mystère.

Devant la perplexité de la religieuse, Olympe se penche vers elle et pose sa main ravinée sur la sienne. Elle lui souffle, comme en confidence :

— Revoyons-nous dans quelques jours, ici même. Je vous montrerai la trace de cet esprit sur une photographie qu'un cousin a un jour prise de moi.

## 5

## *L'accident de Patrice Jacquet*

— À quelle gare précisément arrivons-nous ? demande Claude en réajustant sa moustache avec difficulté compte tenu des soubresauts du train.

— Les Neyrolles, juste après la gare de Nantua, répond Edgar, songeur.

S'il n'y avait les glacières, juste à côté, personne ne s'arrêterait dans cette petite bourgade de montagne…

— Avez-vous déjà vu pareille industrie que celle qui consiste à récolter la glace des lacs ?

— Elle est assez rare, à vrai dire. Une autre est en exploitation à Pontarlier. Mais celle où nous nous rendons est de loin l'une des plus grandes d'Europe.

— Pourquoi ne sont-elles pas plus répandues ? Il serait plus logique que la glace ne circule pas trop et soit consommée là où elle est produite.

— Il faut des conditions géologiques bien particulières pour exploiter la glace. Ici, à Sylans, le lac s'est formé à la suite d'un effondrement dans le relief karstique, créant une cluse il y a longtemps. Les eaux qui l'alimentent sont ainsi filtrées par la roche, et arrivent fort propres, en douceur. Rien ne trouble cette eau cristalline qui a la pureté des montagnes. Elle est très faiblement minéralisée. La forme du lac aussi y fait beaucoup : il est dix fois plus long que large, et peu profond : à peine plus de vingt mètres. Enfin, il est presque perpétuellement à l'ombre de ces hautes montagnes, qui le protègent de la fonte : ça et l'altitude naturellement. Ici, il fait toujours moins de zéro degré l'hiver, voire moins vingt à certains moments…

L'inspecteur a été ingénieur des mines, avant de devenir inspecteur divisionnaire peu de temps après la création de ce corps d'État en 1874. Claude retrouve là l'érudition de son mentor pour tout ce qui se trame sous leurs pieds. Elle attend qu'il poursuive, mais seul le bruit entêtant du roulement de la machine emplit le compartiment.

— Et cette dépêche qui a justifié ce voyage, que disait-elle exactement ? insiste-t-elle.

— Qu'un ouvrier des glacières avait été victime cette nuit d'un grave accident. Au prix exorbitant de chaque caractère télégraphié, impossible d'en savoir beaucoup plus…

Claude devine que son patron ne lui en dira pas davantage. Il n'aime déjà pas parler de ce qu'il maîtrise bien, alors de ce qu'il ignore…

Elle se tourne vers ces paysages qui changent. Elle ne connaît du département que ces collines posées sur les plaines limoneuses, comme des coupes à champagne renversées. Au pire, elles sont tronquées, aplaties sur le dessus, comme si un dessinateur les avait gommées depuis le ciel. Et voilà qu'elle voit se dresser les premières montagnes, le long de la ligne bien nommée « des Carpates ». Si la jeune femme est naturellement désolée pour ce pauvre homme accidenté dans on ne sait quelles conditions, elle est néanmoins ravie de cet intermède qui l'éloigne de leurs bases habituelles.

La voiture du directeur de l'usine est venue les attendre à la gare. Le cheval qui la tracte est d'un blanc de neige. Sans rien dire, le chauffeur les amène quelques kilomètres plus loin, jusqu'au lac. En ce matin de la fin février, le froid est mordant, et Claude ressent déjà l'effet anesthésiant de l'hiver sur son corps. Lorsqu'ils parviennent au site, tout d'abord elle ne distingue rien au bout du doigt du chauffeur qui leur indique la direction à prendre. Rien d'autre que des rangs serrés de troncs alignés. Puis un sentier escarpé semble lui apparaître au milieu des résidus de neige gelée.

— Chemin de la Soupe, précise le chauffeur, aussi économe en paroles que s'il avait dû télégraphier son propos.

Les inspecteurs s'engouffrent dans la forêt. Le chemin en question, passablement escarpé, dévale la pente. Aussi, Claude se félicite d'être habillée en homme. Elle garde un œil discret sur Edgar, qui est encore moins dégourdi qu'elle. Lorsqu'ils parviennent en bas, ils se retrouvent enfin au même niveau que le plan d'eau. La jeune femme amorce un pas de recul devant le tableau qui s'offre à eux, comme pour mieux l'embrasser.

Elle a d'abord l'impression que tout se passe au-dessus d'elle, comme si elle était tombée au fond d'un puits. Elle doit renverser franchement la tête pour trouver le ciel, les cimes, la route à flanc de montagne plus haut à gauche. Partout autour de cette cuvette, d'immenses sapins aussi sombres que faméliques tentent eux aussi de s'échapper, et de se frayer un chemin parmi les buissons de branchages qui retiennent les restes de neige comme autant de toiles d'araignée. Certains arbres ont renoncé à cette fuite verticale, et restent pour toujours à l'état d'épines qui pointent hors du sol sur un à deux mètres.

Quant au lac, il est bien là, devant elle. On pourrait le confondre avec un champ givré, s'il n'y avait ce canal gris foncé aussi lisse qu'un miroir au mercure qui tranche dans le blanc de la glace. Il la fend sur toute sa longueur, non loin de la rive droite, et va se perdre tout au fond, au pied des montagnes silencieuses.

Le long de cette large tranchée, des blocs carrés ou rectangulaires flottent au milieu des hommes, qui se tiennent en équilibre dessus, ou à côté, armés de longues perches crochetées et d'étranges peignes à dents plates. Les nombreux ouvriers se détachent nettement sur la glace, avec leurs lainages sombres, leurs moustaches, leurs barbes, et coiffés de chapeaux ajustés. Claude pense à ces fourmis qui, l'été, transportent à grand-peine des miettes de pain cinq fois plus grosses qu'elles.

Ce tableau, d'une bichromie parfaite, ressemble à s'y méprendre aux négatifs que produit Edgar Roux avec sa chambre photographique. Elle devine déjà, au regard vif du vieil homme, et à la manière dont il serre son attirail contre lui, qu'un tel paysage l'inspire.

— Vous êtes les inspecteurs ! lance un homme au visage franc et direct, moins poilu que ses collègues.

Il leur tend une main impatiente, faisant tressauter la chaîne de sa montre gousset et trembler son chapeau de feutre. Son arrivée extirpe Claude de sa rêverie. Elle prend alors conscience du bruit entêtant que semblent produire ces tapis qui montent les pains de glace depuis la surface du lac jusqu'à l'étage supérieur d'immenses bâtiments de pierre. Les murs de ces bâtisses sont quasiment aveugles à part ces quelques fenêtres carrées, côté nord, par lesquelles pénètrent les blocs de glace. Devant eux, une cheminée accolée à un petit bâtiment cubique crache la fumée de la locomotive à vapeur qui doit actionner l'ensemble des dispositifs.

— Je suis Prosper Ramier, le contremaître. C'est moi qui vous ai télégraphié tôt ce matin. Je n'imaginais pas que vous pourriez venir dès aujourd'hui.

— La magie du chemin de fer ! répond le vieux divisionnaire. Alors, que s'est-il donc passé ici ?

Le contremaître a déjà fait demi-tour et les entraîne à sa suite.

— L'ouvrier accidenté se nomme Patrice Jacquet. On l'a transporté à l'infirmerie. C'est derrière la grande glacière que vous voyez là, précise-t-il en indiquant le grand bâtiment grisâtre. Il a eu un problème cette nuit, il est tombé à l'eau. Notre directeur a préféré vous prévenir, il est très à cheval sur le respect des règles…

— Vous travaillez la nuit ? interroge Claude.

— Oui, sept jours sur sept, vingt-quatre heures sur vingt-quatre. Sinon, avec une prise de cinq centimètres chaque nuit, le chenal se refermerait. Et alors, on ne pourrait plus ramener les blocs de glace depuis plus loin sur le lac jusqu'aux dragues que vous avez vues. Donc on a une équipe de jour et une équipe de nuit. Ça n'arrête jamais. Mais on a toutes les autorisations pour ça, hein ! croit-il bon de préciser. La relève est à six heures du matin et six heures du soir. Jacquet faisait partie de l'équipe de nuit. Il a probablement eu son accident sur le coup des quatre heures du matin.

— Où était-il quand c'est arrivé ? demande Edgar alors qu'ils tournent à l'angle de la grande glacière.

Le fatras des machines s'en trouve assourdi.

— Pas près des bâtiments. Plutôt à l'autre bout du lac, à un peu moins de deux kilomètres. Il était avec un collègue, Raymond Charlety. Tout le monde l'appelle Ramouniche, même sa femme et ses enfants. Peut-être même ses parents… conclut-il comme pour lui-même, avant d'écarter cette idée saugrenue d'un mouvement de la tête, comme une mouche. Ils étaient en train de tailler les radeaux. Ce sont ces grandes dalles de glace qui sont ramenées par le chenal jusqu'aux dragues. Ensuite, on les débite en blocs d'un mètre carré environ, qui seront montés et stockés dans les glacières longeant le lac.

— Et, une fois rangés, ils ne fondent pas ? demande naïvement Claude en dénaturant sa voix.

— Houla non ! Les murs sont épais, entrecoupés de couches de paille, la glace peut attendre jusqu'à deux ans avant d'être expédiée ! C'est au transport qu'on en perd un peu : le quart fond quand elle va à Paris, mais il faut tabler sur la moitié quand elle va à Alger.

— Alger ! s'étonne Claude-homme. Et vous en produisez beaucoup ?

— Vingt à trente wagons bien protégés de paille et de toile de jute quittent le site chaque jour. Ils emportent près de dix tonnes chacun. On les accroche aux trains de voyageurs pour ne pas perdre de temps.

Claude ne dit rien, mais elle est impressionnée.

Les voilà arrivés à une haute maison de pierre, coincée entre la glacière et le flanc de la montagne. Ils y pénètrent, et lorsque leurs yeux se sont habitués à l'obscurité, Claude voit clairement se détacher une grande croix sur le mur du fond. Puis, juste devant, une table épaisse.

— Mais c'est une église !

— Une chapelle, plus exactement. Sept jours sur sept, ça comprend les dimanches. Alors, forcément, c'est le curé qui descend du Poizat pour la messe. Mais l'endroit nous sert aussi d'infirmerie : tenez, ils sont là-bas.

Effectivement, un attroupement s'est formé autour d'un homme allongé sur une paillasse. Celui qui semble être le médecin du village est penché au-dessus de lui. L'homme au sol a l'air mal en point. Son visage dépasse à peine des couvertures dans lesquelles on l'a emmitouflé, pour le réchauffer sans doute.

Tout d'un coup, il hurle. C'est qu'il est vivant, suppose Claude avec soulagement. Mais le médecin a dû toucher quelque point sensible, le tirant pendant une seconde de son état catatonique. L'homme de sciences se relève, laissant le cercle se refermer autour du malade, et rejoint le contremaître.

— Je suis inquiet, Prosper. Sa jambe est broyée. Je crains qu'il ne faille l'amputer sur-le-champ.

Devant le regard interrogatif d'Edgar, leur guide, qui s'attendait manifestement à la sentence du docteur, s'explique, résigné :

— Jacquet est tombé dans le lac et il a tenté de remonter sur la glace. Il a créé des mouvements dans l'eau, ça a fait bouger les radeaux qui ont fini par cogner les uns contre les autres. Il s'est retrouvé coincé entre deux plaques qui sont entrées en collision. Ça arrive…

Le médecin retourne au chevet du blessé, qui commence à se tortiller de douleur.

— Vous avez dit qu'il était avec un collègue, reprend Claude tandis que le vieux divisionnaire semble perdu dans ses pensées. Serait-il possible de lui parler ?

C'est ainsi que Ramouniche est appelé à rejoindre le petit groupe. Il explique que cette nuit, Jacquet avait tout le temps envie de pisser, au point de devoir aller près du bord, au bout du lac, pour faire sa petite affaire. Puis, à un moment, il a complètement paniqué. On l'a vu gesticuler, tomber, glisser et rouler sur la glace. C'est là qu'il a manifestement pris une mauvaise direction et qu'il a fini par tomber non loin d'une autre découpe.

— Comment avez-vous pu le voir faire tout cela ? interroge Claude. Il faisait nuit noire, non ?

— Pour sûr, monsieur. Mais il avait posé sa lampe au sol pour pouvoir ouvrir son pantalon. En plus, nous sommes habitués, nous autres, à regarder dans l'obscurité. Alors, oui, j'ai tout vu…

— Et que s'est-il donc passé pour qu'il ait ce comportement si soudain ? demande Edgar, revenu à la conversation.

— On aurait dit qu'il avait vu un fantôme. Il semblait avoir très peur. Peut-être un animal dans la forêt, je ne sais pas. Moi, je n'ai rien vu bouger derrière lui, rien du tout. Et je n'ai rien entendu non plus, à part ses cris à lui, confirme Ramouniche en tournant la tête de droite à gauche en signe de dénégation.

Le contremaître, l'ouvrier devenu une moitié de binôme, et les deux inspecteurs du travail gardent le silence. Un peu plus loin, le malheureux Jacquet lâche des râles déchirants. Sans le dire, tous essayent de puiser dans leur imagination de quoi envisager ce qui a pu provoquer un tel incident.

— Cette lampe, elle est toujours là-bas ? s'enquiert Claude.

Moins d'une heure plus tard, tous quatre ont pris place dans une barque à fond plat, tronquée sur ses deux pointes. Ils remontent le chenal en direction du bout du lac, et c'est Ramouniche qui actionne les rames depuis ce qui tient lieu d'arrière. Ses yeux commencent à se fermer tout seuls. Il ne rentrera pas chez lui aujourd'hui, c'est sûr. Il va devoir trouver un coin pour roupiller, avant de reprendre son service de la fin d'après-midi.

Au fur et à mesure de leur avancée, un plus grand silence les entoure, parfois rompu par quelques appels lointains, d'un homme à un autre. Ils esquivent les radeaux de glace qui arrivent doucement à contresens, et qui occupent à eux seuls plus de la moitié du canal. Claude est fascinée par ces banquises parfois aussi limpides que du verre maintenant qu'elles sont débarrassées de la neige qui les recouvrait et nettoyées par les légères vaguelettes qui les caressent pour mieux en lisser la surface. Elles vont toutes dans le même sens, furtivement, presque à la même allure. On croirait voir des nuages géométriques avancer dans un ciel d'orage.

— Votre gars, Jacquet, il est expérimenté ? Depuis combien de temps est-il à votre service ? demande Edgar de sa grosse voix qui résonne dans ce chaudron.

— Oh oui ! répond Prosper. Ça fait quatre ou cinq ans qu'il vient chaque année faire la saison. Le reste du temps, il est cultivateur dans la montagne, comme la plupart des gars ici, d'ailleurs.

— Et la saison ? Elle commence quand exactement ? relance Claude de sa fausse voix.

— Ah ça ! C'est comme tout ici : c'est la glace qui commande. On attend qu'il y ait au moins quinze bons centimètres bien gelés pour rameuter les troupes. Quand c'est le cas, on prévient la vallée à coups de sirène et on hisse le drapeau rouge : c'est le signal qui fait descendre les types depuis les champs. En général, ça se passe début décembre. Et on cultive jusqu'en mars, ça dépend des années. Quand l'hiver est rude, et que la glace épaisse se reforme bien, on a jusqu'à trois cents saisonniers. Deux fois moins les mauvaises années.

Claude frémit sous sa veste ajustée, bien trop légère, tandis que la barque fend l'eau du chenal en formant à peine de légers plis. Elle imagine le pauvre Jacquet tomber dans ce néant glacial, en pleine nuit, fragile et démuni sous le linceul de glace qui se referme sur lui.

— Là-bas ! lance Ramouniche en clignant des yeux.

Il leur indique une direction, sur leur gauche, vers les rives broussailleuses. Prosper confirme, qui aperçoit la lueur de la lampe à huile. Elle se reflète sur le sol blanc, comme si la fine couche de neige brûlait à cet endroit. Un peu plus tard, c'est Claude qui la repère et qui aide Edgar à faire de même.

La barque accoste le long du chenal, tout près de l'endroit où Jacquet a tenu sa dernière phrase intelligible bien que très prosaïque avant de s'éloigner pour se soulager. Ramouniche restera sur l'embarcation tandis que Prosper fera office de guide.

Si les gars d'ici ont de solides bottes de cuir cloutées, ce n'est pas le cas des inspecteurs, qui progressent misérablement, petit pas chassé par petit pas chassé. Claude tient son mentor par le bras, autant pour elle que pour lui.

Ce qu'elle craint le plus n'est pas de tomber, mais de lâcher un vrai cri de femme sous la surprise ou le choc d'une chute.

— Heureusement que vous avez renoncé à prendre votre matériel de photographie ! lui rappelle-t-elle, soulagée.

— Si ça se trouve, vous le regretterez… répond-il mystérieusement avec l'intuition de ceux qui en ont vu beaucoup et s'attendent toujours au pire.

— On ne risque pas de passer à travers la glace ? crie Claude à l'intention de Prosper qui, loin devant eux, est presque déjà parvenu au phare miniature.

— En aucun cas, voyons ! Cette année, on a atteint quarante centimètres d'épaisseur !

Le contremaître affable est arrivé le premier à l'endroit visé. Il se penche pour récupérer la lampe et la lève comme pour s'en servir, bien qu'il fasse jour depuis longtemps. Ici, tout près de la rive, la glace n'est que très peu recouverte de neige, car la zone est protégée par les grands arbres qui forment comme le rebord d'un chapeau, au-dessus. Pure, elle laisse entrevoir par moments les algues filiformes, figées dans un mouvement élégant.

Prosper s'approche encore du bord, scrute le sous-bois, les branchages emmêlés, les buissons à l'allure tranchante comme des coraux centenaires. Alors qu'il est rejoint par les deux inspecteurs, il apparaît démuni. Il est presque déçu de la normalité des lieux. S'attendait-il à trouver un épouvantail à ouvriers ?

— Rien, vraiment, je ne vois rien là-dedans qui ait pu effrayer Jacquet à ce point.

Et tandis que les deux hommes fouillent toujours la forêt endormie de leurs yeux embrumés par le froid, Claude recule. Ce qu'ils cherchent n'est peut-être pas sur la terre. Elle s'agenouille sur la glace, là où était posée la lampe, remonte sa main dans sa manche et frotte le sol de son bras ainsi protégé pour écarter les débris et poussières de givre.

Ce qu'elle craignait arrive alors : elle pousse un cri si soudain qu'elle n'a pas le temps d'en préparer le genre. Les hommes se retournent. Edgar est déjà furieux et Prosper intrigué lorsqu'ils distinguent eux aussi ce qu'elle leur désigne, tremblante.

Cette vision fait oublier sa curiosité au contremaître, et dissipe toute la colère du vieux divisionnaire. Car aux pieds de Claude, une main affleure sous la glace comme si quelqu'un les saluait depuis l'autre côté d'une vitre…

Prosper reprend rapidement ses esprits. Sa première crainte est pour ses équipes : un autre ouvrier manquerait-il à l'appel ? Il s'accroupit et, avec précaution, lustre la glace. Il sort une gourde d'eau d'une poche intérieure de sa veste et en fait couler sur la zone en question pour en lisser la surface. Désormais, on voit à travers comme dans de la gelée.

— Bon Dieu de bon Dieu ! lâche-t-il, dépité. C'est Alfred…

Les inspecteurs s'approchent. Juste sous la glace, un jeune homme semble étonné de voir trois visages penchés sur lui, de l'autre côté de la vie. Sa bouche forme un O de surprise et ses yeux sont exorbités. Ses cheveux flottent, immobiles, autour de son crâne. Ses deux mains encadrent son visage, paumes en avant, doigts crispés. On dirait qu'il joue à leur faire peur.

Compte tenu de l'état de Jacquet, on peut dire qu'il a réussi son coup.

Claude fronce les sourcils. Elle s'avance encore et se penche, presque visage contre visage, car le corps n'est pas bien loin sous la surface. Il faut dire qu'on devine sous lui le fond caillouteux du lac. Il doit y avoir à peine cinquante centimètres de profondeur à cet endroit. Elle place ses deux mains de part et d'autre de l'inconnu, qui n'en est pas tout à fait un, et le scrute en détail.

— Attention à vos doigts, avertit Prosper. Votre peau pourrait coller à la glace…

Mais Claude ne l'écoute plus. Elle détaille le dénommé Alfred, ses traits étirés et fins, son nez tout en longueur, ses yeux un peu trop écartés, et cette légère tache de naissance sous l'œil droit : on dirait un petit cœur.

Elle se retourne, sans oublier de forcer sa voix. Mais jamais cela ne lui a été si pénible.

— Cet homme ne peut pas être là !

— Et pourquoi ça ? s'étonne le contremaître.

— Parce qu'il est déjà mort ! Dans une tréfilerie de Trévoux, il y a trois mois à peine…

## 6

## *Un dimanche au château de Varey*

Il est tard et la lune a déserté le ciel. C'est une chance pour sœur Placide. Les pensionnaires sont couchées, tout est calme. La religieuse s'est donc glissée hors de sa chambre de rideaux, à tâtons. Elle a longuement écouté le silence du dortoir, et n'y a distingué que des souffles ronds, en boucle. À un moment, elle a cru entendre un grincement, derrière les lavabos. S'y est rendue, le cœur battant, se maudissant de sa propre anxiété, pour ne rien trouver sur place, naturellement.

Lorsqu'elle a fait demi-tour, son cœur s'est arrêté : quelque chose venait de crisser sous son soulier. Dans le silence, le bruit lui est apparu d'une brutalité extrême. Par terre, elle a trouvé ce qui ressemblait à de la poussière claire, constituée apparemment de résidus de coquillages, agrémentée de minuscules coquilles d'escargots blancs. Sans doute le butin d'une petite, trouvé dans un lieu quelconque du site et tombé d'une poche…

Même une fois dehors, elle n'a pas osé allumer la lampe à huile qu'elle tient à la main. Elle a trop peur d'être repérée, notamment par les membres de la famille Perrin : les grandes fenêtres de la maison bourgeoise sont encore éclairées.

Elle longe l'atelier, silhouette sombre sur le mur obscur, et remonte jusqu'au monument à la gloire du dirigeant. Elle y rejoint Paul, son neveu, qui tremble de tous ses membres. Elle suppose que c'est plus par peur à l'idée de sortir du rang qu'à cause de la température. Il ne cesse de balayer l'endroit de son regard fiévreux.

— Ah, ma tante ! J'ai cru que vous ne viendriez jamais ! murmure-t-il en tendant un trousseau de clés à la religieuse.

Elle ne s'en saisit pas.

— Je ne comprends pas, vous ne voulez plus aller aux archives ?

— Si. Mais tu viens avec moi. J'ai besoin que tu fasses le guet.

Le ton ne laisse pas de place à la discussion, et Paul se liquéfie. Même ses moustaches tremblotent à cette idée. Mais il n'ose tenir tête à celle qu'il craint par-dessus tout.

— Bien, tranche-t-elle. Où se trouvent ces archives ?

— Au-dessus de nous, dans l'infirmerie.

— L'infirmerie ? Quelle idée !

— Heureusement qu'elles s'y trouvaient quand l'incendie de 1888 s'est déclaré ! Sinon, il n'y aurait plus rien. À l'époque, les dossiers du personnel étaient renseignés par l'infirmière à l'occasion d'une visite d'accueil. On les y a laissés, jusqu'à la construction des nouveaux ateliers et des bureaux attenants. Donc, tout ce qui date d'avant l'incendie est là.

Sœur Placide considère la maison presque cubique qui marque l'entrée dans la ville-usine, et qui aurait conservé quelque chose de l'histoire de Léonie, comme un coffre discret.

— Allons, ne traînons pas, décide-t-elle en amorçant l'ascension.

Paul marmonne piteusement dans ses moustaches en guidon de vélo, tandis qu'il la suit à contrecœur.

Le lendemain matin, au réfectoire, sœur Placide cherche des yeux la jeune Victorine. Elle finit par la trouver, au loin, calée entre deux grandes. Elle fronce les sourcils : la chose mérite d'être surveillée. En principe, les petites restent entre elles. La proximité de Victorine avec ces jeunes filles pourrait être suspecte. Il n'est pas rare que certaines, perverties par la solitude et le temps qui passe, se servent des plus fragiles comme de souffre-douleur.

La religieuse fait mine de vagabonder entre les longues tables où fument les bols de café comme autant de feux follets. Elle parvient à sa cible et, alors qu'elle passe derrière Victorine, observe avec toute l'acuité possible l'allure de la fillette. Paraît-elle angoissée, contrainte… Elle ne saurait dire si elle a la moindre marque sur la peau, tout n'est que tissu sur ces enfants. Elle retrouve sœur Grimonie à la tablée des religieuses.

— Sœur Grimonie, lui glisse-t-elle, auriez-vous repéré quoi que ce soit d'inhabituel relatif à la petite Victorine ? Des traces de coups ou d'une quelconque difficulté ?

— Ma foi, non. Qu'est-ce qui vous fait penser cela ?

— Une intuition, répond-elle simplement sans quitter les deux grandes perches des yeux.

— Eh bien, je l'ai vue à la toilette ce matin, tout

était normal. Hormis bien sûr les traces du dévidage sur ses bras…

— Oh ! Elle est au dévidage ? s'émeut sœur Placide avec plus d'empathie dans la voix qu'elle ne l'aurait voulu.

Mais sœur Grimonie, aussi fine observatrice qu'une chauve-souris en plein soleil, ne remarque rien.

Le dévidage est la principale étape de la filature. Il consiste à ébouillanter les cocons dans de grandes bassines de cuivre, où l'eau est chauffée par la vapeur à près de quatre-vingt-dix degrés. Il faut cette température, et beaucoup de savon, pour séparer le fil de soie de la séricine qui le maintient, collé et serti en coque solide. Et il faut ensuite des bras pour plonger dans l'eau bouillante, à peine refroidie, et récupérer les fils ainsi libérés sans les casser. Ils mesurent un à deux mille mètres chacun, un seul par cocon, une longueur affolante lorsqu'il s'agit de ne pas l'abîmer.

Aux étages supérieurs du bâtiment de la Filature, ce sont ainsi près de cent cinquante bassines qui sont alignées, fumantes, brûlantes. La vapeur monte et s'échappe comme elle le peut par de larges tabatières dans le toit, mais beaucoup reste piégée et s'accumule en nappe à mi-hauteur, juste au-dessus de la canopée de têtes. L'odeur des vers bouillis est pestilentielle. On pourrait aisément confondre l'endroit avec la cuisine des enfers, s'il n'y avait cette Sainte Vierge installée dans un angle de la pièce, dont le regard doux et indolent est censé donner du courage aux ouvrières.

Car du courage, il leur en faut. Celles-ci sont debout devant les bassines toute la journée, soit plus de onze heures. Elles sont manches retroussées, luisantes de sueur. Elles ne peuvent qu'espérer trouver rapidement le fil, lorsqu'elles doivent se résoudre à enfourner leurs bras dans la douleur liquide et grasse. La tâche est tellement rude que certaines s'évanouissent sous le supplice, ou du fait de l'extrême chaleur humide de l'air vicié.

Plusieurs fois dans la journée, les ouvrières bénéficient d'une pause, et en profitent pour se restaurer ou se détendre. Pour faire l'aller-retour au Ménage, elles devront monter et descendre près d'une dizaine d'étages au total, entre les deux bâtiments. Mais le dévidage est si difficile que même ces intermèdes sportifs sont les bienvenus.

— Demain, c'est dimanche, annonce avec une joie non dissimulée sœur Grimonie, extirpant sœur Placide de ses pensées moroses. Nous allons enfin pouvoir recommencer à nous promener au Varey après la messe !

À moins d'une heure de marche de l'usine, le château de Varey est une imposante construction d'origine médiévale, qui pointe fièrement ses tourelles en haut de la colline. Il n'en a pas toujours été ainsi. Démantelé sous la Révolution, il a été patiemment reconstruit, et agrémenté de quelques fantaisies, par la famille Perrin qui l'a acquis au milieu du siècle. Depuis, il sert de maison de repos et de convalescence aux ouvrières. Il est également le lieu de promenade privilégié du dimanche, pendant toute la belle saison. Les pensionnaires y flânent dans l'immense parc, tressent des colliers de fleurs et, lorsqu'il fait vraiment chaud, peuvent même se baigner en longues chemises blanches dans les bassins des fontaines.

Tout d'abord, sœur Placide trouve puérile l'exaltation de sa consœur à l'idée de cette promenade. Et puis, tout de suite après, elle voit là une bonne façon de se rapprocher discrètement de la petite Victorine.

Elles ont de la chance. Il fait enfin beau. Ce doit être la première fois depuis des semaines.

Les sœurs encadrent du mieux qu'elles peuvent cette impressionnante transhumance qui, bien que sur un trajet relativement court, déplace pas moins de six cents personnes d'un point à l'autre de la commune. À l'échelle du village, c'est un véritable exode ! Et nombreux sont les habitants qui se plaisent à délaisser leurs occupations dominicales pour regarder passer, depuis les talus le long des chemins et des fermes, les filles des Soieries.

À la tête de la procession, l'on porte une croix et une statue de la Sainte Vierge. Derrière, tout n'est que chapeaux de paille enrubannés, canotiers, voilettes pour protéger les plus fragiles du soleil. Les souliers du dimanche battent le chemin terreux dans une brume de poussière, tandis qu'au-dessus, quelques rires et éclats de voix se font entendre.

Sœur Placide est à l'arrière du groupe, comme souvent. Elle avait repéré Victorine pendant la messe, elle l'a perdue de vue depuis. Elle se dit qu'elle la retrouvera rapidement. Car elle sait que lorsqu'elles seront enfin arrivées, une séparation s'opérera naturellement entre les filles.

Et une fois le groupe parvenu à destination, c'est un fait : il y a les anciennes, qui connaissent déjà les lieux et se dispersent rapidement comme une volée de moineaux. Leurs petits groupes s'éclatent en direction des endroits que l'on préfère : ici la roseraie, ici les tilleuls, ici le parterre et sa vue sur la vallée, ici les fontaines…

Et les nouvelles, qui restent muettes d'admiration, immobiles, alors qu'elles découvrent l'imposant château. Il faut dire qu'il écrase tout de sa hauteur impressionnante, héritée de son passé glorieux. Ses pentes immédiates sont encore en pans inclinés, de ceux qui permettaient aux projectiles lâchés depuis les hauteurs de rebondir sur les ennemis.

Deux fines tours sont doublées à l'arrière par deux plus larges, dont l'une formant chapelle : une Sainte Vierge y accueille bras ouverts les visiteurs, depuis le ciel, au-dessus d'une rosace prometteuse. Entre chaque tour, des créneaux sont autant de porte-croix, creusés qu'ils sont en leur cœur.

Les petites sont têtes levées, bouches ouvertes, étourdies. Sœur Placide identifie alors aisément Victorine, et s'approche doucement d'elle, par l'arrière.

— C'est joli, n'est-ce pas ?

La petite fille se retourne. Ses cheveux de paille sont si fins et si légers qu'ils volettent autour de son visage. Le bleu intense des yeux frappe sœur Placide qui, pourtant, s'y attendait. L'enfant ne répond pas. Elle se contente de hocher lentement la tête, et ce mouvement, plus que n'importe quelle parole, bouleverse la religieuse.

— Viens, je vais te faire visiter le parc, annonce-t-elle d'une voix vacillante, dissimulant son trouble.

La promenade est charmante. Sœur Placide indique tous les endroits les plus courus à la petite fille, qui s'extasie également devant tous. Mains en prière sous le menton, elle lâche des onomatopées émouvantes à chaque recoin, chaque buisson, chaque vue. Elle tourne sur elle-même pour tout embrasser en même temps qu'elle avance. Elle manque de trébucher à plusieurs reprises, mais la religieuse est là pour la rattraper.

Sœur Placide renonce à lutter. Elle fait mine de croire qu'aujourd'hui est un jour différent des autres, une parenthèse enchantée. Elle se laisse emporter par les souvenirs. Cette scène, elle l'a déjà vécue. En toute connaissance de cause, elle s'y replonge avec délectation. Elle s'y fond avec d'autant plus de bonheur qu'elle sait que cela ne durera pas. Elle se rappelle comment cela finira. C'est une chose qu'elle ignorait à l'époque. Mais pour l'instant, l'enfant est là, avec elle, et le soleil les caresse de ses premiers rayons.

Pour le pique-nique, toutes les jeunes filles se sont assises ou allongées, partout dans le parc. De loin, on dirait que de généreuses fleurs blanc et rose ont poussé à même l'herbe, comme autant de nénuphars géants. Après le repas, certaines dorment, éreintées par la semaine, d'autres jouent à la balle, à la marelle, ou à cache-cache entre les grands arbres.

Victorine a remonté ses manches pour tremper ses mains dans une fontaine. Elle ne veut pas faire la sieste, elle veut manifestement profiter de chaque seconde. Sœur Placide ne peut empêcher son cœur de se serrer lorsqu'elle voit les traces cramoisies sur ses avant-bras. Elle décide qu'elle ira trouver la contremaîtresse du moulinage, et lui demandera de récupérer la petite fille dans ses équipes.

Le moulinage consiste à assembler les fils récupérés du dévidage et à les tordre, pour les rendre épais et solides. On en réunit jusqu'à vingt pour obtenir le brin qui partira au tissage. L'action est assez pénible, car il faut rester toute la journée debout, bras levés vers de hautes bobines. Mais enfin, cela reste moins douloureux que l'eau bouillante des chaudrons…

Alors que l'après-midi touche à sa fin, et que sœur Placide et Victorine ont atteint les confins du parc, la religieuse se résout à interroger l'enfant. Celle-ci évoque sans états d'âme sa condition d'orpheline. Elle ne semble pas avoir souffert de son séjour à l'institution d'Hotonnes. Elle y a appris à lire et à écrire autant qu'à travailler dur. Mais elle ne peut manifestement apporter aucun indice concernant ses véritables origines.

Des éclats de voix parviennent soudain jusqu'à sœur Placide. Instinctivement, la petite Victorine se recroqueville : elle les a entendus aussi. La religieuse se précipite vers l'endroit d'où semblent provenir des paroles trop fortes pour le caractère bucolique de l'endroit. Moins de trente mètres plus loin, là où la pente du parc se fait trop abrupte pour être praticable, une clairière s'ouvre.

Une fille, une autre des nouvelles accueillies par sœur Placide quelques jours plus tôt, est au sol. Au-dessus d'elle, debout et puissante, la mère supérieure ; c'est elle qui dirige le contingent de religieuses. Son allure est plus sévère encore que celle de sœur Placide. Et face aux femmes, deux hommes. L'un est à genoux et se frotte le menton. L'autre est debout, de dos pour sœur Placide, poings serrés.

On intime l'ordre à Victorine de rejoindre les autres filles près du château. Puis sœur Placide s'avance vers la mère supérieure, qui l'accueille d'un regard tendu. L'enfant au sol est tremblante, mais elle n'a rien. Pas de sang, pas de traces de coups. La religieuse reconnaît sans peine les deux hommes. Ce sont les fils Perrin, les garçons d'Olympe. Étienne est toujours au sol, le visage rouge et manifestement endolori. Philibert, l'aîné, est debout face à lui, fou de rage.

La mère supérieure souffle à l'intention de sa subordonnée :

— M. Étienne Perrin a manifestement tenté d'embrasser la petite, qui s'est débattue et a crié. M. Philibert est arrivé à ce moment-là et a frappé son frère.

— Pourquoi étiez-vous là, ma mère ?

— Sœur Grimonie a aperçu Étienne Perrin discuter avec l'enfant et l'emmener à l'arrière du parc. Elle est venue m'en prévenir.

Sœur Placide observe Étienne, qui se relève. Il pourrait être bel homme, avec sa mâchoire carrée, son nez grec, son front volontaire et sa chevelure noire et drue. Son regard de braise évoque celui de sa mère. Mais avec quelque chose de menaçant en arrière-plan.

Son frère en revanche est fin, mince, presque frêle. Un visage anguleux, osseux, comme si la chair rechignait à l'habiter. Mais, outre le fait qu'il est un peu plus âgé, il paraît pourtant plus solide et plus droit. Il se retourne vers les sœurs.

— Mes sœurs, pardonnez, je vous prie, le comportement de mon frère. Sa… proximité avec cette jeune fille était particulièrement déplacée. La chose ne se reproduira pas, je vous le promets et m'en porte garant.

Ce qui n'est ni plus ni moins qu'une façon élégante de demander que la chose demeure secrète. La mère supérieure fixe l'aîné de la fratrie Perrin, le fils de leur bienfaiteur et le futur maître de l'usine. Elle acquiesce lentement, il fait de même, ils ont conclu un pacte tacite.

Philibert attrape son frère déconfit par la manche de la redingote, et l'entraîne vers le chemin, en direction du château. En quelques secondes, ils ont disparu, comme si rien ne s'était jamais passé.

— Allez, file ! lance la mère supérieure à la petite fille sur un ton de reproche, avant de reprendre à l'intention de sa consœur : A-t-on idée de se laisser entraîner derrière des fourrés par un homme de quarante ans ! Ces gamines n'ont donc rien dans le cerveau… Contrairement à M. Philibert, qui a pris femme et a eu un fils, M. Étienne ne s'est jamais marié, reprend la religieuse comme si cela expliquait tout. C'est un garçon étrange, aux mœurs suspectes. Il faut que nous restions vigilantes.

Effectivement, sœur Placide n'ignore rien des rumeurs qui courent au sujet du garçon. Mais il est rare qu'on l'aperçoive à l'usine. C'est plutôt son frère, Philibert, aux manettes avec son père, qu'il est parfois donné de croiser dans les bureaux.

Quelques jours plus tard, sœur Placide est assise sur son banc préféré, très circonspecte.

Elle tient à la main une photographie de grande taille et de bonne définition, comme celles que l'on paye cher dans les familles aisées. On y reconnaît Olympe, à genoux sur une herbe gris foncé, souriant de toutes ses dents. Elle est en train de creuser la terre pour y planter quelque chose. À près d'un mètre environ, son petit-fils porte des plants de rosiers qu'il tient bras tendus, pour ne pas se griffer le visage probablement. Et au-dessus de la femme, une trace blanche.

C'est comme si une large zone de l'image avait été décolorée. Les contours en sont imprécis, plutôt oblongs, vaguement rectangulaires avec des pointes aux angles. « Un peu la forme d'un œuf de raie », se dit sœur Placide qui en a déjà vu dans des livres.

— Et vous pensez que c'est cela, votre fantôme ? interroge la religieuse, sans pouvoir dissimuler son incrédulité.

Olympe ne s'en offusque pas.

— Mais bien sûr, voyons ! Que voulez-vous que ce soit ? Vous constatez bien que partout ailleurs, la netteté de l'image est excellente ! Il n'y a aucune raison pour que cette zone en particulier soit affectée, juste au-dessus de moi en plus.

Sœur Placide ne répond rien. Elle aime bien Olympe, elle ne veut pas la décevoir. Elles sont toutes deux installées sur leur banquette de granit. Autour d'elles, les buissons des futures pivoines continuent leur lente mais inexorable croissance. Aujourd'hui, la religieuse est plus à l'aise, presque appuyée à la dame du monde.

— De toutes les façons, si je vous avais montré la photographie d'une pure dame blanche et transparente en chemise de nuit, vous auriez trouvé le moyen de me rétorquer que la photographie avait été truquée, lance Olympe sans animosité en récupérant son image avant de la glisser dans le fichu de dentelle croisé sur le plastron de sa robe. Alors, chère sœur Placide, change-t-elle de sujet, parlez-moi de vous. Lorsque vous êtes arrivée aujourd'hui, je vous ai trouvé l'air préoccupé.

La religieuse taciturne est sincèrement admirative de cette femme qui dit ce qu'elle pense sans détour ni périphrases. Elle n'en a jamais rencontré de semblable, qui ne soit ni rivale, ni ennemie, ni juge, ni commandeur, ni trop fragile, ni artificielle, rien d'autre qu'elle-même. Authentique. Il paraît impossible de se heurter à elle. On ne peut au contraire que s'y fondre, cueilli par son regard brillant et pénétrant. Sœur Placide se dit que c'est sans doute là la définition d'une personne inspirante.

La religieuse se tord les mains.

— Il y a bien quelque chose, en effet, qui me travaille.

— Racontez-le-moi, je vous en prie.

— Pour cela, il me faut d'abord vous parler de Léonie, souffle sœur Placide, comme si le seul fait de prononcer ce prénom à voix haute était déjà une délivrance en soi. Léonie était une petite fille arrivée à l'usine il y a fort longtemps. Ce devait être autour de 1867, il y a plus de vingt-cinq ans. Je venais moi-même de commencer mon office ici. J'avais moins de quarante ans, et je dois concéder que quelque chose en moi est entré en résonance avec cette enfant, je ne puis mieux le dire. Elle était orpheline, c'est là tout ce que je savais d'elle. Dès le premier jour, elle s'est collée à ma robe noire, et ne l'a plus jamais lâchée. Elle s'est installée dans mon dortoir, à la tablée du réfectoire la plus proche de la nôtre, et me cherchait des yeux à tout moment. J'en ai honte à présent, mais j'admets avoir connu alors le péché d'orgueil, à l'idée de ce que je semblais représenter pour cette enfant. Nous passions les dimanches d'été ensemble, au château de Varey, et je faisais de mon mieux pour être près d'elle à chaque récréation. J'ai tout su de sa vie naissante, ses menstruations, ses premiers émois pour un apprenti chaudronnier de la forge, ses difficultés avec les autres filles du moulinage… Elle était devenue un soleil pour moi, une raison de vivre.

— Ma chère, vous avez surtout connu le péché

d'amour, il me semble, intervient Olympe pour laisser à son amie le temps de reprendre le fil de ses souvenirs. J'ai dans l'idée que cette histoire se termine mal, n'est-ce pas ?

— Eh bien, pour moi, oui. Une douzaine d'années après son arrivée, alors que Léonie avait largement passé la vingtaine, une demande en mariage la concernant est parvenue à l'usine. Un cultivateur de la région l'avait aperçue, un jour de promenade au château, et s'en était épris. Elle est allée le rencontrer un dimanche. Et lorsqu'elle est revenue, elle était déjà différente. Elle avait été fascinée par ce garçon. J'en ai conçu une jalousie coupable, je le reconnais. Elle m'a juré, promis, qu'elle ne me laisserait jamais, qu'elle m'aimait comme une mère, qu'elle me reviendrait régulièrement. Peut-être même parviendrait-elle à convaincre son mari de me laisser être la marraine de son premier enfant, afin que nous restions toujours unies, d'une certaine façon.

Sœur Placide ne s'en rend pas véritablement compte, elle n'est pas assez habituée, mais les larmes coulent maintenant de ses yeux fatigués. Olympe pose sa main sur celle de la femme meurtrie qui poursuit :

— Et puis elle est partie. Et elle n'a pas tenu sa promesse. Elle n'a plus jamais donné de ses nouvelles. Son mariage devait la combler à un point tel que plus rien d'autre n'existait à ses yeux. Elle a abandonné ses camarades de l'usine, et elle m'a abandonnée, moi. J'ai tenté de comprendre, et d'accepter. La vie ici est difficile. Et nombreuses sont celles qui, une fois parties, ne reviennent jamais, contrairement à des engagements trop vite pris. Il est peut-être dur de se plonger à nouveau dans cette atmosphère claquemurée. Mais tout de même…

— Elle a brisé votre cœur, c'est cela ? Vous avez tout donné, et son ingratitude vous a détruite. Vous avez tenté de toutes vos forces de lui pardonner d'être libre, d'être heureuse sans vous. Et vous, vous avez tenté de vous pardonner d'avoir naïvement cru en son affection éternelle, et d'avoir tant souffert de la perdre.

— Oui, c'est exactement cela, convient sœur Placide avec amertume, reconnaissance et étonnement devant la précision d'Olympe.

— Ma chère, bienvenue dans la malédiction de la maternité ! lance joyeusement la femme trop mûre en tapotant la main de son interlocutrice. Ce n'est pas tant que Léonie vous a aimée comme une mère, c'est plutôt que vous l'avez aimée comme une fille, une fille qui vous a trahie pour vivre sa propre vie. Vous ne faites ni plus ni moins que connaître ce que nous toutes connaissons, et Dieu ne peut rien à cela.

— Vous aussi subissez ce sentiment ?

— Naturellement ! Je n'entends rien à mes fils. Je les ai aimés, choyés, éduqués, mais j'ai aujourd'hui acquis la certitude que cela n'a servi à rien. Ce qu'ils sont, ils l'auraient été sans moi. Et aujourd'hui, c'est à peine si j'ai le moindre échange sincère avec eux. Étienne est perpétuellement absent, dans son monde. Et Philibert est aux affaires. Comme son père, il pense que les femmes n'y entendent rien et que leur parler n'est que perte de temps. Ma bru est une idiote dépressive, convaincue que Philibert la trompe. Il n'y a guère que mon petit-fils qui m'apporte encore de la joie.

Sœur Placide considère Olympe sous un jour nouveau. Comme si elles étaient d'une même famille, d'un même sang, au-delà de la chasuble et de la robe de dentelles. Elle se demande si elle doit lui raconter l'épisode du week-end précédent, au château de Varey, au cours duquel son fils Étienne s'est tristement illustré. Son amie ne lui laisse pas le temps de trancher.

— Cette enfant devenue femme, vous savez où elle se trouve ?

— Depuis peu, oui. J'ai retrouvé le nom de l'homme qui l'a épousée. Je me demande même si elle n'aurait pas eu une fille…

— Eh bien, il m'est d'avis que vous devriez aller la voir. Constatez qu'elle va bien, parlez-lui de vous. Je suis certaine qu'elle regrette votre éloignement à toutes deux. Et si elle-même connaît la maternité, alors nul doute qu'elle saura comprendre votre désarroi.

# 7

## *Retour à Trévoux*

Alfred Bourgeois portait bien mal son nom, car c'était un garçon très modeste. Il faisait partie, depuis trois ans, de l'équipe des permanents des glacières de Sylans. Cette trentaine d'hommes gardait l'endroit sans discontinuer, organisait la distribution de la glace récoltée tout au long de l'année, et entretenait les installations.

Parmi ces experts, Alfred, lui, était charpentier. Un amoureux du bois, taciturne et talentueux malgré son jeune âge : il avait à peine vingt ans. Les gars le respectaient pour son travail, mais peu d'entre eux pouvaient s'enorgueillir d'avoir pu tenir une véritable conversation avec lui. C'était justement cela que Prosper avait aimé chez lui : son calme, sa discrétion, et cette étrange valeur qu'a le verbe de ceux qui le partagent peu.

Après que le contremaître a présenté le garçon pétrifié à ses compagnons, on décide de le laisser là-bas pour l'instant. Il est convenu que les hommes reviendront découper un bloc de glace qui englobera entièrement le corps, pour le ramener, par le même chemin que les autres radeaux, jusqu'aux baraquements. Puis on le laissera fondre doucement dans la chapelle, pour ne pas abîmer le cadavre, avant que le médecin procède à un examen approfondi. La gendarmerie a également été prévenue.

Une fois revenus aux baraquements, les deux inspecteurs du travail étudient le dossier d'Alfred, celui que Prosper leur a dégoté : on ne lui connaît pas de famille car il était orphelin, comme de nombreux enfants de la région. Il était passé directement du foyer religieux de Pont-d'Ain, qui l'avait accueilli bébé, aux artisans du bois pour y apprendre son métier. Il avait alors quatorze ans. Quatre ans plus tard, il se présentait à Sylans, où l'on avait sauté sur ce garçon peu disert mais efficace.

— Mais, vous n'avez pas été surpris de l'absence d'Alfred ces derniers temps ? s'étonne le vieil inspecteur du travail en fronçant ses épais sourcils blancs.

— En fait, il n'a pas fait la saison, cette année, se justifie le contremaître. Il est venu me trouver fin novembre, pour me dire qu'il serait absent quelques mois : on venait de lui proposer un travail qu'il ne pouvait pas refuser, deux fois mieux payé qu'ici. Et il voulait essayer autre chose. J'ai compris son choix, que voulez-vous. Et je n'ai plus eu de nouvelles de lui. Alors, son absence ne m'a pas étonné, du coup. Je ne comprends vraiment pas ce qu'il fait là… ajoute-t-il pour lui-même.

— Et connaissez-vous l'employeur qui devait le récupérer ?

— Je n'en ai pas la moindre idée. Alfred, c'était pas un bavard, et j'ai franchement eu l'impression qu'il ne souhaitait pas en parler plus avant. Alors, je n'ai pas insisté. Je me disais qu'il se lasserait de ce nouveau travail et qu'il nous reviendrait à la fin de la saison…

— Ce n'est donc pas un accident du travail à proprement parler, conclut Edgar d'un ton définitif en faisant claquer un dossier pour en ouvrir un autre.

Claude lève les yeux au ciel : comme si la chose était déterminante à ce stade ! Elle revient à ses observations sur le jeune homme, tirant Prosper de sa rêverie :

— Aurait-il pu avoir un frère jumeau ?

— Un jumeau ? Je n'en sais fichtre rien, il n'avait pas de famille ! Il n'en a jamais parlé, en tout cas. Alors, ça m'étonnerait, mais je ne peux le jurer, si vous dites avoir vu ailleurs un homme qui lui ressemblait un peu…

Claude est intriguée. Ce n'est pas qu'il lui ressemble un peu… C'est exactement le même garçon, elle en est sûre ! Elle revoit Trévoux, la tréfilerie, ce visage de cire tourné vers elle, une fois débarrassé de son suaire doré, cette tache de naissance, ces yeux écartés… Elle se tourne vers Edgar, qui est en train de passer en revue les documents du contremaître : cette étrangeté n'a pas l'air de lui sauter aux yeux, ni de le surprendre outre mesure. Il est impossible qu'il ne s'en souvienne pas !

— Cultivez-vous la glace là où nous avons retrouvé Alfred ? reprend-elle à l'intention du contremaître, un peu mécontente de se sentir bien seule.

— Sous les arbres ? Non, c'est bien trop près du bord : il y a plein de saletés, des branchages, des algues, de la terre. On prélève la glace plutôt à même le lac.

— Donc vous diriez que cette glace, qui a emprisonné le corps d'Alfred, date du tout début de la saison, quand l'eau a commencé à prendre. Vous vous rappelez la période dont il s'agit ?

— Eh bien, on a appelé les saisonniers le lundi 4 décembre, pour commencer l'exploitation. Donc la glace a dû prendre le week-end juste avant, autour du 2 décembre.

— Et la dernière fois que vous avez vu ce garçon, c'était dans les derniers jours de novembre, quand il a laissé tomber son travail, c'est cela ?

— Oui, je ne me rappelle plus quel jour exactement. Mais c'était la semaine juste avant, ça, c'est certain : je me suis dit que je n'arriverais jamais à lui trouver un remplaçant en moins de cinq jours. Mais pourquoi ces questions ?

— Le corps que nous avons trouvé ne me semblait pas présenter de traces particulières, explique la jeune femme dont la voix perd de sa virilité au fur et à mesure qu'elle progresse dans sa réflexion. Je veux dire, pas de décomposition ni de détérioration, pas de couleur putride. Vous avez bien vu ! Ses traits n'étaient pas déformés, pas de blessures qui auraient pu être provoquées par des poissons, rien : on aurait dit qu'il venait tout juste de se noyer.

— Et alors ?

— Alors, si la glace n'a pas fondu depuis début décembre, c'est qu'il est là-bas depuis tout ce temps, conservé comme vos précieux chargements dans vos glacières. Et s'il n'est pas abîmé, c'est que la glace a dû prendre juste après son décès, et qu'il est donc forcément mort entre le moment où vous l'avez vu, fin novembre, et le premier week-end de décembre.

— Euh… oui, cela me semble correct, confirme le contremaître en lissant sa moustache pour mieux se concentrer.

Pensif, il n'a même pas relevé que la voix de l'inspecteur départemental était en train de muer à l'envers.

— Mais je ne vois pas trop ce que cela change.

Claude, elle, voit ce que cela change : même si on ne l'a trouvé qu'aujourd'hui, Alfred Bourgeois est mort dans la glace il y a trois mois.

Quasiment au même moment où son parfait sosie se suicidait à la tréfilerie de la Grande Argue.

À peine sont-ils rentrés à Bourg, dans la demeure du divisionnaire, que Claude interpelle son responsable.

— Mais enfin, vous ne le voyez donc pas ? Ce sont les mêmes visages, le même âge ! Ils sont morts en même temps, tous deux dans des conditions qui, bien qu'elles ne paraissent pas crapuleuses à première vue, n'en restent pas moins mystérieuses ! Et rien ne vous étonne dans cette étrange coïncidence !

— Vous n'avez pas réussi à travestir votre voix jusqu'au bout : vous parlez trop, jeune fille, répond simplement le vieil homme, qui lisse ses cheveux argentés encore drus vers l'arrière.

Il retire ses petites lunettes rondes, se masse les yeux. Il paraît épuisé.

Il caresse machinalement, par réflexe, un cadre posé sur le buffet de l'entrée, qui abrite une photographie. C'est celle d'une femme mûre aux traits typés et au visage sensuel, le chignon porté bien haut, les mains croisées sur une robe sombre. En bas de l'image, écrit à la plume, ce seul message émouvant et pudique : « Ma femme ». Le premier jour de son arrivée, Claude avait demandé à son hôte où était cette dame. Le vieil homme avait répondu qu'elle était morte, sur un ton qui indiquait qu'il entendait ne rien dire de plus. Elle s'était conformée à ce souhait.

Claude ne comprend pas pourquoi Edgar n'est pas aussi intrigué qu'elle par la situation. Elle pourrait faire un caprice, là, maintenant. Taper du pied comme elle le faisait enfant, du temps de son père. Rejoindre sa chambre à l'étage et claquer la porte. Et puis quoi, qu'obtiendrait-elle à se mettre Edgar à dos ? Aussi, au lieu de ça, elle s'approche de lui, alors qu'il est toujours captivé par l'expression de sa femme disparue, et lui souffle gentiment :

— Edgar, vous avez pris une photographie à la tréfilerie. Vous vous rappelez ?

À l'évocation de sa passion, l'homme courbé se redresse.

— L'avez-vous toujours ?

Il acquiesce, et se rend dans le bureau installé dans un angle du salon transformé en chambre de développement. Le caractère sombre et hermétique de l'endroit interdit à tout autre que lui d'y pénétrer. Il revient quelques minutes plus tard avec la planche cartonnée en question, et l'observe attentivement. Il s'approche de la jeune femme, qui est en train d'arracher sa fausse moustache et d'ébouriffer ses cheveux.

— Bigre, vous avez raison. Les deux garçons ont des traits vraiment très similaires… Et cette tache de naissance ici, indique-t-il sur le visage éternellement mélancolique de Constantin Prudent.

Claude s'approche. Il n'y a pas de doute. Elle est heureuse de ne plus être la seule à le constater. Mais elle s'étonne qu'il ait fallu qu'Edgar ait recours pour cela à la mémoire figée de l'image plutôt qu'à ses propres souvenirs.

Parce qu'elle voit le cliché pour la première fois,

elle l'étudie de plus près. La lumière y est faible, mais pourtant, tous les détails sont comme accentués par le contraste du noir et blanc. Elle fonce jusqu'au bureau en bois de rose, trouve une loupe, et revient. Elle la plante entre eux et le cadavre du fileur, entouré d'une galerie de portraits aussi austères que hautains.

— Regardez ses doigts… Je n'y avais pas prêté attention ce soir-là, mais il y a des taches sur ses doigts, vous ne trouvez pas ?

— Oui, peut-être…

— Elles sont vraiment alignées… On dirait qu'elles suivent chacune de ses premières phalanges, non ?

— En quoi cela serait-il déterminant ?

— Il pourrait s'être battu ! Vous le trouvez logique, vous, ce suicide de nuit avec les mêmes fils métalliques qu'il s'évertuait à tirer le jour ? Croyez-vous qu'un artisan aille gâcher son précieux travail de la sorte ?

— Il pourrait surtout s'être blessé à la tâche, ce qui expliquerait ces traces. Je vous rappelle que ces métiers sont manuels, et dangereux.

Elle se tourne soudainement vers lui, saisit ses mains, et, implorante, lui lance :

— Allons à Trévoux, s'il vous plaît, monsieur Roux. Je sais que vous appréciez votre ami le sous-préfet comme un fils. Vous vous reposerez en bord de Saône, vous marcherez jusqu'au vieux château fort abandonné. Moi, j'effectuerai quelques contrôles, pour vous et pour moi. Je vous en promets cinq par jour, au bas mot. Et au passage, j'essaierai aussi d'en savoir un peu plus sur ce garçon. Allons, vous n'avez rien à perdre à me faire plaisir !

S'il n'y avait eu qu'elle, cette enquiquineuse, et eux, ces étranges sosies, Edgar serait retourné à ses développements photographiques et à ces procès-verbaux qu'il envoie pompeusement au procureur, prétextant les avoir rédigés lui-même.

Mais il y a l'âcre douceur de la Saône, et la talentueuse cuisinière de Julien. Il sent déjà l'odeur salée de la petite friture qu'elle lui prépare, à peine farinée et citronnée, encore frémissante à la sortie du bain d'huile, comme si les poissons frétillaient encore.

### Samedi 3 mars 1894

Voilà deux jours déjà qu'Edgar et Claude se sont installés à Trévoux. Respectueuse de sa promesse, Claude a multiplié les contrôles, tantôt en homme, tantôt en femme. D'une façon générale, elle doit travailler deux fois plus que les autres, pour parvenir à remplir ses propres quotas de contrôle, au moins cent cinquante par an, en plus de ceux du divisionnaire, lui qui n'en fait plus beaucoup.

Elle écume donc les fileries, les ateliers de cartonnage, les fabriques de biscuits, les doreurs de peignes, une manufacture de tuiles métalliques, des ateliers de broderie et de couture, quelques moulins et autant de menuiseries. L'Ain, premier département industriel de France, regorge de ces savoir-faire qui traduisent autant l'imagination de ses contemporains que leur appétence pour l'argent.

Au passage, elle a dressé de nombreux procès-verbaux. Encore trop d'enfants d'à peine plus de huit ans se tuent à la tâche, parfois amenés par leurs parents sans même l'accord du contremaître. Mais petits, agiles et obéissants, ils se chargent des actions simples, répétitives, ingrates ou même dangereuses, qui font perdre tant de temps à leurs aînés. Ils sont les premières victimes de la séparation des tâches.

Les livrets, créés depuis quelque temps et destinés à contrôler leurs dates de naissance et niveau d'instruction, se refilent d'un enfant à l'autre. Il suffit pour cela que le premier paraisse plus mature que le deuxième. Claude a également déjà constaté que certains maires mentaient sur les états civils mentionnés dans ces carnets.

Rien ne doit entraver le développement industriel. Car, à l'instar d'une rivière, il trouvera toujours par où passer, et chacun juge préférable que ce soit chez lui plutôt que dans la cité voisine. Qui dit industrie dit chemin de fer, télégraphe et téléphone, de belles maisons et de nouvelles routes, des salaires en toute saison, bientôt le gaz, voire un jour l'électricité. Alors, cette rivière, Claude a l'impression de devoir la filtrer avec ses doigts.

Ainsi, jusqu'à aujourd'hui, elle n'avait jamais réussi à faire coïncider la fin de sa journée de visites avec les horaires de sortie de la tréfilerie de la Grande Argue.

Mais ce soir, c'est différent. Elle est à jour, et elle est prête. Elle se cale sous un porche, dans la rue principale, et attend. Il fait moins humide que ce crépuscule du 1^er^ décembre dernier, lorsqu'elle faisait irruption chez la vieille Gromier quelques pavés plus loin.

À l'heure indiquée sur les affichages de l'atelier, les hommes débouchent en grappes de la porte aux armoiries de l'argue. Certains paraissent vraiment jeunes, tout juste sortis de l'enfance. Et d'autres usés et fatigués, tordus comme des ceps de vigne, tiennent à peine debout. Ils se séparent en deux flots de part et d'autre de la rue en se saluant confraternellement.

Claude a de la chance. Celui qu'elle cherche vient dans sa direction. Elle se redresse à son passage. Il ralentit et la regarde, par curiosité, juste parce qu'elle est là et que ce seul fait constitue déjà un événement ici. Mais il ne l'a pas reconnue.

— Monsieur ? Vous vous souvenez de moi ?

L'homme sursaute. Ses yeux très enfoncés dans leurs orbites lui donnent un vague air de squelette. Ils paraissent stupéfaits qu'une femme, une vraie, une jeune, s'adresse à lui. Il faut dire qu'il est si laid, avec son gros nez tordu comme une poire trop mûre prête à tomber, que la chose ne doit pas être fréquente.

Il s'approche d'elle, lentement. Dans la rue déjà sombre, elle pourrait être terrifiée si elle n'était pas à sa recherche.

— Nous nous sommes aperçus dans l'escalier de la tréfilerie, il y a quelques mois, le soir où on a retrouvé Constantin. J'ai eu l'impression que vous vouliez me dire quelque chose…

Ça y est ! L'homme la remet et arrondit des sourcils qui ornent deux arcades aussi proéminentes qu'un rebord de béret. Puis il les fronce. N'était-elle pas homme, alors ?

Il renonce à comprendre et, de la tête, lui indique un café un peu plus loin.

L'homme se surnomme lui-même Crapaud, mais il ne fait pas de doute qu'il s'est contenté d'intégrer le quolibet dont on l'affuble depuis l'enfance. Ils sont maintenant attablés devant un pichet de bière et deux verres.

— Qu'est-ce que c'est que cette histoire ? Vous

êtes une femme ou un homme ? demande-t-il en remplissant les verres à égale hauteur, ce qu'elle apprécie.

Elle lui sourit et, bizarrement, ressent un certain soulagement à l'idée de pouvoir livrer sa condition à un inconnu :

— Je suis une femme. Et inspectrice départementale du travail. Les agents comme moi n'existent que depuis l'année dernière. Je suis une des sept femmes de France à avoir réussi ce premier concours, sur plusieurs dizaines de lauréats, signale-t-elle non sans une certaine fierté. Je viens de la région de Paris, et on m'a mutée ici, à Bourg, auprès du divisionnaire. Le divisionnaire, c'est un de ces premiers inspecteurs qui existent depuis 1874 pour toute une circonscription, explique-t-elle avec pédagogie avant de poursuivre : Mais il ne pouvait rien faire d'efficace tout seul, avec toutes ces nouvelles usines et leurs propriétaires qui refusent souvent d'appliquer des règlements qu'ils jugent trop contraignants. Alors, la loi a changé il y a plus d'un an, et des inspecteurs locaux ont été nommés, payés par l'État. J'ai rejoint le divisionnaire l'année dernière pour mon stage. Je suis en charge du département de l'Ain. Mon patron s'était satisfait de ma nomination, quand on l'avait informé qu'on lui envoyait une nouvelle recrue nommée Claude Tardy. Avec un tel prénom, il ne s'est pas méfié. Alors, quand il a constaté que j'étais une femme, il est devenu fou de rage. Il a bien tenté d'obtenir un autre stagiaire, mais il était trop tard. Tous les diplômés étaient placés. Il n'a pas eu le choix.

— Et pourquoi donc que votre chef, là, il ne voulait pas de vous ? Juste parce que vous êtes une femme ?

— Pour cette raison, oui, mais surtout parce que nous ne pouvons pas effectuer les mêmes contrôles.

En tant que femmes, on nous interdit tous les établissements où il y a soit des machines, soit des hommes. Ça ne nous laisse que les petites fabriques de couture, de montage de peignes, les ateliers familiaux, ce genre de choses. Mon divisionnaire rêvait que des adjoints fassent son travail à sa place, compte tenu du fait qu'il est plutôt vieux, fatigué, et que les contrôles l'ennuient sans doute. Il a compris qu'il ne pourrait pas m'utiliser comme il le voudrait, et qu'il devrait continuer à travailler.

— Sauf s'il vous déguisait en homme…

— Exactement ! conclut-elle en avalant une grande rasade de bière qui, malgré le froid relatif, lui fait du bien. C'est la seule façon pour moi de pouvoir pénétrer dans toutes les usines, et c'est cela qui m'intéresse : je veux comprendre, enquêter, et défendre les valeurs de ma mission, partout. Alors, mon divisionnaire me laisse faire. Parce que ça l'arrange aussi : je fais ses contrôles, en plus des miens. Parfois il m'accompagne, parfois non. Et c'est pour ça que vous m'avez vue, le soir de la mort de Constantin, travestie en homme.

— Hum… fait-il en hochant la tête pour accuser réception de cette information.

La chose n'a pas l'air de le choquer, ni de le gêner. Il a dû en voir d'autres.

— Quand je vous ai vue à l'époque, je voulais vous parler de Constantin.

— Vous le connaissiez bien ?

— Il était comme mon fils.

L'homme lève son verre un peu trop haut. Claude comprend qu'il cherche à lui dissimuler l'émotion qui lui rougit les yeux.

— Je l'ai rencontré quand il avait une douzaine

d'années. C'était un enfant solide, toujours volontaire, jamais fatigué, et malin avec ça. Je l'ai pris avec moi parce qu'il me fallait un apprenti, et j'ai commencé à lui enseigner le tirage de l'or. Le pauvre a souffert au début. C'est un travail difficile. On se coupe, on se pince, on se brûle, la moindre erreur gâche un fil précieux… Mais il a vite appris, et on ne s'est plus quittés. Il est venu vivre chez moi, parce qu'il n'avait nulle part où aller. C'était un de ces gamins abandonnés, que les orphelinats sauvent pour mieux les refiler aux maîtres des fabriques… Mais on était heureux ensemble. On s'aimait bien. Moi, j'ai jamais connu de femme, alors avoir des enfants, c'était un rêve impossible. J'ai commencé à croire en Dieu, quand Il m'a envoyé Constantin. Et maintenant, voilà, il est parti, et Dieu avec…

Claude est étonnée de la simplicité avec laquelle cet homme bourru et malmené par la vie se livre. Elle imagine le jeune orphelin et le Crapaud se trouver, s'apprivoiser, se plaire, et faire front, ensemble, face à toutes les adversités. C'est absurde, mais elle est heureuse que Constantin ait connu, avant de mourir, quelque chose qui s'apparente à un foyer et à de l'affection. Elle n'ose interrompre son interlocuteur, alors qu'une boule se forme au fond de sa gorge. Pourtant, il serait temps de savoir ce qu'ils font là, dans ce café. Il y vient tout seul.

— C'est pour ça : il est impossible que Constantin se soit suicidé. Absolument impossible. Il n'avait aucune raison, et il ne m'aurait jamais fait ça. Voilà ce que je voulais vous dire. J'ai essayé de parler au médecin, à tout le monde, mais personne ne m'écoute… Je me suis dit que, peut-être, vous… C'est pour ça que je voulais vous voir. Pour vous le dire. Faut pas que vous arrêtiez de chercher. Moi, je m'en fous que vous soyez une femme. Je veux juste la vérité pour mon garçon.

Il repose le verre trop violemment. Les larmes coulent à présent, une à une, silencieusement, comme une respiration, toute pudeur abdiquée.

— Dites-moi, relance Claude pour le distraire, savez-vous si Constantin aurait pu avoir un frère jumeau ? A-t-il déjà parlé d'une fratrie ?

— Non, jamais. Il avait été élevé dans un orphelinat. Alors, je ne crois pas qu'il ait jamais eu de famille…

— L'orphelinat de Pont-d'Ain, c'est bien cela ? précise-t-elle en se souvenant de l'hospice qui avait accueilli Alfred, l'ouvrier de la glacière.

— Ah non. Mon Constantin, lui, il avait grandi à l'orphelinat d'Hotonnes, dans les montagnes…

La cuisinière du sous-préfet a encore fait des merveilles. Elle vient de déposer au centre de la grande table de pompeuses quenelles de brochet, avec la sauce Nantua, le fameux coulis d'écrevisses local.

Edgar en bave d'avance, et Julien, assis en face de lui, s'amuse de voir le vieil homme reprendre des couleurs comme par mimétisme avec la crème bisquée.

Ils sont tous deux installés dans la largeur de la table de réception de la villa du sous-préfet, environnés des crépitements du feu dans la grande cheminée de marbre. Les flammes se reflètent dans les boiseries qui ornent les murs, tandis que de hauts chandeliers en bout de table mettent en valeur ce plat typique de la région.

— Merci, Berthe. C'est parfait !

Satisfaite de l'accueil, la petite femme toute ronde

bombe le torse, et repart en cuisine en laissant les deux hommes. Mais c'est compter sans Claude qui entre dans la salle à manger comme une furie, la croisant avec grand-peine en passant la porte.

Berthe n'aime pas ça : maigre comme elle est, et plate avec ça, cette bavarde n'est probablement pas venue là pour manger. Si elle dérange ces messieurs, les quenelles vont dégonfler, et des heures de travail partiront en fumée odorante tandis que la sauce rose foncé craquellera sur le dessus.

— Dois-je préparer une assiette pour mademoiselle ? demande-t-elle tout de même, avec l'acidité d'un kumquat.

— Non, merci, Berthe. J'ai à parler à ces messieurs.

C'est bien ce qu'elle craignait…

# 8

## *À la recherche de Léonie*

Sœur Placide se sent inexplicablement plus légère depuis qu'elle s'est ouverte de ses sentiments auprès d'Olympe. Verbaliser l'attachement complexe qui la liait à la petite Léonie a comme rincé d'eau claire un mélange boueux. Là où la culpabilité de la religieuse le disputait à l'orgueil de la femme, il lui semble distinguer, aujourd'hui, une autre voie, plus résiliente et plus confortable. Celle de l'acceptation, et de la connaissance.

Une issue à l'amertume est donc peut-être possible, dans l'action et la communication. La chose lui paraît tout d'un coup si évidente que sœur Placide a du mal à comprendre comment elle a pu ronger sa frustration pendant toutes ces années, au risque de devenir cette femme froide et dure. Peut-elle mettre cet aveuglement sur le compte de son service, qui exige l'oubli de soi-même ? Ou sur celui de cet endroit, qui enferme et retient ce qui reste d'humanité joyeuse chez ses habitantes, pensionnaires comme gardiennes ?

En tout état de cause, elle a décidé de prendre les choses en main. Elle a demandé à la mère supérieure trois jours de repos, prétextant une difficulté familiale. Elle a estimé que cette explication n'était pas mensongère, compte tenu du motif de cet intermède. Et elle présume que Dieu Lui-même ne saurait lui reprocher de vouloir s'assurer du bien-être d'une de ses brebis, a fortiori si cela doit rassurer une de ses servantes.

Le dossier de Léonie, consulté clandestinement grâce à la complicité de son neveu Paul, a ravivé de vieux souvenirs. Sœur Placide a d'abord retrouvé les origines de la petite fille, qui avait été élevée à l'orphelinat de Pont-d'Ain, non loin de l'usine. Elle avait été confiée à douze ans à peine, en 1867, aux Soieries Perrin, à l'instar de nombreux autres orphelins laissés aux bons soins des industries de la région.

Dans la vieille pochette aux coins rongés de moisissure, sœur Placide a également retrouvé deux courriers manuscrits, soigneusement rédigés à la plume : la demande en mariage, qui avait sonné pour la religieuse comme un avis de décès, puis une invitation à une première rencontre. La proposition d'union émanait d'un certain Pierre Guillot, cultivateur à Ceyzériat, en 1879.

Cette découverte a intrigué sœur Placide : elle ne se souvenait pas que l'époux de Léonie ait été originaire de si loin, un village près de Bourg, à près de trente kilomètres de là. Comment son futur mari avait-il pu croiser sa future femme à l'occasion d'une pérégrination dominicale au château de Varey ? À moins d'être venu spécialement pour cela, ou d'avoir de la famille dans la région.

Toujours est-il que le rendez-vous de présentation s'était tenu à Pont-d'Ain, dans un café, quelques semaines plus tard. Sans doute parce qu'il aurait été trop long et trop difficile pour la jeune femme de s'absenter suffisamment longtemps pour monter jusqu'à Ceyzériat.

Le dossier comprenait en outre les éléments du solde de tout compte réalisé à l'occasion du départ de Léonie. La jeune femme avait manifestement signé un reçu confirmant qu'elle avait récupéré le trousseau qu'elle s'était constitué.

Compte tenu de son âge – elle avait alors un peu moins de vingt-quatre ans –, sa production avait été prolixe : dix-huit paires de draps brodés, trente taies d'oreiller, deux douzaines de tabliers, vingt-quatre chemises, douze pantalons, des jupons et des cache-corsets, des bas, et toute une série de torchons, serviettes de table et de toilette, nappes, et autres mouchoirs. Une malle entière et bien remplie avait dû quitter les lieux avec elle !

Enfin, elle attestait aussi de la remise des fonds qu'elle avait accumulés de ses gages placés pendant douze ans, à savoir la coquette somme de quatre mille cinq cents francs.

Puis Léonie était partie se marier. Non sans serrer une dernière fois dans ses bras celle qui l'avait chaperonnée et accompagnée pendant douze années. La religieuse avait pleuré, et avait offert à sa protégée une gourmette en or, gravée du prénom de la jeune femme. Léonie avait elle aussi beaucoup sangloté, avant de promettre que tout cela n'était qu'un début.

La cérémonie avait dû être simple et rapide, car manifestement personne de l'usine n'avait été invité. Sœur Placide ne s'en était pas formalisée, supposant une précipitation quelconque, pour des motifs avouables ou non. Mais lorsque les semaines avaient passé, elle avait fini par comprendre qu'une page s'était tournée, sans elle.

Une autre page peut-elle s'écrire aujourd'hui ? Pour l'heure, sœur Placide n'ose y croire, elle n'est pas si naïve. Mais au moins entend-elle retrouver Léonie. Au mieux, un quiproquo trouvera une issue heureuse ; au pire, elle pourra dire à la jeune fille sa façon de penser.

Elle décide donc qu'elle se rendra à Pont-d'Ain en voiture à cheval, pour prendre le train de la ligne Mâcon-Ambérieu en direction de Bourg. De là, la ligne de Bellegarde pourra l'emmener jusqu'à Ceyzériat. Une fois sur place, elle trouvera bien quelqu'un pour lui indiquer la bonne direction, voire pour l'accompagner jusque chez la famille Guillot.

Olympe lève ses mains de dessus le clavier du piano. Elle a beau être concentrée sur le nouveau morceau qu'elle est en train d'apprendre, un *Nocturne* de Chopin, elle est convaincue d'avoir entendu un bruit. Minéral, lourd, net. Un son brutal nécessairement dissonant dans la grande maison pour être venu la chercher là où elle était dans son monde.

Elle écoute avec attention le silence recouvré de la pièce, au plafond peint si haut que les échos semblent s'y accumuler. Une porte s'ouvre quelque part, des pas légèrement traînants qu'elle reconnaît.

— Louis, c'est toi ? crie-t-elle en se penchant un peu en arrière bien qu'elle sache très bien qu'elle n'en distinguera pas mieux le grand hall d'entrée.

— Oui, grand-mère, c'est moi.

Puis une poignée de secondes plus tard, le jeune homme pénètre dans la salle à manger. Olympe sourit. L'ambiance clair-obscur de sa maison, qui a tout d'un vieux tableau hollandais, s'illumine de l'intérieur à l'arrivée du garçon.

— N'as-tu point entendu un bruit dans la maison ?

— Non, grand-mère. J'étais à la pêche à la truite jusqu'à tard, je viens seulement de rentrer, répond nonchalamment le garçon en saisissant une des pommes du compotier sur la grande table en merisier. On dirait pourtant qu'elles sont plus destinées à jouer les natures mortes qu'à être dégustées.

Olympe n'a pas le temps de profiter de la présence de son petit-fils pour parler avec lui qu'il est déjà ressorti, aussi prestement qu'une ombre. Elle sourit malgré elle, et se replace face au clavier, droite, plongée dans les portées à peine lisibles dans la pénombre.

Louis croque toujours sa pomme alors qu'il est parvenu au premier étage, accompagné par les notes de musique qui s'envolent, comme si elles étaient plus légères que l'air. Dans le couloir, en haut des marches, il passe négligemment devant une desserte en demi-lune, de style Louis XVI, en acajou. Le plateau de marbre y est bordé d'un liseré doré formant une fine barrière tout autour.

Il revient sur ses pas, car quelque chose n'est pas comme d'ordinaire : la magnifique ammonite qui trône au-dessus de la desserte, calée sur un socle conçu tout spécialement pour la mettre en valeur, est tombée. Elle est si imposante, si dense, Louis est étonné qu'elle n'ait pas brisé le marbre. Elle n'est probablement pas tombée d'assez haut. En tout cas, il pense avoir peut-être trouvé la source du bruit entendu par sa grand-mère.

Il replace le vestige d'une époque perdue sur son socle, aussi délicatement qu'il le peut. Il est bien moins ému que son père à l'idée de tenir entre les mains un animal contemporain de ce que les paléontologues anglais nomment « dinosaure ». Le jeune garçon ne voit là qu'une grosse coquille d'escargot. Son père Philibert, lui, féru de cette nouvelle science, la contemple fasciné, parfois pendant plusieurs minutes, bras derrière le dos. Louis ignore ce qui a pu la faire tomber, elle est si lourde qu'elle résisterait à n'importe quel courant d'air.

Renonçant à comprendre, il part en direction de sa chambre. Ce faisant, il croise sa mère, Marcelle. Elle le remarque à peine, comme si la pellicule de larmes gélifiées sur ses yeux effaçait tout ce qui ne l'intéressait pas.

Marcelle aperçoit bien son fils, quelque part sur le côté de son champ de vision, mais elle n'a pas le courage de lui parler. Cela lui demanderait un effort qu'elle n'est pas prête à fournir, et elle craint de s'effondrer devant le garçon. Elle resserre son châle sur elle, tandis qu'elle rejoint ses propres appartements.

La belle-fille d'Olympe s'enferme dans la large chambre, aussi grande qu'elle est vide. Comme d'habitude, Philibert est absent pour quelques jours. Étienne et lui sont en déplacement pour acheter des bassines de cuivre ou des fils précieux, pour négocier le charbon, le bois, ou vendre les riches étoffes. Mais Marcelle n'a aucun doute. Son mari est en réalité en galante compagnie.

Elle presse encore l'étole, la température semble être descendue de plusieurs degrés. L'effet de ses sombres pensées sans doute. Elle ferme les yeux. Derrière l'écran de ses paupières, elle voit son mari prendre dans ses bras une autre femme, plus jeune, plus heureuse.

Puis soudainement son cœur semble rétrécir et

remonter dans sa poitrine. Elle a senti un souffle caresser sa nuque, comme si son mari absent se jouait d'elle. Instantanément, elle rouvre les yeux et se retourne. Personne, évidemment. Pourtant, elle est sûre d'elle, elle qui ne l'est jamais. Elle se redresse, imperceptiblement, se tend, se réveille. Elle sonde la chambre. Il y plane une sorte d'énergie, une sensation, cette impression ténue qui fait que l'on devine quelles pièces sont utilisées ou non. La sienne est habitée, elle le sent. Et pas par elle.

Elle avance doucement, à pas menus. Écarte un rideau, un autre, sonde les angles obscurs, cherche au plafond. Elle s'approche du lit, se met doucement à quatre pattes sur le tapis rapporté de Turquie.

Avec une infinie précaution, et le cœur battant à tout rompre, elle se penche et regarde dessous.

Rien.

Elle souffle, enfin ! Elle avait gardé sa respiration pour le cas où il aurait fallu appeler à l'aide. Elle se relève, attend encore quelques secondes, puis reprend le cours de sa vie inutile.

Elle se traîne, à nouveau courbée, vers la coiffeuse en bois de bouleau, où une extension sculptée sur le dessus accueille une glace biseautée. Elle saisit sur la table sa brosse au manche nacré, et dénoue ses cheveux retenus en chignon.

Son premier hurlement est sans vigueur, sans souffle, comme dans les cauchemars où l'on se sent empêché de la moindre action efficace. À peine un couinement ridicule sort de sa bouche bien trop grande dans le miroir.

Elle se force presque à avaler une goulée d'air. Son deuxième cri est déchirant, et perce les murs.

Quelques instants plus tard, Louis déboule dans la chambre sans s'annoncer.

— Mère ! Que se passe-t-il ?

Le garçon avance doucement dans le dos de Marcelle. Elle semble tétanisée, les cheveux hirsutes, une main droite levée, qui tient la brosse comme un gourdin en direction du miroir. Elle ne bouge pas d'un pouce. En s'avançant encore, il croise le visage de sa mère, dans la glace : la bouche muette est pourtant toujours grande ouverte, si démesurée que son visage s'en trouve tordu, tout déformé. Ses yeux sont exagérément écarquillés.

Louis n'ose s'avancer plus.

Il est légèrement déplacé par le mouvement que fait sa grand-mère en le dépassant. Elle vient de se ruer dans la chambre et saisit déjà sa bru par les épaules.

— Marcelle ! Que vous arrive-t-il ?

La femme paralysée ne peut répondre. Tout juste peut-elle indiquer la surface du miroir avec la brosse, qu'elle serre à s'en briser les phalanges.

— Le miroir ? C'est cela ? Il y a quelque chose dans le miroir ? relance Olympe.

Marcelle ne parvient pas à quitter son propre reflet des yeux. Elle hoche lentement la tête, puis la tourne enfin vers le visage inquiet de sa belle-mère, sans refermer la bouche. Et, avec un soulagement immense et une reconnaissance qu'elle n'aurait jamais cru pouvoir éprouver un jour, y lit une forme de compréhension.

En retrait, Louis s'interroge. Y avait-il quelqu'un dans la chambre ? Il l'étudie des yeux dans chacun de ses recoins, s'approche des meubles, regarde autour, au sol. Comme s'il pouvait trouver des traces de pas. Et puis découvre finalement quelque chose, derrière le large fauteuil au tissu soyeux bleu brodé de fils d'argent.

Il se baisse, tend les doigts vers de la poussière blanche, qui s'est glissée entre deux lattes et a laissé quelques traînées sur le plancher. Ce n'est finalement pas du sable, comme il l'avait cru depuis sa hauteur. On dirait plutôt des débris, broyés, de coquilles blanchies. Les résidus calcaires sont agrémentés de minuscules limaçons arrondis, à peine reconnaissables, comme autant de répliques miniatures de la lourde ammonite exposée dans le couloir…

Sœur Placide est sortie de la gare de Ceyzériat en milieu de journée. Elle se sent étrangement excitée, comme une enfant. Cela fait bien longtemps qu'elle n'a pas éprouvé pareille sensation de liberté. Elle se fait l'effet d'un soldat en permission. Elle hume l'air de ce village qui lui est inconnu. Autour d'elle, les paysages sont ras, sans arbres ni maisons hautes. L'endroit a l'air plus modeste et moins luxuriant que celui d'où elle vient. De ce que lui a dit le chef de gare, on compte à peine mille habitants dans cette bourgade rurale.

Elle se lance en direction de l'église. Elle y tro vera nécessairement de l'aide pour sa recherche. À mi-chemin, elle passe devant un hôtel de ville pimpant à l'allure princière que lui confèrent deux ailes parfaitement symétriques autour d'un corps central. À gauche l'école de filles, à droite l'école de garçons, et partout des fenêtres aux cadres crénelés, pierre calcaire sur blocs blancs. L'ensemble éblouit de sa clarté.

Elle parvient à l'église du village au bout d'une heure de marche. L'édifice est du même blanc, et sa flèche est étrangement surmontée d'un toit pointu torsadé. Sœur Placide s'approche, cherche la cure. Trouve une porte, frappe, mais personne ne répond.

Une vieille femme la fait sursauter.

— Vous cherchez quelqu'un, ma sœur ? demande la villageoise avec méfiance.

— Oui, le père de cette paroisse est-il présent ?

— Hélas non.

Sœur Placide attend. Manifestement, la vieille ne se laissera arracher la plus petite information qu'avec la plus grande résistance et des questions ciblées.

— Et où est-il en ce moment même ?

— Au chevet d'un mourant, dans un des hameaux voisins.

— Oh, je vois. Je voulais lui demander s'il connaissait un cultivateur de l'endroit, un dénommé Pierre Guillot. J'aurais besoin de me rendre chez lui. Le connaîtriez-vous par hasard ?

Sœur Placide suppose que, compte tenu de la relative démographie de l'endroit, la chose ne serait pas si extraordinaire. Elle appuie sa demande de son habituel ton bien aiguisé et d'un regard qui prévient. Mais la vieille femme n'est pas une enfant craintive, et cela ne la touche guère. C'est uniquement pour se débarrasser de la nouvelle venue qu'elle répond :

— Vous le trouverez sur la route de Saint-Just, plein sud. C'est facile, c'est la dernière ferme du village.

Alors que la vieille amorce un demi-tour qui sonne comme un point final, la religieuse insiste :

— Savez-vous s'il a une famille ?

La femme fait mine de chercher loin dans ses souvenirs, puis elle répond avec défiance, sans même se retourner :

— Il a une femme, une blonde, qui n'est pas d'ici. Et un fils, je crois.

Sœur Placide se fie au soleil de la mi-journée pour s'orienter. L'astre est heureusement présent par intermittence. Ainsi, elle trouve facilement la route de Saint-Just, parsemée à gauche et à droite de fermettes. Au-delà des maisons, champs et vignes couvrent un sol légèrement vallonné. Elle continue, attendant patiemment de tomber sur la dernière maison. Au fur et à mesure qu'elle s'éloigne du centre du village, les battements de son cœur s'accélèrent.

Un fils, ils ont un fils. Auraient-ils pu avoir Victorine avant, et l'avoir abandonnée à sa naissance ? Certaines familles ont plus d'intérêt à garder les garçons, parce que dès qu'ils peuvent travailler, ils rapportent un peu plus que les filles, et très vite ils bénéficient de possibilités d'emploi que n'ont pas leurs sœurs.

Elle est essoufflée maintenant, et elle a vraiment trop chaud sous la tunique qu'elle porte par-dessus sa robe. Elle serre une petite pochette de cuir avec ses papiers, et un peu d'argent. Elle la passe fébrilement d'une main à l'autre, tant la moiteur les rend glissantes.

Enfin, elle parvient en vue de ce qui semble être la dernière fermette. Elle la dépasse de quelques centaines de mètres pour s'en assurer. En réalité, elle cherche à repousser encore un peu le moment de la confrontation. Ses idées s'embrouillent. Elle n'est plus certaine de ce qu'elle est en train de faire. Pour se reprendre, elle se force à penser à Olympe, et à ce qu'elle devra lui raconter.

Elle revient sur ses pas.

La maison est large, tassée, sur deux étages, avare

de fenêtres, et blanchie à la chaux. Seul son toit de tuiles lui donne ses couleurs. La religieuse prend sa respiration en même temps que son courage et pousse le petit portail qui marque l'entrée de la propriété. Elle avise l'herbe mal entretenue, les débris de bois. Des poules s'égosillent quelque part, comme si elles voulaient dénoncer l'intrusion.

Tout est immobile. Sœur Placide suit la trace naturelle du passage, sur la gauche de la maison, et parvient sous une sorte de préau. Là, un homme est en train de poncer une planche de bois avec force. Il semble assez gras, des excroissances velues débordent et tremblent sous sa chemise à chaque poussée des épaules. Il est concentré sur sa tâche, dégoulinant, il ne l'entend pas arriver.

— Monsieur Guillot ?

L'homme sursaute, il est surpris. Chez lui, cela se manifeste par un grand désarroi. À la vue des yeux ternes, sœur Placide devine qu'il va lui falloir parler lentement. L'homme redresse son béret, crache sa fatigue sur le côté, et attend d'en savoir plus. Mais déjà, quelque chose ne colle pas. Comment Léonie a-t-elle pu revenir enchantée d'un rendez-vous galant avec cet homme, même quinze ans plus tôt ?

— Monsieur Guillot, je suis sœur Placide, et j'œuvre à Saint-Jean-le-Vieux, près de Pont-d'Ain, aux Soieries Perrin. Il se trouve que j'ai connu votre femme, il y a bien longtemps. Et comme je passais dans la région, il m'a pris l'idée de venir la saluer. Où pourrais-je la trouver ?

L'homme, dont on peut supposer qu'il s'agit bien de Pierre Guillot à son absence de contestation, détaille plusieurs secondes la religieuse, de la tête aux pieds. Sœur Placide, qui se sent d'ordinaire aussi protégée que dans une armure sous sa robe noire, a l'impression que le regard du fermier perce l'épais tissu. Mal à l'aise, elle commence à se trémousser.

Il lance un mouvement de tête vers l'arrière de la maison, faisant glisser son béret.

— Elle étend le linge, précise-t-il d'une voix épaisse et toute vibrante de glaviots.

La religieuse prend cela pour une invitation à rejoindre l'épouse, et elle n'est pas peu soulagée de laisser l'homme sous le préau. Plutôt que de le dépasser et de prendre ainsi le risque de l'avoir dans son dos, elle préfère rebrousser chemin pour faire le tour de la maison par l'autre côté. Une fois sûre de ne plus le voir, elle respire à nouveau à pleins poumons. Léonie peut-elle vivre depuis quinze ans avec ce type aussi suintant qu'un bloc de lard abandonné au soleil ?

Elle va bientôt pouvoir le lui demander. Elle arrive à l'angle arrière de la maison. Elle entend le claquement caractéristique du drap humide que l'on détend avant de le jeter sur le fil de séchage.

Ses oreilles bourdonnent. Elle en a oublié le fermier pansu, la vieille gardienne de l'église, le long voyage en train, plus rien d'autre ne compte que ces retrouvailles. Elle n'a même plus d'acrimonie en elle, et se demande pour quelle obscure raison elle a attendu quinze ans avant de se retrouver là où elle est aujourd'hui.

Une femme blonde est de dos, plutôt fine.

— Léonie ?

La fermière se retourne.

# 9

## *Deux garçons identiques*

Claude pénètre dans la salle à manger et s'installe à côté du sous-préfet, face à Edgar.

— Mon petit, vous arrivez au plus mauvais moment. La quenelle n'attend pas ! anticipe ce dernier.

— Je parlerai pendant que vous mangerez, n'ayez crainte. Mais il est impératif que je vous livre ces informations.

Le vieil homme soupire avant de se servir copieusement. Il n'a pas besoin de la relancer.

— Laissez-moi vous rappeler la situation : le jeune Constantin est mort à la tréfilerie de Trévoux le 1er décembre dernier. Un suicide, selon les gendarmes. Mais le maître d'apprentissage du jeune homme réfute fermement cette thèse. Constantin était aussi épanoui qu'on peut l'être. Je quitte à l'instant le médecin qui a étudié son corps lorsqu'on l'a descendu de la poutre. Cela m'a été difficile, mais j'ai fini par lui faire exprimer ses propres doutes sur la question.

— Tiens donc ? réagit Julien Morel. Et qu'est-ce qui motive son incertitude ?

— Le sang. Vous vous souvenez ? ajoute-t-elle à l'intention du divisionnaire, obnubilé par son assiette.

Les fils métalliques auxquels Constantin se serait pendu lui ont entaillé profondément la gorge. Ainsi, du sang a coulé au sol. Nous l'avons nous-mêmes constaté.

— Et alors ?

— Alors ? Selon le médecin, il est étonnant que cette flaque soit si nette, si circonscrite. Il se serait plutôt attendu à de franches giclées un peu partout, d'autant plus que le corps était assez haut.

— Et qu'est-ce qui peut expliquer pareille bizarrerie ? s'enquiert Julien.

— S'il n'y a pas eu de giclées, cela pourrait indiquer que le sang ne circulait plus dans les artères, car dans le cas contraire, il aurait été sous pression.

— Que sous-entendez-vous ? Que le garçon aurait été déjà mort avant que de se pendre ?

— Ou d'être pendu, oui.

— Mais voyons, le médecin aurait signalé ses doutes aux gendarmes si tel avait été le cas !

— Eh bien, il faut croire qu'il n'en a rien fait. Le propriétaire de l'usine ne voulait pas d'histoires. Conclure à un suicide convenait à tout le monde. Et hormis quelques écorchures sur les phalanges, qu'il aurait pu se faire n'importe où, le corps ne montrait aucune anomalie. Le docteur que j'ai rencontré est un pleutre, et ça ne me surprend guère. C'est l'inverse qui eût été étonnant !

— Allons, jeune fille ! Restez respectueuse ! intervient Edgar qui éponge la sauce avec du pain de seigle.

Mais Claude continue sur sa lancée. Elle est coutumière des remontrances du divisionnaire.

— Et puis nous avons Alfred. L'ouvrier des glacières. Le bon sens nous amène à la conclusion qu'il est mort entre le 27 novembre et le 3 décembre, soit à la même période que Constantin. Retrouvé pétrifié dans la glace trois mois plus tard. Sans doute noyé, juste avant la prise de l'eau du lac. Peut-on se noyer seul dans cinquante centimètres d'eau ?

— Cela arrive, répond le jeune sous-préfet. Un moment de panique, un malaise, une crampe, un abus d'alcool, une mauvaise chute…

— Peut-être. Mais le plus bizarre dans cette histoire, c'est que Constantin et Alfred, sans se connaître, étaient exactement semblables. De vrais sosies. Leurs traits, leur âge, la tache de naissance sous l'œil, tout. Tous les deux orphelins, qui plus est, abandonnés à leur naissance.

— Ma foi, une malheureuse aura abandonné ses jumeaux dans un orphelinat de la région. La chose est plus que courante par ici !

— Cela aussi est anormal, monsieur Morel : figurez-vous qu'Alfred a été abandonné dans un hospice à Pont-d'Ain, alors que Constantin l'a été dans un autre à Hotonnes. Il y a plus de soixante kilomètres entre ces deux endroits, sans compter le relief : Hotonnes se situe en altitude, dans la partie sud du massif du Jura. Imaginez-vous une malheureuse, alors qu'elle vient d'accoucher, traverser tout le département, Dieu seul sait comment, des plaines jusqu'en montagne, les bébés sur les bras, pour les abandonner sciemment dans deux endroits bien distincts ? La chose est inenvisageable.

— Alors, c'est que les deux hommes, s'il est vrai qu'ils se ressemblent, ne sont pas jumeaux, mais au mieux des frères nés peut-être à moins d'un an d'intervalle, et leur mère se sera trouvée à deux endroits différents lors de ces deux accouchements.

— C'est peu probable, mais pas impossible, convient-elle. En tout état de cause, il faut enquêter sur ces morts étranges pour en avoir le cœur net. Monsieur Morel, croyez-vous que nous pourrions saisir le procureur pour procéder à une instruction ? Ou les gendarmes ?

Julien lève les yeux au ciel. Edgar a fini son assiette. Peut-être va-t-il enfin s'intéresser à la conversation !

— Mon Dieu, mademoiselle Tardy. Cela me semble bien difficile… Avez-vous la preuve de la ressemblance que vous évoquez, et qui, seule, relie ces deux affaires entre elles ?

— Eh bien, pas vraiment, doit-elle reconnaître. Nous n'avons pas pu prendre de photographie d'Alfred, dans la glace. Nous n'avions pas le matériel. Au mieux pouvons-nous avoir des témoignages qui diront que Constantin lui ressemblait…

— Sur la seule base de la photographie d'un unique cadavre ? Cela me paraît léger. Si j'ai bien compris, vous ne connaissez personne qui ait rencontré ces deux personnages de leur vivant, et rien ne les relie. Sans compter que le médecin qui a ausculté votre fileur ne répétera pas ce qu'il vous a dit.

Il se lève et arpente la pièce, mains derrière le dos.

— Nous vivons une époque bien cruelle, Claude. Près de deux cents personnes sont mortes il y a moins de deux ans dans la catastrophe de Saint-Gervais-les-Bains à cause d'un détachement de glacier inexplicable. On cherche encore des disparus. Trois jours plus tôt, un bateau à vapeur explosait sur le lac Léman, tuant vingt-six personnes. Des vagabonds éventrent les jeunes filles et violent les enfants le long des routes. Des anarchistes fomentent des attentats dans les grandes villes. On parle même d'un homme qui découpe des prostituées à la chaîne pour son seul plaisir, à Londres. Alors il me paraît bien illusoire d'imaginer captiver les foules et l'administration débordée avec votre histoire de jumeaux qui ne se connaissaient pas…

— Eh bien, soit. Je continuerai à chercher de mon côté, par mes propres moyens, annonce Claude en repensant aux larmes du Crapaud. Il faut bien que quelqu'un s'intéresse à ces malheureux…

— Dois-je vous rappeler que ce n'est pas notre mission, mademoiselle Tardy ? intervient Edgar.

Claude réfléchit, elle s'attendait à cette réticence. Avec tout le calme dont elle est capable, elle prévient :

— Monsieur Roux. Nous avons, vous et moi et entre nous, une organisation toute personnelle et qui nous convient à tous deux, pour de bien différentes raisons. Pour autant, elle n'est pas régulière. Surtout, elle est injuste. Le fait est qu'un peu de bière éventée pour tenir mes cheveux en place et une fausse moustache suffisent à étouffer tous les arguments qui me tiennent, moi et les autres femmes, à l'écart des affaires sérieuses. Aujourd'hui, je demande que vous souteniez mon projet, en réparation de cette injustice, et en échange de mes efforts sans contrepartie. À défaut, je renoncerai à nos accords et me conformerai strictement à la loi. J'irai retrouver mes couturières, et vous vos usines.

Julien Morel, qui n'ignore rien du subterfuge, est néanmoins surpris que la teneur en soit affichée ainsi devant lui. Il en éprouve une légère gêne car, à vrai dire, il ne partage pas l'avis de ses contemporains qui estiment que les femmes sont fragiles, imprudentes, incapables d'esprit de synthèse ou d'analyse, d'aptitude à l'abstraction, émotives et peu discrètes sur les choses graves. Au contraire, lui pense qu'il est plus prudent de les craindre.

On les juge incompétentes dans les questions scientifiques. Mais ce point, quand bien même il serait avéré, lui a toujours paru plus lié au fait que les programmes scolaires des filles sont amputés des matières mathématiques et technologiques qu'on enseigne aux garçons qu'à un quelconque déterminisme biologique. On entend protéger les femmes contre les faiblesses qu'on leur prête, faisant ainsi les questions et les réponses. On crée la cause pour justifier l'effet.

La semaine dernière, sur le quai de la gare, alors qu'il allait prendre le train pour Lyon, il a entendu un homme qui interdisait à son épouse de monter dans le compartiment avec lui, au motif que les vibrations de la machine étaient susceptibles de la rendre stérile. La pauvre allait devoir effectuer le trajet dans une carriole autrement plus inconfortable ! Que ne fait-on d'absurde, en prétendant ainsi préserver les gens…

Aussi estime-t-il que la demande de Claude n'est pas totalement infondée. Pour autant, il ne s'en mêlera pas. Il n'ira pas contre l'avis de son ami, quoi que ce dernier décide. C'est une chose d'avoir le sentiment d'une injustice, c'en est une autre de prétendre vouloir la corriger, au risque d'aller à l'encontre de l'ordre établi, et auquel on participe. C'est pourquoi il se sent soulagé lorsque Edgar répond, après un long moment :

— Très bien, jeune fille. Je suppose qu'il fait partie de nos attributions d'aller nous assurer que les orphelinats du département n'emploient pas indûment des enfants trop jeunes, au motif fallacieux de vouloir procéder à leur formation professionnelle. Sur le chemin, nous ferons escale à Sylans pour prendre connaissance des conclusions tirées par les autorités quant à la mort du jeune Alfred. L'endroit est particulièrement photogénique, et cette fois, aucun accidenté ne m'empêchera d'y perdre quelques plaques !

On est bientôt à la mi-mars. Dans le train qui vient de passer Nantua et son lac majestueux, Claude observe les montagnes noires. La neige semble les avoir quittées, hormis quelques traînées résiduelles de-ci de-là. Dans la vitre qui lui fait face, elle se voit, s'observe, affublée de ces cheveux plats, gominés, et de cette moustache qui lui rappelle ce qu'elle n'est pas.

Aux Neyrolles, le chauffeur des glacières, et son cheval aussi immaculé qu'une licorne, les attend. Cette fois, il ne se fend pas même d'un mot, supposant que ses passagers connaissent à présent le chemin de la Soupe, qui mène au plan d'eau. Et c'est un fait que ce retour est plus simple pour les inspecteurs.

Lorsqu'ils arrivent au bord du lac, ils constatent qu'une nouvelle luminosité a remplacé l'ambiance grisâtre qui prévalait à leur dernière visite. Edgar n'attend pas, cette fois, pour déplier son trépied, procéder aux réglages de l'objectif grâce au soufflet de la chambre, et immortaliser l'activité manifestement réduite des fermiers de la glace. Car les voilà bien moins nombreux. Sous les moustaches toutes différentes, les sourires ont remplacé les stalactites. Certaines têtes sont nues, chapeaux jetés au sol comme on dépose les armes.

Prosper, le contremaître, arrive à leur rencontre.

— Ah ! Messieurs les inspecteurs ! Vous voilà de retour. C'est bien la première fois que l'administration s'intéresse autant à notre activité !

— C'est probablement aussi la première fois que vous déclarez une amputation et un cadavre congelé dans la même journée… rétorque Claude-homme.

Prosper doit bien en convenir, et il hoche la tête imperceptiblement.

— Vous êtes moins nombreux que la dernière fois, n'est-ce pas ? relance-t-elle.

— Oui, c'est exact. La glace est trop fine pour être stockée. Certaines zones sont même impraticables, dangereuses. On dirait que l'hiver est de plus en plus court d'année en année. C'est incompréhensible… Enfin, la plupart des saisonniers sont partis. Ce sont principalement les permanents que vous avez là.

— L'équipe à laquelle a appartenu Alfred… Pouvez-vous nous indiquer quelles conclusions ont été données à son décès ?

— Eh bien, le corps, une fois décongelé, ne montrait pas de signe particulier de violence. Pas de blessure, et, comme vous l'aviez supposé, pas de putréfaction. Selon le médecin, il avait de l'eau dans les poumons, aussi a-t-il conclu à la noyade.

— Dans une si faible profondeur ?

— C'est aussi ce que je lui ai signalé. Mais il m'a répondu qu'il avait très bien pu se noyer ailleurs, en zone plus profonde, avant que le corps soit charrié et rejeté sur les berges du lac.

— Cela vous semble-t-il plausible ?

— Ma foi, je n'ai connaissance d'aucun courant aquatique qui soit suffisamment puissant pour déplacer un corps, a fortiori sans que cela se remarque, sans que les brochets s'y attaquent, et alors que l'eau est en train de geler. Mais j'imagine que cela n'est pas impossible, et expliquerait beaucoup de choses. En dernier lieu, pour être honnête, cette hypothèse m'arrange…

— Pourquoi cela ? s'étonne Claude.

— Eh bien, les gendarmes ont établi que j'étais le dernier à avoir croisé Alfred vivant. C'était le jour où il m'annonçait qu'il abandonnait son poste, me mettant ainsi dans une situation difficile juste avant l'ouverture de la saison. Un gendarme m'a même demandé si nous en étions venus aux mains, lorsque nous nous sommes vus. J'ai bien compris ce qu'il avait en tête. Alors les conclusions du médecin me conviennent bien, pour tout vous dire.

— Le corps a été trouvé il y a une dizaine de jours… Alfred a été enterré, je suppose ?

— Immédiatement. Dès le lendemain des observations des uns et des autres.

Claude écarquille les yeux. Ce réflexe fait se décoller une des extrémités de sa moustache.

— Oui, moi aussi ça m'a étonné, reprend le contremaître. J'ai suggéré qu'on attende de voir si quelqu'un pouvait nous en dire plus, ou qu'on prenne au moins le temps d'informer d'éventuelles connaissances qui auraient pu vouloir se présenter à l'enterrement. Mais le médecin a refusé et a ordonné l'inhumation immédiate, et discrète.

— Savez-vous pourquoi ?

— Franchement, non. J'ai supposé que la publicité aurait été mauvaise pour la société des Glacières de Paris : imaginez l'effet pour les consommateurs de notre glace d'avoir conscience qu'un cadavre y a été congelé… Ça aurait fait mauvais genre dans les bars parisiens !

— Comment s'appelle ce médecin ? intervient subitement Edgar, jusque-là accaparé par sa chambre photographique et totalement étranger à l'échange.

— Mercier, je crois. Un type étrange, un peu effrayant, avec un œil tout petit et tout noir. Je pense qu'il est borgne…

— Charles Mercier, dit Edgar en caressant sa large et longue barbe blanche. C'est le médecin de la commission départementale du travail. Étonnant qu'il se soit déplacé pour cette affaire… En tout cas, ajoute-t-il à l'intention de Claude qui ouvre déjà la bouche, il est inutile d'envisager de l'interroger. Je l'ai un peu connu, à l'époque où j'appartenais moi-même à cette commission. Il ne nous dira rien. Il ne nous recevra sans doute même pas.

Il n'y a plus rien ici pour eux. Alfred est sous terre, et a enfin pu entamer sa destinée post-mortem. Il n'existe aucune image de lui. Rien qui puisse soutenir l'hypothèse de frères jumeaux qui s'ignoraient.

Edgar part longer la grande glacière pour prendre une photographie depuis les rails qui pénètrent à l'arrière du bâtiment. Avec l'unique fenêtre au-dessus, on dirait que les traverses s'enfournent dans la bouche géante d'un cyclope. Pendant ce temps, Claude finalise avec Prosper les derniers documents nécessaires au rapport qui sera transmis pour détailler l'accident du pauvre Jacquet. Ce dernier a tout de même perdu une jambe à hauteur de cuisse dans cette histoire.

Lui qui se demandait ce qu'il détestait le plus entre la saison des moissons et celle de la récolte de glace, voilà qu'il se retrouve désormais libéré des deux.

Le trajet entre Nantua et Pont-d'Ain ne peut s'effectuer par le train. Ou alors, il faudrait revenir à Bourg rien que pour emprunter la ligne qui descend de Mâcon à Ambronay. Edgar préfère louer une voiture à deux chevaux pour éviter cet angle droit et inutile. Le mentor et l'apprentie entament leur route vers le sud.

Au fil du voyage, Claude voit s'éroder les hautes montagnes sombres, comme s'ils assistaient à une représentation accélérée des effets du temps qui passe. Les arbres foncés se sont éclaircis. Les reliefs sont plus estompés, même s'ils conservent leur caractère. Les collines sont pentues, et se terminent souvent par des formations rocheuses abruptes, comme des dents qui forceraient une gencive gonflée.

Puis l'agriculture entame son façonnage des paysages. Le long des flancs encore raides, à l'approche de la ville de Cerdon, des vignes tentent d'escalader les coteaux, avant de renoncer généralement à mi-chemin. Edgar raconte à Claude que l'on produit ici un vin léger, rosé et pétillant, particulièrement apprécié des dames.

Autour d'eux, de dynamiques ruisseaux passent de cascades en petits ponts, au milieu des coquelicots et des marguerites sauvages. Claude s'extasie devant cette nature qui demeure montagneuse, mais qui offre à ses visiteurs toute la profusion bucolique d'une moyenne altitude.

À Poncin, ils rattrapent la rivière qui donne son nom au département et la longent. Ils ne la quitteront plus jusqu'à l'orphelinat de Pont-d'Ain. Elle est large, peu profonde, et si claire par moments qu'elle en devient translucide. On ne la distingue parfois qu'au bouillonnement causé par les galets blancs, plus ou moins gros, qui en tapissent le lit.

Claude profite du trajet pour interroger Edgar sur la commission départementale du travail évoquée devant Prosper. Fidèle à son habitude, Edgar est peu disert sur le sujet. Cette commission date de 1874, comme la création du poste de divisionnaire, et est en charge du suivi de l'application des lois nouvelles qui visent à protéger les personnes fragiles au travail, principalement les femmes et les enfants.

Au tout début, Edgar appartenait de plein droit à ce groupe, compte tenu de ses fonctions. Cela fait bien longtemps qu'il ne se rend plus à ses réunions. Il y croisait alors le médecin référent, Mercier, mais aussi un instituteur, qui veillait au bon respect des règles sur la scolarité, devenue obligatoire en 1882. Un ingénieur des Ponts et Chaussées en faisait également partie d'office, mais il ne s'y est jamais rendu. Enfin, quelques industriels du cru, par ailleurs élus locaux, complétaient cette instance.

La nuit commence à tomber sur la vallée de l'Ain, lorsqu'ils parviennent en vue de l'orphelinat. Dans le ciel du soir, l'établissement a l'air bien lugubre. C'est une grande bâtisse d'un gris uniforme, tout droit sortie d'une des photographies d'Edgar. Elle est constituée de trois pans, dont la partie centrale, plus large, est flanquée d'une horloge sous son toit pointu. Elle est inutilement haute, au milieu des autres maisons de taille modeste : on dirait qu'elle entend sciemment écraser qui ose pénétrer sa cour de galets. À croire que l'on redevient forcément petit, ou enfant, lorsqu'on la regarde.

Quelques étroites fenêtres sont éclairées, mais les

inspecteurs conviennent qu'il est préférable de passer la nuit à l'auberge. Ils reviendront le lendemain matin pour essayer de retrouver la trace de ce que fut Alfred Bourgeois, enfant, à l'époque où il ignorait qu'il finirait ses jours peu de temps après, dans l'oubli le plus glacial qui soit.

## 10

## *La disparition*

Si la jeune femme qui se retourne sur sœur Placide est blonde, fine et d'une quarantaine d'années sans doute, c'est là tout ce qu'elle a de commun avec Léonie. Ses petits yeux plissés sont aussi sombres que le bois brûlé. Son nez large, épaté, aux narines bien ouvertes, donne à l'ensemble une allure simiesque. Et lorsqu'elle parle, sa voix produit un son nasillard.

— Qui, avez-vous dit ?

Sœur Placide tâche de remettre ses pensées dans l'ordre.

Ce matin, elle s'était trouvée fascinée par les aiguillages qui se mêlaient, se démêlaient, en autant d'embranchements savants, alors qu'elle entrait en gare. À présent, elle essaye elle aussi de faire prendre à ses idées une nouvelle direction, et force le levier de bifurcation. Car elle s'est manifestement fourvoyée.

— Pardonnez-moi, madame. Je suis à la recherche d'une amie, Léonie Guillot. J'ai cru, à un moment, qu'il pouvait s'agir de vous. Mais je vois que tel n'est pas le cas.

Pendant que la religieuse se justifie comme elle peut, le mari arrive depuis le préau, et se poste derrière sa femme.

Sœur Placide meurt d'envie de partir en courant, aussi vite que sa tenue et son âge le lui permettent. Mais elle se retient.

— Monsieur, n'auriez-vous jamais rencontré une jeune femme, il y a une quinzaine d'années environ, et qui se nommait Léonie Nectoux ?

C'est l'épouse Guillot qui répond en lieu et place de son mari :

— On est ensemble depuis l'enfance. Alors non, mon mari n'a jamais rencontré qui que ce soit.

Sœur Placide a beau ne rien savoir des choses du mariage, elle ne peut s'empêcher d'être étonnée devant le comportement possessif de cette femme envers son époux : il y a pourtant bien peu de chances qu'on le lui ait un jour disputé…

— Vous ne vous êtes jamais rendu à Saint-Jean-le-Vieux, vous n'avez jamais écrit aux Soieries Perrin ? insiste-t-elle en fixant le mari.

Seul le silence lui répond. Mais il est éloquent. Et la patience manifestement limitée de la vraie Mme Guillot est déjà arrivée à son terme.

— Une dernière chose, et je vous laisse retourner à vos occupations : y aurait-il, dans le canton, un autre fermier qui porterait le même nom que vous ? Ou qui aurait vécu à Ceyzériat par le passé ?

— Y a qu'un Guillot par ici, rétorque le bonhomme en crachant sur le côté.

Sœur Placide se dit que c'est heureux, au fond. Puis elle salue de la tête et fait demi-tour sans demander son reste.

Une fois sur la route, en direction du village, elle ralentit l'allure et se concentre. Une part d'elle est soulagée à l'idée que Léonie n'ait pas épousé ce rustre. Mais la consolation est bien légère face à l'autre question : où est la jeune femme ?

La religieuse est certaine de ce qu'elle a lu dans le dossier : la demande en mariage émanait bien de Pierre Guillot, de Ceyzériat. Elle ne s'est pas trompée, le courrier était bel et bien signé de ce nom, et d'une main assurée encore ! La proposition de rencontre provenait de la même personne, écrite de la même plume. Et cette rencontre a bien eu lieu, Léonie la lui a racontée par le menu à l'époque.

La jeune femme avait quitté l'usine pour rejoindre directement son époux. Il n'était question d'aucune autre étape, aucune autre destination. Alors, que s'est-il passé ? Si ce n'est pas Pierre Guillot qu'elle a rencontré dans ce café de Pont-d'Ain, pour sceller les termes du mariage, qui était-ce ? Et où est-elle aujourd'hui ?

La religieuse a laissé sa surprise non loin de la dernière ferme. Ce qui l'étreint désormais, maintenant qu'elle est de retour en ville, c'est l'angoisse. Le silence de Léonie toutes ces années pourrait peut-être avoir une raison que le seul égoïsme juvénile ne saurait expliquer.

Dans un premier temps, la religieuse décide de se présenter en mairie pour vérifier les dires du vilain couple : qui sait s'ils n'ont pas menti, pour dissimuler un passé plus contestable. Mais l'état civil lui confirme tout : le mariage fort précoce des époux Guillot, et l'absence d'homonymes dans le canton. En outre, les services municipaux n'ont connaissance d'aucune Léonie Nectoux qui serait venue s'installer dans la région.

Lorsqu'elle sort de l'hôtel de ville, c'est la peur, franche, blanche, qui lui enserre le cœur. Et la culpabilité. Car ce n'est peut-être pas le mariage qui a tenu Léonie éloignée de sœur Placide. Mais un empêchement impérieux. Et la seule personne qui aurait pu s'en inquiéter sincèrement n'a rien fait. Par blessure d'orgueil, et entêtement.

La panique monte en elle alors qu'elle atteint le train qui va la ramener à Bourg. Elle fouille sa mémoire et se demande auprès de qui Léonie aurait pu trouver de l'aide, si elle avait été en difficulté. Elle n'avait pas de famille, pas d'amis, n'avait jamais vécu qu'à l'usine depuis ses douze ans. Auparavant, elle n'avait connu que l'orphelinat.

Sœur Placide se reprend. Il est possible que, trahie par un faux mariage, la jeune femme soit allée se réfugier dans le seul autre endroit qu'il lui ait été donné de fréquenter dans son enfance. Alors que la locomotive apparaît au loin, dans un fier panache de fumée, sœur Placide décide de faire escale à l'orphelinat de Pont-d'Ain pour la nuit.

Le sifflement du train sonne aux oreilles de la religieuse comme une sirène d'alarme.

Le ciel commence à se teinter de rose pâle, alors que sœur Placide parvient enfin à l'orphelinat de Pont-d'Ain. En le voyant se dresser gris, haut, lugubre, elle frissonne. À l'horloge, il est près de six heures du soir. Dans son dos, elle sent la fraîcheur de la rivière d'Ain qui s'écoule dans une indifférence totale.

Elle pénètre dans la cour de devant et se dirige droit vers l'entrée principale. L'orphelinat est tenu par des sœurs de Saint-Vincent-de-Paul. Nul doute qu'elles lui accorderont l'asile pour la nuit. En effet, elle est accueillie avec cordialité, et cette hospitalité la réchauffe un peu, elle dont la solitude est profonde depuis ses désillusions à Ceyzériat.

On lui sert d'abord à dîner, de la soupe et du pain, en même temps qu'aux pensionnaires de l'endroit, qu'elle juge peu nombreux. Il y a là peut-être, tout au plus, une cinquantaine d'enfants, habillés de vêtements grossiers, raides, et chaussés de sabots. Ils n'ont pas l'air joyeux ou insouciants. Les fronts sont déjà plissés, les regards graves, les gestes économes. Et pourtant, on serait tenté de se demander s'ils ne vivent pas là la meilleure part de leur existence.

À l'heure de la veillée, la religieuse demande auprès de qui elle peut poser ses questions sur le passé. On l'adresse à sœur Marie-Eulalie, la plus ancienne, mais paradoxalement la plus structurée dans ses souvenirs. La vieille nonne est une petite femme rabougrie, aussi courbée qu'une pivoine trop lourde. Elle doit étirer le cou au maximum pour espérer voir devant elle, et c'est son dos décapité, progressant par à-coups glissés, que sœur Placide suit lorsqu'elles se dirigent vers les bureaux.

Le buste de sœur Marie-Eulalie pénètre dans une bibliothèque à l'odeur musquée, faite de tabac et de cuir, étonnante pour un univers exclusivement féminin. Elle se dirige sans hésitation vers l'un des grands registres alignés sur une des étagères, et le dispose sur une table faiblement éclairée d'une lampe à huile de marine, en laiton, élancée comme le cou d'une danseuse.

— Léonie Nectoux... Léonie Nectoux... Oui, la voilà. Recueillie en 1855, un enfant de sexe féminin, en bonne santé.

— Cela, je le sais, sœur Marie-Eulalie. Mais vous souvenez-vous d'elle ?

— Cela dépend, comment était-elle ?

— Des yeux d'un bleu profond, foncé, très vif. Des dents qui avancent, et qui la font zozoter. Des cheveux si blonds qu'ils en paraissaient blancs…

— Ah… oui, je me rappelle cette enfant. Une personnalité vive, et discrète.

À ce stade, sœur Placide n'est pas convaincue que le souvenir de cette vieille femme, sur des faits qui remonteraient à une trentaine d'années, soit bien celui qu'elle recherche. À vrai dire, la chose serait même assez surprenante…

— Elle a eu un accident, un jour. Et ça l'a fait boiter légèrement, par la suite, ajoute la vieille dame.

Cette fois, il ne peut y avoir d'erreur : c'est bien de Léonie qu'il s'agit.

— Oui, absolument ! Votre mémoire est impressionnante, ma sœur. Quel genre d'accident ? Je n'ai jamais osé lui poser la question…

— Eh bien, elle serait montée dans un arbre du parc, un jour. Elle devait avoir huit ou neuf ans. Il s'agissait, je crois, de secourir un chat. Mais parvenue au sommet, elle a glissé et est tombée d'assez haut. Le pire, ce fut la branche qui a cédé avec elle, et qui s'est écrasée sur sa jambe droite. Son tibia a été broyé sous le choc. Et quand il s'est finalement ressoudé tant bien que mal, plusieurs mois plus tard, l'os était devenu significativement plus court. C'est cela qui la faisait boiter.

Sœur Placide sourit malgré le caractère cruel de l'histoire. Mais entendre une anecdote qu'elle ignore sur Léonie lui procure une joie étrange. Comme si cela donnait à l'enfant absente une réalité.

— N'y a-t-il personne qui soit jamais venu la

voir ? Ou un autre enfant avec lequel elle aurait pu se lier d'amitié ?

— Non, je ne vois personne. La petite fille dont je me souviens était plutôt solitaire et craintive. Vous dites qu'elle a ensuite travaillé aux Soieries Perrin… Y fut-elle heureuse ?

— Autant qu'on peut l'être, ma sœur. Le labeur y est dur, mais le traitement y est juste, en particulier pour des filles. Et puis…

— … Et puis, il y avait votre affection pour elle ? devine la vieille.

Sœur Placide acquiesce.

— Et vous la recherchez aujourd'hui ? Vous l'avez perdue de vue, c'est cela ?

— En fait, elle a brutalement disparu il y a quinze ans. Je l'ignorais, et je m'en rends compte à présent.

La vieille nonne regarde en l'air. Compte tenu de sa silhouette en arcade, cela revient pour elle à hisser ses yeux au milieu de son front. On dirait qu'elle cherche une sortie au plafond de la bibliothèque. Par réflexe, sœur Placide l'imite. Mais dans l'obscurité, elle ne distingue rien.

— Dieu est avec nous, sœur Placide. Ayez confiance en Lui. Et si cette jeune personne veut être retrouvée, alors elle vous enverra un signe, tantôt. Sachez le reconnaître…

Le lendemain matin, sœur Placide remercie avec effusion le groupe qui l'a accueillie et renseignée. Elle n'a pas trouvé d'indice susceptible de lui indiquer où continuer à chercher Léonie, mais elle a pu plonger dans un peu de l'histoire de la jeune femme et y a puisé une énergie nouvelle. Elle part confortée dans ses objectifs.

Elle cherche des yeux sœur Marie-Eulalie, dont les paroles chaleureuses l'ont particulièrement réconfortée. Par les grandes portes vitrées du hall, elle l'aperçoit dans le parc en grande discussion avec deux étrangers : une jeune personne aux cheveux courts, dont seule la robe trahit le sexe féminin, et un vieil homme à la chevelure d'argent vaguement ébouriffée. Il serre contre lui un trépied et une boîte en bois. Ses lunettes rondes lui donnent un air savant. Mais qu'est-ce qu'un scientifique viendrait faire dans un orphelinat ?

Cela n'est pas l'affaire de sœur Placide, qui demande que l'on transmette ses plus vifs remerciements à sœur Marie-Eulalie. Elle quitte l'endroit un peu reposée. Et désormais sûre d'une chose, qui la rassure autant qu'elle la terrifie : Léonie ne l'a pas abandonnée.

Peut-être même est-ce l'inverse.

Cela faisait bien longtemps que sœur Placide n'avait pas quitté l'usine. Une fois, il y a trois ans, elle est allée chez sa sœur, à Bellegarde. Mais depuis, elle est toujours demeurée entre ces murs. Y revenir aujourd'hui lui procure une sensation bizarre. Comme si elle était en visite chez elle.

Elle reprend son service pour la surveillance du déjeuner. Bœuf en daube et chou-rave au menu. Elle déniche la petite Victorine au fond du réfectoire, silencieuse et appliquée à manger comme elle doit l'être dans son travail. Elle est entourée par de nouvelles filles, que sœur Placide ne reconnaît pas. En réalité, elle comprend que Victorine n'a pas de place attitrée et en change tous les jours. Alors que les autres se retrouvent en groupes constitués.

« Discrète et solitaire », a décrit sœur Marie-Eulalie s'agissant de Léonie. Comment se peut-il que la petite Victorine lui ressemble autant ? Y a-t-il un lien, quel qu'il soit, entre les deux ? Sœur Placide évalue les scénarios : est-il possible que Léonie ait été enceinte, d'un gentil chaudronnier des Soieries par exemple, et qu'elle ait voulu cacher sa honte en montant de toutes pièces un faux mariage ? Ce, afin de pouvoir quitter l'endroit avec une bonne raison, et dissimuler son état avant d'abandonner l'enfant ? Mais les dates ne collent pas. Léonie a quitté l'usine en 1879, Victorine est née en 1881, deux ans plus tard.

Qui plus est, une fois leur premier contrat de trois ans assuré, les pensionnaires ne sont pas prisonnières : elles peuvent partir si elles le souhaitent. Il n'est nul besoin de s'inventer de motif particulier pour ce faire. Si Léonie avait voulu partir, elle aurait pu le faire, simplement. Non, sœur Placide est convaincue que la rencontre à Pont-d'Ain avec un homme proposant le mariage était réelle.

Elle est tirée de sa rêverie par le grincement de dizaines de bancs se reculant simultanément.

Ce soir, Olympe est arrivée avant sœur Placide au banc de granit, dans le jardin privé des Perrin. Elle ne cherche pas à dissimuler son impatience lorsque la religieuse pénètre dans la clairière.

— Ah ! Mon amie, vous voilà enfin ! Comme j'ai hâte que vous me fassiez le récit de la rencontre avec votre protégée !

Mais la religieuse est à peine assise qu'elle avoue à Olympe que seules les déconvenues étaient au rendez-vous.

Olympe l'écoute attentivement, opine de la tête par moments.

— Vous voulez donc dire que Léonie a quitté l'usine il y a quinze ans, pour retrouver un mari qui n'existait pas, et qu'elle n'a finalement jamais épousé ?

— Oui, c'est bien cela.

— Et que l'on n'a aucune nouvelle depuis ?

— Malheureusement, oui. J'ai tenté d'imaginer toutes les explications possibles. Et celle qui me paraît au final la plus probable est celle d'un guet-apens.

Olympe fronce ses sourcils gris clair et tend son cou engoncé dans un col de dentelle blanche. L'hypothèse appelle manifestement quelques éclaircissements. La religieuse s'explique :

— Il est possible qu'un gredin se soit fait passer pour un époux potentiel. Il aura pris l'identité d'un homme qui existe, pour plus de réalisme. Il usurpe donc un nom au hasard et envoie une demande en mariage. Puis il propose une rencontre, qui ne saurait être à Ceyzériat même. Il la situe donc non loin d'ici, dans un café de Pont-d'Ain, prétextant que la chose est plus simple pour la fiancée. Ce faisant, il évite soigneusement les témoins, puisque personne de l'usine ne le croise. La jeune fille rentre enchantée, car on peut supposer qu'il aura fait au mieux pour la séduire avec des promesses qu'il n'aura jamais à tenir. Puis elle le rejoint, croit-elle, pour l'épouser. Sauf qu'il n'y a point d'épousailles.

— Mais quel intérêt aurait cet homme à faire cela ? Il y a des façons plus simples et moins risquées de s'en prendre à la vertu d'une jeune femme !

— L'intérêt ? C'est que choisissant une femme qui a passé douze ans de sa vie aux Soieries, il sait qu'elle lui arrivera avec une somme conséquente. Léonie, par exemple, a quitté l'usine avec pas moins de quatre mille cinq cents francs et, accessoirement, une malle de trousseau.

Olympe assimile cette hypothèse et considère son amie avec une candeur non feinte :

— Mais enfin, sœur Placide, d'où viendrait tout cet argent ?

La religieuse considère avec étonnement celle qui n'est rien de moins que l'épouse du propriétaire des Soieries.

— Ce sont ses gages, voyons. Olympe, vous n'ignorez tout de même pas que les émoluments des filles sont placés jusqu'à leur départ !

La femme du monde aurait dû le savoir, naturellement, de loin, très théoriquement. Mais là, elle semble enfin en comprendre toute la portée.

— Vous voulez dire que les filles ne touchent rien de leur argent pendant toutes ces années…

— Quel besoin en auraient-elles ? Elles sont nourries et logées, enfin, si l'on peut dire, puisqu'on retient sur leurs gages le coût de leur pension… Mais enfin, il en reste suffisamment pour constituer un sérieux motif de larcin !

Le silence s'installe entre les deux femmes. Le temps pour Olympe de rattraper son amie dans cette hypothèse qui ne les rassure pas vraiment. Puis, soudainement, elle s'anime, posant une main sur celle de sœur Placide et l'autre sur sa bouche.

— Mon Dieu, vous rendez-vous compte de ce que cela implique ? Si Léonie est tombée dans un piège, pour être détroussée, et qu'elle n'en est jamais revenue…

Sa voix s'éteint, en même temps que l'effroyable

conclusion s'impose dans l'esprit de la religieuse qui, curieusement, n'y avait pas songé.

— Vous voulez dire qu'elle pourrait être… morte ?

— Oh, je ne l'espère pas, naturellement, et rien ne le prouve. Mais tout de même, cela expliquerait son silence. Et puis, quel besoin un voleur aurait-il de garder en vie la victime qui pourrait le reconnaître ?

— Seigneur… Je n'y avais même pas pensé, je crois que je me refusais à l'envisager.

Le regard de sœur Placide se brouille et se perd dans les graviers au sol. Ils se mettent à danser, tourner, briller, elle est à deux doigts de l'étourdissement.

— Auquel cas, mon amie, continue Olympe qui n'a pas remarqué le trouble de son interlocutrice, peut-être que nous tenons là une possible explication à un autre mystère. Celui de l'identité de cette étrange présence qui se manifeste entre ces murs, et qui attend possiblement des vivants une action quelconque. Supposez que son esprit soit quelque part, autour de nous, et qu'elle entende être retrouvée pour être inhumée dignement…

Mais sœur Placide ne suppose plus rien. Sa tête est au bord de l'implosion. Elle entend à peine Olympe ajouter avec ferveur :

— Je vous aiderai à retrouver la trace de cette jeune femme. Quel que soit son état dans ce monde, ou dans l'autre. Pour ce qui est de ce monde-ci, je me charge d'interroger mon époux. Il se fait une gloire de tout savoir de ses pensionnaires, eh bien, nous allons le prendre au mot !

# 11

## *La route des orphelinats*

L'auberge de Pont-d'Ain se révèle plutôt calme et confortable. Pourtant, la nuit d'Edgar est particulièrement agitée. Les cauchemars succèdent aux cauchemars, les suées aux mouvements brusques.

Dans son esprit embrumé, des scènes oppressantes et orgiaques se déroulent. Depuis l'intérieur d'un corps qu'il suppose être le sien, il voit des mains, de fait les siennes, se poser sur des seins lourds et laiteux. Une jeune femme se débat, mais cela ne le touche pas vraiment : il continue à pétrir la pâte tiède et soyeuse à l'envi. Autour de lui, l'ambiance est semblable à celle de ses photographies : tout n'est que noir et blanc. Murs, sol, tout est sombre, à part le corps pâle qui se tortille sous lui.

C'est étrange, il porte assurément une chemise, et pourtant, il se sent nettement pénétrer la jeune femme aux cuisses écartées par le poids de l'homme. La friction est brutale, presque douloureuse, même pour lui. Ce doit être le cas pour elle aussi, car elle crie, tête renversée. Il aime autant ne pas voir son visage, qu'elle lui dissimule en se tordant le cou. La fille ne le voit pas non plus, car sa tête est enserrée dans un bandeau de soie noire qui comprime ses yeux.

Une curieuse réflexion dissociative l'habite alors, comme parfois dans les songes : il s'entend clairement penser : « Fort heureusement, tout ceci n'est qu'un rêve. » Cette auto-amnistie le libère et l'enivre. Il accentue ses mouvements de bassin, s'entend grogner, se surprend à mordre la peau veloutée de l'épaule tétanisée.

Son sentiment de puissance est total, à la mesure du plaisir intense qu'il éprouve, et qu'il tente de maîtriser pour le faire durer. La fille hurle, et il s'autorise à laisser ce cri résonner en lui et autour d'eux, et décupler encore la chaleur qui dévore ses entrailles. Lorsqu'il est emporté par sa jouissance, il le regrette presque. S'il avait pris son temps, il aurait pu retourner la fille et la sodomiser avec la même fougue et la même liberté. Il s'en veut de ne pas y avoir pensé plus tôt. Mais ce seul fantasme lui provoque une nouvelle poussée de plaisir qu'il exsude avec toute la colère, tout le ressentiment et le désespoir dont il est capable.

Et il se réveille en hurlant sa délivrance.

Il ne comprend pas : il est maintenant assis dans un lit, et la fille offerte s'est évaporée. Une autre est là, près de lui, à genoux par terre. Il ne la connaît pas. Elle ne ressemble pas du tout à celle de son rêve, elle est bien moins plantureuse. Elle lui parle, il voit ses lèvres bouger, mais il n'entend rien. Une pression dans son crâne écrase ses oreilles de l'intérieur.

La fille le saisit par les épaules, le secoue. Mais pour qui se prend-elle ? Il tente d'échapper à son étreinte lorsqu'il se rend compte qu'il n'est pas chez lui. Un affreux papier peint rougeâtre, un plancher grossier… Est-ce un nouveau rêve dans le rêve ?

« … veillez-vous ! », « … gardez-moi ! »

La fille disparaît et revient quelques secondes plus

tard. Il n'a pas le temps d'esquiver le verre d'eau glacée qu'il reçoit en pleine figure et qui le souffle complètement.

— Edgar ! Enfin, réveillez-vous ! Que vous arrive-t-il ?

L'homme reprend peu à peu ses esprits. Il entend à nouveau, parvient à parler :

— Laissez-moi, mon petit, laissez-moi un moment.

Claude le considère de sa hauteur. Son mentor, si fier, si inflexible, a maintenant l'air misérable et perdu. On dirait qu'il a pris mille ans en une nuit. Pourtant, elle s'exécute, et quitte la chambre. Inquiète, elle descend dans la salle de l'auberge pour réclamer un café.

Un peu moins d'une heure plus tard, Edgar descend à son tour. Ses yeux bouffis et cernés trahissent sa nuit agitée. Globalement, il a tout de même meilleure allure, maintenant qu'il est habillé.

Il repère Claude, demande un café et rejoint la jeune femme.

Sur le moment, il fait comme si de rien n'était. C'est elle qui insiste :

— Edgar, comment allez-vous ? Je vous ai entendu hurler depuis la chambre à côté, et lorsque je suis entrée pour voir si tout allait bien, je vous ai trouvé complètement… désappointé ! Vous aviez l'air absent, vous m'avez fait peur. Vous ne parveniez pas à émerger de cet étrange état…

— C'est terminé maintenant, répond-il simplement. Sans doute une sorte de somnambulisme…

— Qu'y avait-il dans vos cauchemars ? Ils paraissaient particulièrement réalistes !

— Le souvenir s'en est déjà effacé, je ne me rappelle plus.

Et il ne ment pas vraiment. Il n'a guère en mémoire que des bribes d'images, de peau, et une sensation de chaleur dans le bas-ventre. Sans compter un rien de culpabilité. Bientôt, il ne restera plus trace de ce rêve voluptueux et sacrilège.

Au soleil de ce début de journée, l'orphelinat de Pont-d'Ain paraît bien moins ténébreux que la veille au soir. Il a simplement l'air morne.

Edgar n'a pas manqué de venir avec son matériel de photographie, car il suppose que derrière ces murs simples, des visages et des scènes intéressantes méritent d'être immortalisés.

Ils sont accueillis par une religieuse souriante et empressée, et la chose est si rare que Claude a, un moment, le sentiment qu'il s'agit d'ironie.

La jeune femme, qui n'a pas eu besoin de se travestir pour visiter des enfants, présente d'abord l'objet officiel de leur venue : ils sont inspecteurs du travail, divisionnaire et départemental, et souhaitent s'assurer que les enfants de l'orphelinat ne sont pas employés au-delà des règles légales en matière d'apprentissage.

La sœur n'est nullement impressionnée et leur répond tranquillement que, dans cet orphelinat, les enfants ne font l'objet d'aucune sorte de préparation professionnelle. Ici, l'on se contente de les amener au niveau du certificat d'études primaires et du certificat d'aptitude physique. Ce qu'ils deviendront ensuite n'est pas du ressort de l'établissement. L'ambition des sœurs de Saint-Vincent-de-Paul se borne à sauver des enfants qui seraient morts sinon, et à leur inculquer les fondamentaux nécessaires à la possibilité d'une vie en société.

Le contrôle n'ayant plus véritablement lieu d'être,

Claude demande à la sœur s'ils pourraient en profiter pour prendre des informations sur un garçon passé par cet orphelinat vingt ans plus tôt. On les oriente vers une petite femme racornie comme une pomme oubliée. Elle est justement en train de traverser la terrasse qui donne sur le parc, à l'arrière du bâtiment.

Ils n'ont pas besoin d'accélérer le pas pour la rattraper. Sœur Marie-Eulalie est d'abord surprise de voir deux visages inconnus. Mais très vite, sa gentillesse aidant, la communication s'avère aisée.

Alors que Claude expose l'objet de leur recherche à la petite nonne, elle aperçoit à travers les vitres de l'entrée une autre religieuse, à l'habit différent. Cette dernière, en train de saluer ses congénères, est manifestement sur le départ. Durant quelques secondes, elle oriente sa silhouette sévère dans leur direction. Claude se demande pourquoi : se connaîtraient-elles ? Et puis, au bout d'un moment, la femme d'âge mûr, imposante, au visage sobre mais intelligent, fait demi-tour et disparaît.

Marie-Eulalie n'a pas de souvenir précis d'un dénommé Alfred Bourgeois, qui serait passé par ses mains. Elle semble pourtant sincèrement affectée de le savoir mort dans de tristes circonstances, scellé dans un sarcophage de glace. Elle propose à ses deux visiteurs de l'accompagner au bureau pour chercher dans les registres. Edgar demande à rester dans le parc, pour prendre des photos de l'endroit. Claude suit donc, seule, la mémoire des lieux.

Les deux femmes pénètrent dans un bureau ambré, où la lumière provenant des vitres colorées provoque de nombreux reflets mordorés et spectraux. La petite nonne se dirige droit vers une étagère pour se saisir d'un grand recueil à la tranche de cuir.

— Décidément, lance-t-elle en ramenant tranquillement son trésor vers la table de lecture, c'est la journée des énigmes historiques !

La remarque intrigue Claude, qui abandonne sa contemplation des murs de livres religieux et philosophiques et se retourne.

— Pourquoi dites-vous cela, ma sœur ?

— Déjà, hier au soir, une religieuse d'une autre congrégation a voulu consulter ces archives, à la recherche d'une jeune femme.

Claude repense à la sœur qu'elle a aperçue, à l'allure aussi grave qu'altière.

— Cette jeune femme, elle était décédée dans un accident ? un suicide ? une mort étrange ?

— Aucunement. Je crois qu'elle a disparu et qu'elle veut la retrouver. Ah ! voilà la période qui nous intéresse !

Et sœur Marie-Eulalie ouvre le grand cahier, tourne de grandes pages jaunies, aux lignes finement calligraphiées.

— Alfred Bourgeois… Alfred Bourgeois… Ah ! Le voilà. Il a été déposé chez nous le 20 décembre 1872, au matin apparemment. Quelques jours avant Noël, pauvre petit. Il nous a quittés le 2 février 1886. Il est indiqué ici qu'il a été placé dans une menuiserie, mais je ne saurais vous dire laquelle.

— Auriez-vous le moindre souvenir de lui ?

— Hélas, mon enfant, je crains qu'il ne lui soit rien arrivé de suffisamment déterminant pour que je puisse vous en parler mieux. Avez-vous connaissance d'une quelconque particularité qui pourrait m'y aider ?

— Non, ma sœur, je ne l'ai pas connu. Une dernière

question, qui va vous paraître insolite, mais je me dois de vous la poser : vous êtes certaine qu'Alfred vous a été déposé seul ? Je veux dire : il n'y avait pas d'autre enfant avec lui, un frère par exemple, que vous auriez pu vous-même placer dans un autre orphelinat ?

— Mais non, voyons ! Nous ne faisons jamais cela. Si l'on nous confiait une fratrie, nous aurions à cœur de tenter de la préserver. Je puis vous confirmer que ce garçon est le seul qui nous a été déposé ce jour-là.

Claude a finalement laissé sœur Marie-Eulalie vaquer à ses occupations. Elle retourne dans le parc pour retrouver Edgar. Ils n'ont pas appris grand-chose de leur visite, et pourtant, Claude a le pressentiment qu'ils ont bien fait de venir.

Elle arrive dans le jardin arrière, encore un peu clairsemé à cette époque. La couverture de feuilles se limite pour l'instant à un duvet vert tendre autour des branches nues. Elle cherche des yeux son mentor, qu'elle ne trouve pas tout de suite. Elle finit par le reconnaître un peu plus loin, entouré d'une ribambelle d'enfants à qui il est manifestement en train d'expliquer le fonctionnement de la machine photographique. Il remporte apparemment un grand succès !

Claude s'arrête, et l'observe, immobile. Pour une fois, elle se trouve attendrie par ce vieil homme pudique et rustre, qui semble prendre plaisir à amuser les petits. Sans qu'elle s'en rende compte, la sœur qui les a accueillis arrive par-derrière et se poste à ses côtés.

— Il est vraiment votre patron ? On dirait un grand-père…

Claude sourit :

— Oui, je vous l'assure. Et à ma connaissance, il n'a jamais eu d'enfants. Sa femme est morte…

— Oh, c'est bien triste. Il est désolant de constater que nombreux sont ceux qui ne parviennent pas à la parentalité dont ils rêvent, alors que tant d'autres nous confient leurs bébés…

— Combien en recueillez-vous ?

— Une cinquantaine, plus ou moins, depuis une soixantaine d'années.

— Les abandons sont stables alors, c'est heureux…

— Eh bien, il y a eu énormément d'orphelins après les grandes guerres du début du siècle, puis après les épidémies de choléra, dans les années 1830, et encore après les guerres entre la France et la Prusse, et depuis, les choses ne s'améliorent pas. Il y a toujours une raison à cela, et chaque génération a la sienne. Ces dernières années, les naissances hors mariage sont légion. L'industrie déracine et sépare les familles, donne lieu à des exodes, provoque une misère sans nom. Alors oui, l'endroit ne désemplit pas. Faire des enfants est tour à tour un problème et très vite une solution pour les mêmes, qui les font travailler dans d'inhumaines conditions.

— Il y a des lois aujourd'hui contre ça. Et des gens pour les faire respecter.

La religieuse désabusée pousse un soupir en observant Edgar en train de prendre une série de photographies du groupe d'enfants, tous très sérieux devant la machine magique.

— Je crains qu'aucune loi ne puisse jamais venir à bout des instincts les plus bas des êtres humains, mademoiselle. Là où nous voyons l'innocence, eux voient la faiblesse. Il n'y a ensuite qu'un tout petit pas à franchir pour y voir aussi une opportunité d'exploitation et de profit.

Rejoindre le deuxième orphelinat qu'ils entendent visiter est une autre affaire.

Si Alfred Bourgeois, l'ouvrier de la glacière, avait eu le bon goût de passer son enfance à Pont-d'Ain, un lieu central et accessible, il n'en était pas de même pour Constantin Prudent, le fileur d'or, qui avait été recueilli par l'orphelinat d'Hotonnes.

Hotonnes est un petit village de montagne, juché sur les hauteurs du massif du Jura, dans sa partie sud. Le rejoindre est long, complexe, et relativement coûteux. Edgar tente bien de dissuader Claude de s'y rendre. Il s'appuie pour cela sur les piètres résultats de leur première visite chez les sœurs de Saint-Vincent-de-Paul. Mais la jeune femme insiste. Ils se doivent d'y aller, justement parce qu'ils ont encore besoin d'informations. Enfin, elle clôt le débat en rappelant à Edgar la promesse qu'il lui a faite, et la menace associée. De mauvaise grâce, il consent.

Il leur faudra donc prendre le train jusqu'à Ambérieu, et là, changer pour emprunter la ligne de Genève. Ils descendront peu de temps après à Tenay-Hauteville, en bas de la montagne. Ensuite, il n'y aura d'autre solution que de trouver une voiture pour les emmener jusqu'à Hotonnes.

Le voyage est fastidieux. Edgar est taciturne, absent. Plusieurs fois, Claude a failli le perdre sur les quais des gares traversées, et l'a retrouvé tantôt assis à l'intérieur des bâtisses, absorbé par les hautes charpentes, tantôt carrément devant, comme attendant une voiture illusoire. Au moins est-il docile à chaque fois qu'elle le ramène avec elle. Mais elle est vraiment déconcertée par son attitude.

C'est le milieu de l'après-midi quand ils entament enfin l'ascension de la montagne. Malgré le flegme des deux chevaux qui tirent la voiture, et qui n'a d'égal que celui du conducteur, les voyageurs sont ballottés en tous sens sur le chemin caillouteux. Edgar serre contre lui son attirail photographique, qui tressaute comme s'il prenait vie. Les épingles à cheveux se succèdent, tandis qu'ils luttent contre la gravité qui les tient perpétuellement plaqués contre un dossier inconfortable.

Au fur et à mesure de l'avancée, l'herbe se fait plus grasse, plus épaisse. Les premiers lacs clairs dans lesquels se reflète un ciel de traîne se dévoilent. Les forêts de sapins s'épaississent. On entre là dans une région où le travail du bois occupe la majeure partie de la population. Les villages sont charmants, avec leurs toits luisants comme des écailles de poissons. Les premières fleurs de montagne, courtes et colorées, s'étalent dans les champs. Claude, qui n'a vu la Suisse qu'en images, estime que cela doit y ressembler.

Il est tard quand ils pénètrent enfin en ville, si tant est que l'on puisse parler d'une ville. Quelques maisons de pierres grises sont disséminées, des fermes aux balcons de bois donnent sur la route, et une église dissimule par sa large assise une petite flèche pointue.

— Combien y a-t-il d'habitants par ici ? demande Claude à leur conducteur.

— À peine mille, et encore, en comptant les hameaux tout autour et les vaches.

La jeune femme se cale au fond de son siège, tandis que la voiture les conduit à l'unique auberge de la région. Elle s'étonne de la nécessité d'un orphelinat dans un tel endroit. Ils croisent, sous le regard interloqué d'Edgar, un groupe de vélocyclistes en « Grand Bi », cet étrange objet doté de deux roues, une très grande à l'avant et une petite à l'arrière pour l'équilibre, et dont les courses remportent depuis une dizaine d'années un franc succès. S'entraînent-ils dans ces chemins de montagne, bien ardus ?

La nuit se passe sans encombre dans une auberge déserte. La propriétaire, qui leur sert du jambon et du fromage pour le souper, croit bon de leur préciser que son établissement est bondé à la saison de la coupe du bois.

Claude surveille Edgar jusque tard dans la nuit, allant contrôler de temps en temps derrière sa porte, depuis le couloir, que tout est normal. Elle finit par sombrer dans un sommeil sans rêves, qui l'emmène d'un trait jusqu'au matin.

L'orphelinat d'Hotonnes est bien différent de celui de Pont-d'Ain. Il est agréable à l'œil et ressemble à un immense corps de ferme formé de différents grands bâtiments de pierres. Certains sont aussi hauts que des granges et aussi longs que des ateliers. Et derrière, des arbres ne parviennent pas à dissimuler complètement la superbe vue sur la vallée verdoyante, au-delà de la forêt.

L'accueil dont ils font l'objet est également très différent. Ici, leur présence suscite d'abord clairement la surprise, puis, très vite, une franche hostilité. On les laisse attendre dans le petit bâtiment administratif le temps d'aller chercher la mère supérieure. Les religieuses se revendiquent de l'ordre de Saint-Nicolas, une congrégation dont Claude n'a jamais entendu parler.

La mère supérieure se présente enfin, aussi glaciale que rondelette, l'alliance des deux paraissant un peu contre-nature. Elle commence par rappeler que les orphelinats, hospices et autres lieux de charité sont exclus des règlements dont les inspecteurs se prévalent, et en particulier des textes de 1874 et 1892. Edgar et Claude ne l'ignorent pas. Cela représente une véritable difficulté dans l'application des lois sur la protection de l'enfance : nombre d'établissements de charité n'hésitent pas, sous couvert de formation professionnelle, à faire travailler des enfants de moins de huit ans, et dans des conditions à peine meilleures que celles qui règnent dans les ateliers.

Certaines industries déplorent d'ailleurs ces concurrences déloyales qui ne respectent ni les temps de travail, ni les limites d'âge qu'on leur impose. Mais le législateur se refuse à toute action contre ces établissements indispensables à l'équilibre sociétal global. Au moins dix pour cent des enfants sont abandonnés. Sans ces maisons pour les recueillir, des dizaines de nourrissons périraient le long des routes. Alors on ferme les yeux sur les moyens dont elles usent pour assurer leur subsistance.

Edgar, heureusement en bien meilleure forme que la veille, laisse agir sa voix caverneuse et puissante. Il confirme calmement au monolithe en forme de femme que les orphelinats ne peuvent, a priori, être sujets à d'éventuels procès-verbaux. Cependant, ils ne sauraient être exclus de tout contrôle, ne serait-ce qu'au nom de la saine concurrence avec les industriels.

Il lui apprend ensuite, sur le ton doucereux de la confidence, que la demoiselle et lui sont là à la suite d'une dénonciation anonyme, sûrement de la main d'un de ces notables, et lui conseille vivement de les aider à éteindre l'incendie naissant par sa plus parfaite collaboration.

La mère supérieure s'accorde quelques secondes de réflexion, puis en convient. Soudain, comme par enchantement, son visage se transforme. Elle décoche un grand sourire à Edgar, puis les invite à la suivre.

Claude comprend mieux pourquoi le mensonge d'Edgar a porté. L'endroit est une vraie ruche, où des essaims d'enfants sont répartis entre divers bâtiments et ateliers. Les filles sont occupées aux travaux d'aiguille : elles cousent, brodent, alignent les bandeaux de dentelles, parfois dès l'âge de cinq ans, reconnaît la religieuse. Les garçons sont affectés à des travaux de cordonnerie, draperie et menuiserie.

Alors qu'elle suit ses deux aînés, Claude marque un arrêt devant l'affichage des horaires. Les enfants de moins de douze ans entament leur journée par des travaux d'entretien des dortoirs à cinq heures quinze. Ils poursuivent avec une prière puis la classe. Les travaux aux ateliers commencent sur le coup des neuf heures et durent jusqu'à la fin de l'après-midi, non sans quelques interruptions pour se restaurer. Puis ils sont à nouveau soumis à des travaux d'entretien et à la prière, avant de dîner et de se coucher.

Claude observe tous ces enfants avec une compassion immense. Ils ne se regardent pas entre eux, pas un ne chahute ou ne rit. Ils ne la remarquent même pas. Ils sont si épuisés qu'ils consacrent ce qui leur reste d'énergie à la tâche qui leur a été affectée et qu'ils effectuent avec une précision machinale et une vélocité effrayante.

La jeune femme a du mal à contenir sa colère, quand elle rejoint Edgar et la mère supérieure. Elle tient ses poings serrés, les épaules relevées, la bouche réduite à un pli. Edgar le remarque et tente d'abréger la visite.

— Ma mère, nous ne saurions trop vous remercier pour cette présentation, qui nous permettra de procéder à une réponse circonstanciée à votre accusateur. Une dernière chose : nous permettriez-vous d'accéder aux registres de vos pensionnaires ?

Amadouée, la religieuse aux deux visages les ramène au bâtiment administratif et leur indique une vaste pièce qui occupe tout l'étage. Elle explique qu'ils trouveront là tous les documents qu'ils souhaitent, que son institution n'a rien à cacher.

Edgar et Claude ne sont pas peu soulagés de se retrouver seuls dans la pièce tapissée de bibliothèques et autres étagères couvertes de grands livres et de papiers s'échappant des strates de pochettes entassées.

— Avez-vous vu ces enfants ? Ils travaillent encore plus que les adultes, si l'on considère leur apprentissage scolaire, les prières à répétition et les travaux d'entretien de ces bâtiments ! Vous rendez-vous compte ?

— Je suppose que c'est là la seule façon de leur faire apprécier ce qui les attend lorsqu'ils seront recrutés par les industriels tout de suite à leur sortie… répond Edgar, fataliste. Allons, cherchons les registres du personnel et débarrassons-nous de notre mission !

Fort heureusement, les archives sont bien tenues, et ils ont tôt fait de sortir les deux livres qui listent les arrivées des vingt dernières années. Claude se saisit aussi des registres précédents et les feuillette, tandis qu'Edgar cherche dans le sien l'année qui les intéresse.

Sans surprise, il trouve la dépose d'un nourrisson le 20 décembre 1872, qui sera connu sous le nom de

Constantin Prudent, et qui trouvera plus tard un foyer chaleureux chez son maître d'apprentissage et fileur d'or, à Trévoux.

— Exactement le même jour qu'Alfred : ils étaient donc bien jumeaux... Rendez-vous compte, Edgar. Quelqu'un a pris la peine de traverser le département pour abandonner et séparer ces deux bébés. Croyez-vous vraiment que cela relève du seul hasard ?

— Je reconnais que la chose est étrange, en effet. Et qu'elle ne peut être fortuite. Mais je ne vois toujours pas en quoi les raisons de celui qui a procédé à un tel abandon nous concernent.

— Nés le même jour, du même parent, séparés sciemment, morts en même temps dans des conditions bien peu communes une vingtaine d'années plus tard, et cela ne vous interpelle pas ?

Edgar ne répond pas. Il commence à refermer les ouvrages.

— Il y a autre chose, Edgar.

— Quoi donc ?

— Je suis remontée aux registres des décennies antérieures. Compte tenu des arrivées et des départs observés, on peut estimer à une cinquantaine le nombre d'enfants accueillis ici depuis les années 1830. C'est cohérent avec l'urbanisation de toute la région. Et cela correspond aussi à l'effectif de l'orphelinat de Pont-d'Ain. Mais voilà : aujourd'hui, il y a près de deux cent cinquante enfants enfermés entre ces murs. Vous l'avez vu, il y en a partout !

— Oui, peut-être, en effet, et alors ?

— Alors, je ne vois pas ce qui pourrait justifier une telle augmentation ! On la voit doucement commencer dans les années 1870, et elle ne cesse de croître depuis. À croire que les enfants sont amenés de partout pour se retrouver dans cet établissement en particulier, inaccessible, loin de tout… Je ne comprends pas. Sans compter que leur labeur ne saurait à lui seul assurer le budget de fonctionnement d'un tel établissement.

Edgar, par son silence, reconnaît que la chose est étonnante. Il remonte ses lunettes à contrecœur, souffle sa désapprobation, et balaye les étagères du regard.

— Bien. Il me semble avoir aperçu les livres de comptes. Tâchons de les retrouver…

## 12

## *La rencontre*

Plusieurs jours ont passé. Des jours aussi lourds et gris que la météo. Sœur Placide se sent démunie. Pendant toutes ces années, l'absence de Léonie n'avait été qu'un caillou dans sa chaussure. Elle avait cru la chose pénible, mais ce n'était rien à côté de ce qu'elle vit aujourd'hui : l'angoisse de l'incertitude.

Par moments, à l'occasion de la distraction procurée par une pensionnaire effrontée ou turbulente, elle oublie qu'elle ne sait plus où chercher. Et quand le calme revient, chaque réminiscence de son impuissance lui tord le cœur, comme si on lui faisait l'annonce à chaque fois renouvelée de la mort de Léonie.

À bien y réfléchir, c'est bien là la seule explication plausible. C'est la conviction de la pauvre Olympe, clouée au lit par une mauvaise grippe depuis près de quinze jours. Si la jeune fille avait été victime d'un vol, il n'y a aucune raison qu'elle ne soit pas revenue aux Soieries pour s'en plaindre. Les recherches de la religieuse à Ceyzériat et Pont-d'Ain ont confirmé qu'elle n'aurait pas eu d'autres endroits où aller.

Olympe s'est même mis en tête que l'esprit que d'aucuns prétendent avoir croisé sous la forme d'un reflet terrifique dans un miroir, ou d'un bruit de voix dans un coin sombre, était celui de Léonie. Sœur Placide ne sait qu'en penser. Pour l'instant, elle reste cette femme rationnelle et solide que tout le monde connaît. Mais pour combien de temps encore ?

Si la disparition avait été récente, sœur Placide aurait pu tenter de se présenter aux autorités pour qu'ils recherchent la jeune fille. Ils auraient pu interroger les propriétaires du café de Pont-d'Ain, où s'était déroulée la rencontre prénuptiale. Un signalement du mystérieux mari aurait sans doute pu être établi. Mais aujourd'hui, quinze ans plus tard, il n'en est plus question.

La religieuse est en colère contre elle-même. Que n'a-t-elle procédé à toutes ces vérifications plus tôt ! Au lieu de cela, elle a laissé une innocente se jeter dans la gueule du loup, aveuglée qu'elle était par sa jalousie. Elle est également en colère contre Léonie : quel besoin la jeune fille avait-elle de la quitter ? Elle aurait pu rester ici, au village et aux Soieries. Elle aurait épousé un garçon du coin et serait devenue une tisseuse de talent.

Sœur Placide écrase une larme avant de se reprendre, tandis que les pensionnaires sortent du bâtiment de la Filature pour rejoindre celui du Ménage : c'est l'heure de la collation du début de matinée. Depuis que l'on a observé, presque par hasard, un regain de productivité après une rasade de café au lait, on en sert tous les jours à cette heure-ci.

Elle lance un coup d'œil comme on décoche une flèche à deux jeunes filles d'une quinzaine d'années, qui baissent les yeux devant la religieuse et frissonnent à la vue de la baguette de roseau. Il faut dire que pas plus tard que la veille, elles ont été surprises par la mère supérieure en train de s'embrasser et de se caresser derrière la chapelle.

Elles ont été traînées manu militari par les oreilles auprès de sœur Placide pour recevoir une bonne correction : cette dernière n'a pas sa pareille pour faire passer ce genre d'envie à celles que l'adolescence exalte un peu trop. La religieuse admet en avoir quelque peu profité pour extérioriser sa colère, même si, pour une fois, elle en a éprouvé un léger remords.

Elle aperçoit au loin Victorine, toujours si sage, si discrète, si solitaire. Si triste. Elle pourrait se rapprocher d'elle, comme l'autre jour au château. Mais elle n'ose plus. Elle ne peut s'empêcher de pécher par superstition. Et si le châtiment dont a été victime la pauvre Léonie n'était qu'une juste punition contre elle, sœur Placide ? Pour avoir établi des liens quasi maternels avec une enfant fragile, allant en cela contre ses vœux de neutralité, et s'être laissé emporter par une émotion possessive et ambiguë ?

Et si elle portait malheur, tout simplement ? Elle a déjà causé bien de la malchance à sa sœur, lorsqu'elles étaient enfants. Alors, pourquoi pas Léonie ? Pendant qu'elle se perd dans ses pensées, c'est un immense troupeau qui est passé d'un haut bâtiment austère à un autre haut bâtiment austère. Sœur Placide s'abîme dans la contemplation du nuage de poussière qui flotte derrière la cohorte. Il se disperse et retombe. Elle soupire, active ses muscles récalcitrants, et finit par se traîner jusqu'au réfectoire.

Là, elle se contente du service minimum, balançant à droite et à gauche ce regard qui éteint le brouhaha comme l'eau le feu. Elle s'approche des fenêtres, mains derrière le dos, négligemment. Fait demi-tour.

S'interroge. Cherche dans sa mémoire. Et revient rapidement se coller à la vitre.

Au loin, un petit groupe de trois personnes, dont le contremaître, a surgi de derrière le quadrilatère de la Forge. Deux hommes l'accompagnent. L'un mince, aux cheveux noirs, qui lui fait une étrange impression, même si, d'ici, elle ne le reconnaît pas. En revanche, elle n'a aucun doute s'agissant du second, un vieux monsieur binoclard à la barbe longue, à l'air savant, aux cheveux légèrement indisciplinés, et embarrassé de tout un attirail.

— Ah ! Sœur Placide, vous tombez bien, lance le contremaître. Je viens de présenter l'atelier des tissages à ces messieurs de l'inspection du travail. Pourriez-vous aller chercher la mère supérieure pour qu'elle se charge de leur montrer les lieux de vie des pensionnaires ?

Sœur Placide dévisage les deux, tandis que la récréation prend fin. Les ouvrières repartent, résignées, continuer leur dure journée à la filature.

Le vieux barbu a l'air fatigué. Ses yeux ont la couleur des ciels d'automne, délayés. Le blanc de sa longue barbe est impressionnant. Il ne lâche pas son étrange attirail qui, de près, ressemble à une chambre de photographie. On dirait que c'est le trépied qui retient l'homme comme un tuteur de jardin, et non l'inverse. Mais ce qui intrigue la religieuse, c'est le jeune homme moustachu à ses côtés. Il lui paraît familier. Et puis, enfin, elle comprend. Elle ne peut s'empêcher d'écarquiller les yeux devant la supercherie.

Claude, de son côté, reconnaît aussitôt cette religieuse qui les a directement ciblés au sortir de la grande bâtisse ocre. Elle se souvient l'avoir déjà aperçue. C'était à l'orphelinat de Pont-d'Ain.

Maintenant, devant l'air ahuri de la femme, Claude comprend qu'elle est démasquée. Elle est traversée de haut en bas par une onde brûlante, elle va être dénoncée. Toute cette mascarade va enfin prendre fin, avec la honte d'avoir été réduite à une telle extrémité. Edgar, qui n'a pas pris la mesure de la situation, continue à s'extasier auprès du contremaître de la bonne tenue de l'endroit.

Sans quitter Claude des yeux, comme pour la garder en joue, sœur Placide s'adresse au contremaître.

— Laissez, Jacques. Je vais m'occuper personnellement de ces gens.

Quelques minutes plus tard, les voilà tous les trois dans le réfectoire vide où, en fond de salle, quelques religieuses s'activent à remettre de l'ordre.

— Qu'est-ce que cela signifie ? Qui êtes-vous ? attaque sans détour la religieuse, bras croisés.

Edgar s'apprête à débiter son laïus habituel, lorsque Claude l'arrête de la main.

— Non, Edgar. Ce que veut dire cette dame, c'est qu'elle m'a reconnue. Nous nous sommes croisées, il y a quelques semaines de cela. C'était à l'orphelinat de Pont-d'Ain.

Ahuri, Edgar les regarde tour à tour. Il est déjà en train de passer en revue tout ce qu'il risque d'infamie et d'opprobre, lorsqu'on apprendra qu'il déléguait ses missions à une jeune femme déguisée en homme.

— Ne vous inquiétez pas, Edgar, le rassure Claude, qui a deviné ses tourments. Si madame…

— Sœur Placide.

— Eh bien, si sœur Placide avait voulu dénoncer

cette petite mascarade, je suppose qu'elle n'aurait pas manqué de le faire auprès du contremaître. Ma sœur, nous vous devons une explication.

Et Claude de détailler à nouveau ce que sa condition de femme l'empêche de mettre en œuvre, l'obligeant à cette ruse pour pouvoir assister efficacement son divisionnaire.

— Vous n'étiez pas déguisée, à l'orphelinat.

— Non, il est vrai. C'est qu'il n'y avait pas d'hommes au travail, et pas de machines.

Claude attend. Elle laisse à la religieuse le temps d'intégrer l'information et de décider de la suite à lui donner. Pendant ce temps, Edgar a déjà déployé le trépied derrière les deux femmes, et s'apprête à immortaliser le réfectoire vide encore chargé d'une énergie vitale presque palpable.

— Soit. Admettons. Mais je ne puis que trouver étrange que nous nous croisions à deux reprises en si peu de temps. Que faites-vous là ? Je veux dire, véritablement…

Claude jette un regard alentour pour s'assurer de la confidentialité de leur échange. Sœur Placide ne dit rien, mais cette précaution la rassure.

— Nous sommes ici à cause d'une longue histoire, que je suis toute disposée à vous raconter, ma sœur. Mais dans la mesure où je partage entièrement votre avis, à savoir que nos rencontres ne sont peut-être pas fortuites, il me semblerait normal que vous nous précisiez ce que vous-même faisiez à Pont-d'Ain. Je sais déjà que vous êtes à la recherche de quelqu'un, sœur Marie-Eulalie me l'a dit.

La religieuse fait mine d'hésiter. Mais au fond, elle est ravie de ce signe. Soulagée de pouvoir faire part de son histoire, et curieuse de connaître la leur : peut-être qu'une nouvelle piste va s'offrir à elle.

— Très bien, finit-elle par concéder. Je vous écoute.

Alors, Claude lui raconte tout.

Des jumeaux, abandonnés dans deux orphelinats distincts et éloignés. Morts au même moment, dans des conditions troubles. L'un était originaire de Pont-d'Ain, l'autre d'Hotonnes.

— Comment savez-vous qu'ils sont jumeaux ? Les ressemblances de deux cadavres sont-elles suffisantes ?

— C'est pour cette raison que nous nous sommes rendus dans ces deux orphelinats. Nous avons retrouvé les dates des deux abandons. Elles sont identiques.

— Soit. Et qu'est-ce qui vous amène ici précisément ?

— Eh bien, lors de notre dernière visite à Hotonnes, nous nous sommes interrogés devant le nombre très important d'enfants abandonnés là-bas. Surtout se posait la question du financement d'un tel établissement. Alors, nous avons étudié les livres de comptes. Il s'avère que l'endroit subsiste grâce à un donateur principal et quelques donateurs annexes.

— Et ce donateur principal, c'est nous ?

— Tout juste. Cela nous a paru bizarre, Hotonnes est si loin d'ici ! Quelle pourrait être la raison du mécénat de l'établissement par les Soieries Perrin ?

Sœur Placide réfléchit. La réponse est évidente.

— La main-d'œuvre, voyons. Cela permet probablement à l'usine de récupérer des jeunes filles. Bon nombre de nos pensionnaires viennent des orphelinats de toute la région !

En même temps qu'elle prononce ces mots, sœur

Placide pense à la petite Victorine, qui est originaire d'Hotonnes, elle aussi. Elle s'étonne de ne jamais s'être demandé combien d'autres pensionnaires venaient de cet endroit.

— C'est exact. Nous avons pu noter que la plupart des filles vous étaient envoyées. Et les garçons rejoignaient plutôt les cuivreries du Bugey, près de Cerdon, ou les mines de phosphate de chaux, à Bellegarde. Et comme par hasard, ces établissements sont les deux autres donateurs annexes de l'orphelinat. Les trois constituant au demeurant l'essentiel des membres de la commission départementale du travail…

— Je ne vois toujours rien là qui justifie votre visite…

— C'est que, lorsque nous avons demandé à la mère supérieure d'où l'orphelinat tirait ses revenus, elle a menti. Elle n'a parlé que de la vente des broderies et de la réparation de chaussures. Et quand, de retour à notre base de Bourg, nous avons interrogé la préfecture, ils n'avaient pas connaissance de liens administratifs ou financiers entre les Soieries Perrin et un quelconque orphelinat.

Edgar, qui a déjà usé au moins trois plaques dans la grande salle, intervient :

— Comprenez que ces choses se déclarent, en principe, ma sœur. D'ailleurs, l'industriel a tout intérêt à le dire. C'est plutôt favorable à son image.

— Alors, nous avons trouvé la chose étrange. Et nous sommes venus à tout hasard. Nous n'avons pas d'autres pistes.

— Et puis, ajoute Edgar, nous avons toujours un quota de contrôles à réaliser. Autant le faire ici.

Sœur Placide digère ces renseignements, un peu déçue. Il n'y a là rien qui puisse expliquer la disparition de son amie. Pourtant, elle accepte de livrer son histoire : Léonie, puis Victorine, la fausse proposition de mariage, le départ des Soieries, l'absence de nouvelles depuis quinze ans, le manque de pistes. Alors que sœur Placide s'apprête à conclure qu'à ce stade rien ne relie leurs deux affaires, Claude la prend de vitesse :

— Ne trouvez-vous pas curieux, ma sœur, que bien que nos histoires ne semblent pas identiques, tous les protagonistes soient orphelins, et que tous soient originaires des deux mêmes orphelinats ? L'orphelinat de Pont-d'Ain pour Alfred et Léonie, celui d'Hotonnes pour Constantin et Victorine. Je sais que l'époque en produit beaucoup, mais tout de même ! J'ajoute qu'Alfred Bourgeois, l'ouvrier de la glacière, n'aurait jamais dû être retrouvé. La découverte de son corps relève du plus parfait hasard. Sans tout un concours de circonstances, il serait resté pour toujours à l'état de disparu que personne ne recherche, puisque sans famille. Un disparu qui était d'ailleurs sur le point de commencer un nouveau travail, travail dont on ne sait rien aujourd'hui. Ce mystérieux emploi explique qu'il a quitté la glacière et que personne ne s'en est inquiété. N'est-ce pas comparable avec les conditions du départ de votre amie ?

Edgar intervient à son tour :

— Et ces ressemblances physiques… entre Victorine et Léonie, comme entre Alfred et Constantin ?

Claude acquiesce avec gravité, soulagée de constater que son mentor n'est pas aussi détaché de leur enquête qu'il en donne parfois l'impression.

La religieuse reste songeuse : ces concordances sont effectivement troublantes. Elle s'étonne de ne pas les avoir relevées et se maudit de la tournure de son esprit, si droit qu'il ne distingue rien des côtés. Pourtant, pour peu qu'on l'éclaire un peu, elle sent bien au fond d'elle que quelque chose relie ces histoires. Pas un fil clair, non ; mais un tissage croisé, complexe, en forme de toile d'araignée.

Sinon, Dieu ne les aurait pas mis en relation. Sœur Marie-Eulalie avait professé qu'il y aurait des signes, et qu'il faudrait les saisir. Alors sœur Placide abaisse sa garde.

— Je le reconnais. Je dois vous avouer, mademoiselle, que je ne sais plus vers qui me tourner. Il est trop tard pour en parler aux autorités, si tant est qu'elles auraient montré le moindre intérêt pour la disparition d'une ouvrière orpheline. Ma condition et mon mandat me retiennent ici, m'empêchant de chercher efficacement. Je ne peux pas partager mon désarroi avec mes consœurs, car il est incompatible avec mes missions. J'en suis réduite à menacer mon neveu, qui travaille dans les bureaux, pour accéder aux archives !

Sœur Placide laisse couler son chagrin. Cette confiance surprend Claude, mais cela la touche aussi.

— Il n'y a guère que l'épouse de M. Perrin, Olympe, qui écoute encore mon histoire. Mais je ne suis pas sûre qu'elle soit d'une aide véritable. Elle s'est mis en tête que Léonie est morte et que son fantôme hante ces murs.

— Un fantôme ? Quelle étrange idée… s'étonne Claude.

Sœur Placide commence à marcher lentement entre les tables en bois, de long en large, manifestement gênée.

— C'est idiot, je le sais. Mais cela fait des années que des pensionnaires prétendent voir des choses dans les miroirs, et entendent des bruits, la nuit. Olympe aussi parle d'étranges manifestations dans leur maison. Je ne sais qu'en penser, sinon que je suis tenue par ma fonction de ne rien croire de ces fadaises.

La tournure imprévue de la conversation a saisi l'inspecteur divisionnaire au vol. Il se précipite vers les deux femmes.

— Un fantôme ? Vous affirmez qu'un esprit hante ces lieux ?

— Je n'affirme rien, monsieur. C'est Olympe qui dit cela. Elle possède même une photographie censée immortaliser le spectre.

— Vous avez vu cette image ? demande-t-il, fasciné.

— Oui, et cela ne m'a pas convaincue, pour tout vous dire…

Edgar est songeur, mais le sourire béat qu'il arbore malgré lui trahit l'immense intérêt qu'il porte désormais à l'histoire de sœur Placide. L'épisode lui a même fait perdre quelques années, se dit Claude.

— Enfin, Edgar ! le gronde-t-elle. Deux morts étranges et une disparue vous émeuvent si peu qu'il faut vous contraindre à vous y intéresser. Mais une histoire de revenant, et vous voilà tout ragaillardi !

— Ah mais oui, mon petit. Imaginez-vous ! L'au-delà est le prochain véritable monde à explorer, le seul qui vaille, d'ailleurs : c'est celui qui nous attend tous ! Je suis passionné par les travaux du Lyonnais Allan Kardec et de la Société parisienne d'études spirites, qu'il a fondée. Leur revue est tout bonnement extraordinaire !

Devant la moue dubitative de Claude, il insiste nerveusement :

— Vous n'avez jamais entendu parler des sœurs

Fox, aux États-Unis d'Amérique ? ou des tables tournantes ? De célèbres personnages du monde scientifique comme du littéraire y participent pourtant…

Résolu, il se tourne vers la religieuse.

— Ma sœur, nous allons rester parmi vous quelque temps. Je me fais fort d'obtenir l'accord de M. César Perrin. Je prétexterai vouloir rédiger un article circonstancié et imagé par mes photographies, sur le formidable exemple de ce modèle d'intégration morale et sociale que sont les Soieries. Durant ce laps de temps, nous ferons de notre mieux pour vous assister dans la période difficile que vous vivez. Mais je ne vous cache pas que j'espère votre aide pour débusquer cet esprit. Imaginez que je puisse en tirer une photographie indiscutable ! Ou mieux encore, entrer en communication avec un tel spectre !

Sœur Placide et Claude ne cachent pas leur scepticisme. Mais enfin, la religieuse aura quelques alliés pour alimenter sa réflexion. Elle reconnaît que sa solitude lui pèse, en ce moment. Et Claude maintient que le lien entre les orphelins d'Hotonnes et le mécénat des Soieries mérite d'être étudié plus avant. Aussi un pacte est-il conclu, secrètement, sous l'œil impassible de la Sainte Vierge, bien installée au-dessus d'eux dans un angle du plafond.

## 13

## *De l'intérêt du télégraphe*

L'homme au visage grêlé par une petite vérole de jeunesse admire la vue sur la campagne depuis les fenêtres de l'étage de son château, à Bellegarde. Au-delà de ce qui fut des douves, six cents ans plus tôt, des champs pentus se répandent entre les bosquets emmêlés. Mais ils ne servent pas à un quelconque cultivateur. Des ouvriers, autant dire des fourmis à cette distance, entrent et sortent de divers endroits du sol, inlassablement, comme des insectes.

L'homme qui observe cette termitière a beau être au fait de toutes les découvertes de ces dernières années, il est toujours impressionné par ce qu'il considère comme une des plus grandes avancées de cette deuxième moitié de siècle : le petit bout de papier en forme de ruban qu'il tient entre les mains.

Déjà plus de quatre-vingt mille kilomètres de câbles télégraphiques en France, qui doublent les voies de chemin de fer. On estime à plus de cinq millions chaque année les télégrammes qui sont envoyés d'un point à l'autre du pays. Ces messages fusent le long des lignes, insaisissables, silencieux, plus rapides que les trains et les hommes. Ils sont le sang invisible de ce réseau vivant, arborescent, qui a aboli les distances et qui a contracté le temps. Le plus beau, se dit l'homme, c'est que seule une poignée de puissants sait véritablement ce qu'induisent ces fils électriques, tendus d'un poteau à l'autre : là où une lettre mettait quinze jours au moins pour traverser l'Atlantique, voilà que les informations arrivent du Nouveau Monde en quelques heures ! La productivité du transport maritime est montée en flèche, maintenant que les bateaux restent moins longtemps à quai. Les cotations boursières évoluent et se font connaître instantanément, donnant lieu à un phénomène inédit : la spéculation.

L'homme aux traits caillouteux apprécie particulièrement l'exigence d'efficacité qui accompagne le procédé : il faut être bref, concis, direct, tout dire en quelques mots. Ne pas laisser de place à l'interprétation ou à l'ambiguïté. Rédiger un message sans affect, sans longueurs ni explications. C'est pourquoi il préférera toujours le télégraphe à son nouveau concurrent, le téléphone.

Il a bien essayé ce dernier récemment. Mais le passage par le standard est aléatoire et incertain. D'autant plus que ce sont des femmes qui sont en charge de la connexion entre émetteur et récepteur. Dieu seul sait de combien d'erreurs, de malentendus, ou d'indiscrétions elles doivent se rendre responsables !

Il y a encore quelques années, il fallait un opérateur au départ et à l'arrivée de chaque machine télégraphique, pour coder et décoder les messages. C'était là son seul défaut. Mais désormais, les mécanismes à clavier et la télégraphie en duplex permettent de rédiger et relever le propos directement. Il apparaît inscrit et déjà traduit sur le papier, sans intermédiaire. Ainsi, à l'efficacité s'est ajoutée la discrétion, pour peu que le télégraphe soit conservé dans un endroit caché et inaccessible.

Aujourd'hui, le message que tient l'homme est de ceux qu'il comprend, et apprécie. Sans fioritures ni préliminaires. Il émane de son ami de Saint-Jean-le-Vieux :

*Questions sur disparition – STOP – exhumer corps – STOP – attendre instructions complémentaires pour découverte.*

Il le relit une dernière fois, il le connaît par cœur. Il sait ce qu'il a à faire, même s'il ne maîtrise pas encore tous les tenants et aboutissants de la demande. Mais il a confiance. La loyauté entre les hommes forts, voilà le ciment le plus solide de la Création.

Puis il saisit une boîte d'allumettes de sûreté, en allume une, et met le feu au communiqué avant de le laisser tomber dans un cendrier en cristal. C'est là une autre belle invention de ce siècle : auparavant, il était si fastidieux et si périlleux d'utiliser les briquets à silex ! Il se dit qu'il est bien dommage que leur fabrication relève d'un monopole d'État car sinon il se serait fait une joie d'investir dans la production de ces bâtonnets inflammables à l'envi.

Edgar a effectivement pu croiser César Perrin, qui se trouvait de passage à la maison bourgeoise entre deux déplacements honorifiques. Aujourd'hui, le seigneur de l'endroit incarne la marque de soie noire, mais ce sont ses fils, Philibert et Étienne, qui sont véritablement les plus actifs.

L'emblématique et charismatique propriétaire des Soieries a reconnu l'inspecteur divisionnaire. Ils s'étaient déjà rencontrés peu après la nomination d'Edgar, à l'époque où tous deux étaient assidus aux réunions de la commission départementale du travail.

L'idée d'un « rapport d'exemplarité » établi par les inspecteurs a enchanté le mari d'Olympe. Il y a vu une bonne occasion de rendre compte des miracles que peuvent produire sur les classes laborieuses la morale, la vertu et le travail, lorsqu'ils sont pilotés ensemble par des esprits altruistes et éclairés. Enfin, il s'est réjoui de constater que l'inspection du travail pouvait contribuer à faire la promotion des bonnes pratiques, plutôt que de toujours chercher à prendre en défaut ceux qui œuvraient pour la richesse et le rayonnement du pays.

Conquis par la sagesse d'Edgar, César lui a même proposé de les loger tous les deux au dernier étage de la maison bourgeoise, celui des clients et fournisseurs de passage. Le vieil ingénieur a d'abord été tenté de refuser, mais il lui a finalement semblé qu'il ne serait jamais aussi près de l'objet de sa curiosité, à savoir l'esprit qui hante ces lieux, qu'en y demeurant ici, avec lui.

Lorsqu'elle en est informée, Claude ne s'en réjouit guère. Elle appréhende déjà de devoir toujours rester sur ses gardes, travestie, sans repos possible, et avec le risque permanent d'être découverte dans une maison habitée. Edgar s'en amuse et lui rétorque avec acidité qu'au pire, on la prendra pour un garçon qui se plaît à porter la robe de temps à autre.

En attendant, alors que cette première journée à la tournure surprenante s'achève, sœur Placide demande à ses nouveaux équipiers par quelle prochaine action ils entendent débuter leurs recherches.

Claude et Edgar se regardent. À vrai dire, ils ne le

savent pas vraiment. La jeune femme revient à son idée première :

— Je réitère mon étonnement : je ne comprends pas pourquoi les Soieries Perrin, si tant est qu'elles aient décidé de financer un orphelinat, ont choisi le plus éloigné d'entre eux. Croyez-vous, sœur Placide, que l'on puisse demander à accéder à des éléments de comptabilité de l'usine ? J'aimerais savoir si la fabrique accompagne d'autres de ces établissements de charité, ou si c'est le seul.

C'est Edgar qui lui répond avec fatalisme :

— Ne poussons pas trop loin l'hospitalité des Perrin, jeune fille. Demander l'accès à leur comptabilité me paraît très intrusif, et assez éloigné des motifs que je leur ai présentés pour justifier notre présence pendant quelques jours…

La religieuse, pensive, arbore un léger sourire :

— Je crois que j'ai peut-être une solution…

Paul est en train de décompter soigneusement la liste des gages des ouvrières dans un grand cahier. Il manie sa plume en acier, trempée dans l'encre, avec la plus grande prudence. En bon gaucher, il finit toujours par laisser des traînées noirâtres sous son poignet au fur et à mesure de son avancée, tachant le papier autant que la manche. Alors chaque matin, sur le trajet de l'usine, il récupère à l'école des paquets de buvards. Il les glisse partout sous les cahiers, les livres et les papiers. Souvent, l'on en retrouve dans les chemises, souillés comme après un meurtre, et l'on sait que tel document a été rédigé par le timide garçon de la comptabilité.

Il a d'ailleurs l'allure d'un écolier, avec sa langue pointée qui sort sur le côté d'une bouche serrée, surlignée de la moustache recourbée dont on se souvient souvent davantage que de celui qui la porte. Il ne peut réprimer un mouvement d'exaspération quand il perçoit une présence qui s'impose et s'installe, non loin de son bureau de travail, le distrayant dans son application. Lorsqu'il lève la tête, maugréant déjà, il ravale net toute manifestation d'humeur.

— Ma tante ! Quelle bonne surprise ! s'exclame-t-il même si tout dans son langage corporel dément ses paroles.

Claude et Edgar sont debout, derrière la religieuse, et observent, amusés, la fébrilité du jeune homme.

— Paul, mon garçon, ces gens sont des inspecteurs du travail qui ont besoin d'une information financière. Peux-tu la leur fournir ?

— Eh bien, ma tante, je suppose que oui. Sous réserve que j'en informe mon directeur et qu'il valide la demande de…

— Mon petit Paul, crois-tu que je viendrais directement te voir si j'avais besoin de l'autorisation d'un directeur ? Considère que c'est moi qui te le demande.

— Enfin, ma tante…

Mais la pauvre résistance de Paul est purement rhétorique. Il le sait déjà, alors que Claude-homme s'avance et précise de sa voix assourdie :

— Monsieur Paul, nous vous remercions de votre collaboration. Nous savons déjà que les Soieries financent très significativement un orphelinat, qui se trouve à Hotonnes, tenu par les sœurs de Saint-Nicolas. Nous aimerions savoir si c'est là le seul établissement de la sorte, ou si le mécénat des Soieries concerne d'autres établissements, peut-être celui de Pont-d'Ain ?

Paul n'aurait assurément pas été un bon espion.

Il est cramoisi, tassé, écrasé sous le poids de la requête, tout juste si ses oreilles décollées ne fument pas. Il lance des regards inquiets à gauche et à droite pour s'assurer que son trouble ne se remarque pas. Pourtant, son cœur bat si fort qu'il n'est pas impossible que d'aucuns l'entendent malgré le tintamarre de l'atelier. Il acquiesce gravement, et Claude lui sourit avant de faire demi-tour. Étrangement, Paul reste suspendu à ce sourire, jusqu'à ce que sa tante et ses drôles d'invités aient quitté le bureau aux boiseries bleues.

Il est tard lorsque Claude et Edgar passent devant le monument à la gloire de César Perrin, et de sa non moins célèbre devise.

Ils ont consacré la fin de la journée à s'installer à l'étage des invités et n'ont croisé que peu de monde. Il faut dire que la maison est conçue de telle façon qu'ils peuvent y entrer discrètement par la porte de service, et accéder directement à l'escalier principal sans avoir à traverser les appartements de la famille ou des directeurs.

Le divisionnaire a apporté son attirail photographique. Il compte bien accompagner la religieuse dans les dortoirs, une fois qu'ils auront entendu le rapport de Paul. Ce dernier leur a donné rendez-vous derrière la Forge, lorsque la lune sera bien haute. De fait, on y voit comme en plein jour, et les inspecteurs longent le quadrilatère pour rester dans l'ombre portée de ses murs.

À l'arrière, Paul et sœur Placide les attendent sous l'auvent de déchargement. C'est ici que, le jour, les cocons arrivent en masse depuis d'exotiques contrées.

Le garçon trépigne, manifestement mal à l'aise dans la clandestinité.

— Alors, Paul, demande Claude. Avez-vous trouvé la trace d'autres versements des Soieries aux orphelinats de la région ?

— À vrai dire, je ne sais pas trop comment vous demander cela. Mais êtes-vous certains de vos informations ?

— Comment cela ?

— J'ai épluché tous les postes de versement à des œuvres, et je n'ai trouvé aucun versement direct à aucun orphelinat que ce soit. Y compris celui dont vous m'avez parlé, à Hotonnes. Il y a certes des dons au diocèse, comme il est de coutume, ainsi que des prises en charge directes de réfection d'édifices religieux, mais rien qui ne soit précisément affecté. Encore moins à un orphelinat.

— Vous voulez dire qu'officiellement, dans les comptes, rien ne relie les Soieries de Saint-Jean-le-Vieux à l'orphelinat d'Hotonnes ? s'assure Claude.

— C'est cela même.

Les deux inspecteurs échangent un regard. Qu'est-ce que cela veut dire ? Les donations apparaissent pourtant clairement dans les vieux registres archivés de l'orphelinat. Et pour des sommes fort importantes, autour de huit mille francs annuels. Alors pourquoi ne les retrouve-t-on pas au débit de l'usine ?

— Merci, Paul. Tu peux rentrer chez toi.

— Bien, ma tante. N'hésitez pas à faire de nouveau appel à moi si besoin ! ajoute-t-il sans quitter Claude des yeux.

La jeune femme rougit jusqu'aux oreilles. Voilà que le seul intérêt qu'elle semble susciter chez un garçon de son âge, elle l'obtient sous sa forme travestie !

Edgar et sœur Placide n'ont rien remarqué, et sont déjà partis en direction du bâtiment du Ménage.

Les esprits sont dans la mort aussi peu fiables qu'ils l'étaient de leur vivant. Edgar a eu beau monter son trépied dans tous les endroits indiqués par sœur Placide, il n'y a rien eu à signaler. Ni dans les rangées de lits endormis, ni devant les miroirs du mur nord, ni près des lavabos.

Claude, épuisée, s'est assoupie sur la couche de sœur Placide, tandis que la religieuse guidait le vieux divisionnaire étonnamment vif de recoin obscur en cachette potentielle. La jeune femme n'a même pas eu la force de soutenir la conversation avec son mentor, alors que les deux inspecteurs remontaient ensemble le complexe en direction de leurs quartiers : il devait être près d'une heure du matin.

Ils se sont séparés en haut de l'escalier de la maison de maître. Dans une petite chambre au fond du couloir, Claude a été soulagée de retirer sa fausse moustache et de nettoyer ses cheveux de leur pommade, tandis qu'Edgar regagnait ses appartements, plus vastes et plus luxueux.

Pour Claude, la nuit a été profonde mais bien trop courte.

La voilà brutalement réveillée par un coup subit, un son sourd et dur. Tout d'abord, elle ressent comme une sorte de nausée à ce réveil intempestif, comme si elle tanguait sur un gros navire. Partout autour de l'écho de ce bruit, le silence et l'obscurité prédominent, dedans comme dehors : elle en est certaine, on est encore en plein milieu de la nuit.

Alors qu'elle se dresse hors du lit, elle est soudain prise d'une angoisse oppressante. L'esprit des Soieries aurait-il finalement décidé de venir à eux, ici même ? Elle tente de se reprendre et saisit son châle pour en couvrir sa grande chemise de coton. Elle ouvre doucement la porte qui donne sur le couloir et, pieds nus, jette son regard aussi loin qu'elle le peut dans la pénombre.

Son corps est alors traversé par une onde de frayeur pure : là, tapie dans le passage, une forme indistincte est au sol, comme drapée.

Claude n'ose plus bouger, ne respire plus, se demande comment prévenir Edgar sans se faire remarquer, lorsque la forme fait lentement pivoter vers elle ce qui semble lui servir de tête.

La jeune femme voudrait retourner dans sa chambre, fermer la porte et se glisser sous son lit, mais elle reste paralysée. Et lorsqu'elle identifie son visiteur, il lui faut quelques secondes pour l'intégrer.

— Edgar ? Mais que faites-vous là ?

Elle se précipite dans le couloir et ramasse le vieil homme démantibulé, qui s'est manifestement pris les pieds dans le tapis. Il arbore un air effaré, impudiquement nu sous sa liquette claire. Elle le redresse, il se laisse faire, désorienté autant que passif. Est-ce là une autre de ses crises de somnambulisme ? Elle le ramène dans sa chambre et le guide vers son lit. Mais alors, Edgar se débat, gigote dans tous les sens. Surprise, Claude le lâche. Sans un mot, il se dirige vers ses habits, soigneusement pliés sur un grand fauteuil de velours. Le voilà qui les enfile, comme s'il avait un rendez-vous urgent. Elle aperçoit la montre à gousset sur la coiffeuse et va s'en assurer : il est à peine quatre heures !

— Allons, Edgar, il fait encore nuit, que vous prend-il ?

Lorsqu'il répond, c'est plus à l'intention du silence qu'à elle :

— Il faut se dépêcher, il faut y aller, il est déjà bien tard !

Claude ravale son inquiétude à voir son mentor ainsi décalé. Elle se rapproche lentement de lui, comme s'il pouvait s'envoler, et lui parle tout doucement, comme à un enfant :

— Calmez-vous, Edgar, c'est la nuit, la nuit profonde. Tout va bien, nous dormons tranquillement, personne ne nous attend dehors.

Il faudra encore près d'une heure à Claude pour calmer le vieil homme et le remettre au lit. À plusieurs reprises, elle manque de s'endormir à ses côtés, et finit par retourner dans sa chambre au petit matin, éreintée.

Déjà, de l'autre côté des volets intérieurs toujours tirés, les Soieries se réveillent, et préparent l'activité bourdonnante qui va les animer toute cette journée.

La fin de la nuit a été courte pour Claude, qui se glisse au petit jour dans la chambre d'Edgar afin de s'assurer de son état. Ce dernier est profondément endormi. Il semble qu'il soit en train de rattraper les heures agitées qu'ils ont connues. Claude l'envie, mais le laisse se reposer.

Après avoir mis ce postiche moustachu qu'elle supporte de moins en moins, elle part à la recherche de sœur Placide. Il est alors près de neuf heures. Au bâtiment du Ménage, où les filles viennent de terminer leur pause du matin, on a aperçu la sœur, mais on ne saurait dire où elle se trouve en cet instant.

Claude se promène dans le bâtiment. Elle en profite pour traîner dans le réfectoire, puis pousse jusqu'au dortoir de la religieuse.

Elle avance lentement le long des lits impeccablement faits. Elle défile devant cet alignement de miroirs qui lui renvoient son image mensongère. Ce sont ces glaces qui impressionnent les filles au point qu'elles y voient autre chose que leur propre reflet. Mais Claude est un esprit rationnel qui n'oublie pas que l'on a affaire à des enfants déracinés et épuisés par une vie d'isolement. Partout, dans les angles, au détour d'un couloir ou d'un escalier, des présences religieuses diverses, le plus souvent de la Sainte Vierge, créent une atmosphère propice à l'imaginaire.

Sur les murs, au pied des lits, elle aperçoit alors de légères traces. Elle s'approche. Il s'agit de graffitis, trop nombreux et là depuis trop longtemps pour qu'on ait jugé bon de les effacer.

Claude parcourt de ses doigts les petits caractères creusés dans le plâtre : des bâtonnets barrés, sans doute pour compter les jours avant la quille, des prénoms, des noms, de petites phrases :

*À la saison prochaine, la fuite pour Nancy*
*J'aime un beau garçon de la forge, de tou mon coeur*
*Encore 692 jours à tirer et puis la quille pour Nantua*
*Ma maman me manque et aussi mes lapin*

Elle éprouve un sentiment complexe à cette lecture. L'impression de pénétrer une intimité qui ne lui est pas destinée. L'analogie qu'elle ne peut s'empêcher de faire avec l'expression d'un monde carcéral. Les pulsions d'affection que l'on devine réprimées, pour ne pouvoir se confier qu'à des murs.

Des messages de ce genre, il y en a sur toute la longueur de l'immense dortoir, juste au-dessus du sol. Sans doute écrits alors que les filles sont allongées dans leurs lits, et qu'elles ne parviennent pas à trouver le sommeil. Claude continue de les lire. Il lui semble qu'ainsi, elle leur donne une légitimité, et une réalité.

*Je pense à mon amie Agathe, qui m'a laissée la semaine dernière*
*À bas St Jean, les sœurs et leurs méchantes baguettes*

Et puis soudain :

*Le fantôme me regarde maintenant, mais c'est à la sortie qu'il m'attrapera*

Dans le silence de cette chambre collective, grande et vide comme une église abandonnée, Claude frissonne. Il faut dire qu'elle a la nette impression que la température est tout d'un coup tombée de plusieurs degrés.

Elle se retourne. Un instant, elle a eu le sentiment que sœur Placide était là, derrière elle. Mais le dortoir est toujours vide. Puis elle sursaute : quelque part, une fenêtre entrouverte a claqué avec fracas.

Elle n'a pas réussi à trouver la religieuse, et y a renoncé au milieu de la matinée. Manifestement, Edgar ne s'est toujours pas levé. À croire qu'il commence à confondre le jour et la nuit !

Elle a donc passé le reste de la journée à visiter les lieux, sous couvert de questions à poser aux ouvriers. Elle a traversé les salles dédiées au dévidage et au moulinage, dans le bâtiment de la Filature, horrifiée par l'atmosphère lourde de vapeur brûlante et l'odeur de putréfaction.

Elle a longtemps observé l'activité frénétique de la forge et son bâtiment en quadrilatère. Pour se défaire de l'odeur des cocons bouillis, elle a flâné autour de la chapelle, des mûriers, et s'est pour finir postée au bord de l'étang qu'ils encadrent. Un jardinier à l'œuvre lui a raconté l'histoire qui a endeuillé cette pièce d'eau lorsqu'une pensionnaire s'y est noyée, qui n'avait pu supporter la perte de son trousseau dans le grand incendie.

C'est à la fin de l'après-midi qu'elle est finalement rejointe au bord de l'eau par sœur Placide et Edgar.

Son attention va d'abord au vieil homme. Mais très vite elle comprend que son inquiétude n'est pas justifiée. Il est proprement habillé, sa barbe est peignée, il a l'air frais comme un gardon. À croire qu'il n'a jamais été comme elle l'a trouvé cette nuit. Aurait-elle rêvé ?

— Eh bien, mon petit ! Où étiez-vous ? Nous vous cherchons depuis des heures !

Claude préfère ne rien répondre. Elle est intriguée par l'allure de la religieuse. Ses yeux sont rougis, elle paraît abattue et bien plus âgée que la veille.

— Que se passe-t-il, ma sœur ? interroge la jeune femme.

Mais c'est Edgar qui lui répond, pour soulager sœur Placide de cet effort dont elle semble incapable. Cette empathie ne lui est pas coutumière, et Claude se sent immédiatement en alerte : l'information à venir est d'importance.

— Il est arrivé un grand malheur, Claude. On vient d'informer sœur Placide que le corps de la jeune Léonie a apparemment été retrouvé…

se mit à creuser partout où les couches calcaires étaient prometteuses.

Jusqu'à ce que la Société des phosphates nouveaux mette au jour et acquière plusieurs gisements au nord-est de l'Ain, aux environs de Bellegarde.

C'est dans le cadre de l'exploitation de l'une de ces mines, en filon long, que deux ouvriers ont découvert, en ce début du mois d'avril, enterrés à moins d'un mètre de profondeur, les restes d'un cadavre humain. Sans être experts, ils avaient compris que le corps devait être là depuis longtemps, car il ne restait plus qu'un squelette désarticulé, couvert d'oripeaux.

Ils émirent l'hypothèse qu'il s'agissait d'une femme, constatant que les bribes de ses vêtements s'apparentaient plus à celles d'une robe que d'un pantalon. Ils en eurent confirmation lorsqu'ils trouvèrent sous le corps un semblant de livret d'identité, rongé par le temps, mais dont il ne faisait aucun doute qu'il émanait des Soieries Perrin. Enfin, le bracelet en or qui entourait encore le poignet confirmait l'identité que l'on pouvait par ailleurs déchiffrer sur le livret.

La direction de la Société des phosphates nouveaux en avait ensuite immédiatement prévenu la direction des Soieries, par dépêche. Et organisé le rapatriement du corps jusqu'à sa seule famille connue. La dépouille parviendrait donc dans la nuit à l'usine, et pourrait enfin bientôt rejoindre le cimetière privé qui accueillait tous ceux ayant œuvré aux Soieries, et qui étaient morts sans autre endroit où aller.

Olympe, qui était avec son mari et ses fils lorsque l'information est arrivée, a bravé la bronchite interminable qui ne voulait pas la quitter, pour en avertir sœur Placide. On avait en effet identifié là l'amie perdue de la religieuse, qui avait finalement bien connu le funeste destin qu'on lui supposait.

Sœur Placide a passé toute la fin de la journée dans la chapelle des Soieries, émue à l'extrême. Claude et Edgar l'ont laissée se recueillir en paix. Le vieux divisionnaire, qui a apparemment tout oublié de ses errements de la nuit, a confirmé à Claude qu'ils quitteraient l'endroit une fois l'office funèbre de la jeune femme prononcé.

Léonie a été retrouvée.

La malheureuse a probablement été victime d'un coup monté crapuleux, comme le supposait sœur Placide, et elle en est morte. La religieuse renoncera donc à demander l'aide de ses nouveaux partenaires dans la résolution de cette énigme qui n'en est plus une. En outre, ils n'ont toujours pas pu établir de liens entre la mort étrange des jumeaux de Trévoux et Sylans, et les Soieries Perrin, hormis de possibles financements d'orphelinats dont, au final, ils n'ont retrouvé aucune trace probante.

Enfin, le prétendu fantôme qu'Edgar ambitionnait de parvenir à photographier ne semble pas disposé à se montrer. Et maintenant que la dépouille de la jeune Léonie va retrouver une sépulture décente, il y a tout à parier que son spectre ne se manifestera plus autant. En tout état de cause, c'est là l'hypothèse défendue par Olympe auprès de sœur Placide, et à laquelle croit Edgar.

Claude convient de tout cela, même si elle reste convaincue qu'ils n'ont pas exploré l'endroit et ses mystères autant qu'ils le devraient. Mais son intuition ne convainc pas Edgar.

Le lendemain matin, la nouvelle éventée parcourt les rues, les allées et les passages dans tout le complexe, comme un ruisseau échappé d'un barrage : un corps est arrivé dans la nuit et a été placé à l'infirmerie en attendant l'inhumation. On dit qu'un médecin a été missionné par la direction de l'usine pour procéder à des constatations de principe, avant que soit organisée une cérémonie en bonne et due forme.

Encore une histoire de vie, et de mort, qui deviendra légende entre ces murs. Elle croisera et entrecroisera les vérités et les fantasmes comme autant de fils de chaîne et de fils de trame, pour aboutir à un tissage quasi mythologique, résistant à l'épreuve du temps.

En début de matinée, alors que les deux inspecteurs présentent leurs condoléances à sœur Placide, celle-ci les informe qu'on lui a demandé de venir identifier la gourmette portée par le cadavre, puisqu'il semblerait que ce soit celle que la religieuse avait offerte à l'ouvrière. Elle les prie de bien vouloir l'accompagner dans cette épreuve pour ne pas avoir à la subir seule.

C'est ainsi que tous trois se présentent à l'infirmerie, et demandent à rencontrer le médecin missionné pour l'observation du corps. Celui-ci les attend dans ce qui peut s'apparenter à une salle chirurgicale, plus grande et plus claire que les autres, car au dernier étage de la bâtisse, sous un toit de verrière.

La particularité de cette salle, et qui cueille les inspecteurs dès leur entrée, c'est la fabuleuse apothicairerie qui s'étend sur tous les murs. Partout, de hautes étagères de bois noble et verni portent des dizaines de bonbonnes de porcelaine blanc et bleu, censées contenir de multiples produits mystérieux. Au-dessus des rayonnages, aussi inaccessibles que des nids d'aigle, des tiroirs aux étiquettes jaunissantes.

Sœur Placide s'est avancée au centre de la pièce,

pour rejoindre un homme courtaud et rondouillard. Il est d'un âge incertain, quelque part entre mature et vieux, engoncé dans un costume trop petit pour lui, comme s'il refusait catégoriquement d'assumer son embonpoint. Sa peau est grasse, on dirait qu'elle exsude une huile organique miraculeuse. Son œil droit est plus petit que l'autre, réduit à l'état d'une tête d'épingle intégralement noire. La religieuse comprend qu'il ne voit que de l'œil gauche, qu'il braque sur elle avec une intensité malaisante.

— Je suppose que vous êtes sœur Placide. Mais qui sont ces gens, qui vous accompagnent ?

— Ce sont des amis, monsieur. Et vous me permettrez d'être assistée dans la cruelle situation que nous vivons.

Le petit médecin ne s'oppose pas franchement, mais sa contrariété saute aux yeux. Surtout quand il reconnaît l'inspecteur divisionnaire. Il l'apostrophe, alors qu'il fixe attentivement Claude, comme s'il avait compris que quelque chose clochait chez ce jeune inspecteur aux traits d'éphèbe.

— Edgar Roux, ça alors ! Que faites-vous donc par ici ?

— Charles Mercier… Depuis combien d'années nous ne nous sommes vus ? C'est donc vous que l'on a missionné pour l'observation du corps ! C'est là une chose plutôt étonnante, car vous êtes bien loin de votre base, rétorque Edgar de sa grosse voix.

Claude n'a pas perdu une miette de cet échange tendu entre son mentor et le médecin qu'elle a compris être aussi celui qui a étudié un peu trop hâtivement le cadavre d'Alfred Bourgeois aux glacières. Elle se réjouit que le véritable Edgar soit de retour pour tenir tête à cet homme que l'on devine retors.

Face au regard inquisiteur, elle décide qu'il sera plus prudent de ne pas forcer sa voix devant lui et de garder le silence.

Mercier ronchonne, et se sent obligé de se justifier :

— Je suis là à la demande de la famille Perrin. Nous nous connaissons pour siéger ensemble à la commission départementale du travail.

Il n'échappe à personne que, si le médecin a justifié sa présence, Edgar s'en abstient.

Sœur Placide s'approche de la table centrale, que garde jalousement Charles Mercier. Un drap épais a manifestement servi à recueillir et transporter la dépouille de Léonie. Sous la lumière du ciel, les restes de ce que fut la jeune fille paraissent bien légers. La religieuse observe le crâne, la colonne vertébrale, démontée en deux endroits, et l'ensemble des os. Il faut dire qu'ils ont tous été placés de façon à reproduire le squelette dans son intégralité. Comme si Léonie avait été couchée sur le dos, sur toute la longueur de la table.

La religieuse interroge le docteur d'un ton ferme et avec des mots cliniques. Il est hors de question qu'il perçoive son émotion.

— Que pouvez-vous nous dire du corps, docteur ? Vous confirmez l'âge et le sexe de ce squelette ?

— Eh bien, autant que l'on peut en juger, oui. Le bassin est incontestablement celui d'une femme. Une jeune femme. Et l'état de délabrement est parfaitement cohérent avec un décès survenu il y a quinze ans, à son départ de l'usine.

— Avez-vous trouvé des traces quelconques de blessures ? Pouvez-vous me dire comment serait morte Léonie ?

— Non, je n'ai rien trouvé. Voyez vous-même ! lance-t-il non sans un soupçon de provocation.

Mais sœur Placide s'exécute, et examine avec minutie le cadavre, sans sourciller. Le médecin poursuit son propos, légèrement décontenancé par la hardiesse de cette étrange religieuse en train de faire le tour de la table, le nez sur les membres exposés.

— Pas de marque de coup ni de fracture, pas de ligne sur les os, qu'aurait pu provoquer une arme blanche par exemple. Pas de brûlure ou de trou qu'aurait pu faire une balle. La boîte crânienne est intacte…

— Le squelette est démantibulé cependant, signale-t-elle.

— Oui, cela est normal. Il n'y a plus de muscles ni de ligaments. Il est bien difficile de le transporter en chariot sans qu'il se désarticule…

— Comment est-elle morte, alors ?

Le médecin écarte les bras en signe d'ignorance.

— Je n'en ai pas la moindre idée. Elle a pu se vider de son sang par une blessure qui n'aurait pas marqué les os, être étouffée. Elle a également pu être empoisonnée, mourir de maladie, d'épuisement, de froid, je l'ignore.

Sœur Placide tique à l'écoute de tous ces destins funestes possibles. Elle est parvenue au poignet droit, qui brille de mille feux sous le rayon de soleil qui le frappe. Elle avance doucement ses doigts jusqu'au bijou, l'écarte légèrement.

— Reconnaissez-vous ce bracelet, ma sœur ?

Sœur Placide acquiesce.

— C'est bien celui que j'ai offert à Léonie, juste avant qu'elle parte. J'ai fait graver son prénom, à l'intérieur. Il n'y a pas de doute.

— Fort bien. Cela, ainsi que le livret retrouvé

auprès du corps, confirme donc l'identité du cadavre. Nous allons pouvoir procéder à l'inhumation.

Pendant tout cet échange, Claude et Edgar se sont tenus à distance, silencieux. Par respect pour sœur Placide. Lorsqu'elle les rejoint, ils la suivent simplement, sans un regard pour le médecin borgne.

Après avoir quitté l'infirmerie, Claude est incapable de se retenir plus longtemps. Malgré la pesanteur de la situation, elle a du mal à masquer son excitation.

— Edgar, voilà un autre point commun ! Ne trouvez-vous pas étrange que parmi tous les docteurs du département ce soit le même médecin qui examine Alfred et Léonie ? Et à chaque fois, on ne sait pas clairement de quoi ils sont morts. En outre, souvenez-vous des donateurs d'Hotonnes : le principal en était certes les Soieries, mais il y avait également les cuivreries du Bugey, et la Société des phosphates nouveaux, société à laquelle appartient justement la mine où l'on a retrouvé Léonie…

— Ce n'est pas Léonie.

Les deux inspecteurs stoppent net leur progression sous la surprise. Ont-ils bien compris ? Sœur Placide se retourne.

— Ce n'est pas Léonie, répète-t-elle. Ma Léonie est tombée d'un arbre, quand elle était petite, à l'orphelinat de Pont-d'Ain. Sa jambe a été broyée sous le poids de la branche qui a alors chuté. Son tibia s'est mal reconstitué, et s'est retrouvé plus court d'un côté. Elle boitait. Ici, ce squelette est indemne. La jambe est normale. Ce n'est pas Léonie, conclut-elle, sûre d'elle.

Claude n'est pas certaine que ce soit là une bonne nouvelle. Alors qu'elle s'apprête à répondre, elle voit Jacques, le contremaître de la filature, qui monte à leur rencontre et les salue. Derrière eux, des fileuses externes quittent l'atelier pour prendre une pause au réfectoire. De l'autre côté, des charpentiers sortent en groupe du quadrilatère.

Il convient de trouver un endroit plus discret. Sœur Placide les invite, d'un coup de tête, à rejoindre l'étang aux mûriers, devenus vert tendre en quelques jours.

Là, à l'écart des axes principaux, ils reprennent leur échange.

— Pourquoi n'avoir rien dit à Mercier ? demande Edgar à la religieuse.

— Je n'ai aucune confiance en cet homme. Je n'ai plus confiance en quiconque, d'ailleurs. Pas même en Olympe : elle est la première à qui je me suis ouverte de la disparition de Léonie, et voilà que, comme par enchantement, on m'apporte un cadavre qui porte des signes d'identité manifestes le rattachant à Léonie ! Un brigand aurait volé sa dot, mais aurait pris soin de lui laisser son bracelet en or, pour qu'on la reconnaisse des années plus tard… Comme cela est pratique !

— À qui Olympe aurait-elle pu parler de votre recherche ?

— Elle m'a dit qu'elle s'en ouvrirait à son époux. J'ignore si elle l'a fait, mais je suppose que oui.

Tous trois gardent le silence, laissant se développer leur raisonnement. Après quelques minutes, c'est Edgar qui reprend le fil de leurs réflexions :

— Soit. On peut donc faire l'hypothèse que quelqu'un, peut-être César Perrin, a appris que vous recherchiez Léonie. Quelque temps plus tard, on vous envoie un cadavre quelconque que l'on fait passer pour le sien. Vraisemblablement pour mettre fin à vos investigations. La première chose que l'on peut dire, c'est qu'il y a donc matière à enquêter puisqu'on veut vous dissuader…

— Oui, assurément, confirme Claude. Auquel cas, si César Perrin est concerné par cette affaire, on peut aussi abandonner l'hypothèse d'un simple vol crapuleux…

Tous trois assimilent l'information, tandis que Claude s'approche encore de l'étang, et continue, comme si elle s'adressait à la pensionnaire désespérée et privée de trousseau qui garderait l'endroit :

— Il est un autre fait dont on peut être assuré : celui qui a mis en scène ce cadavre à notre intention a forcément été en contact avec la véritable Léonie, à un moment ou à un autre, morte ou vive, puisqu'il a eu accès à son bracelet et à son livret.

— C'est vrai ! s'exclame sœur Placide, ravigotée par cette affirmation. Croyez-vous qu'elle pourrait être en vie ?

— Tout ce que je dis, c'est que ces gens n'ont probablement pas accès à sa dépouille, car sinon il aurait été plus simple de nous l'envoyer. Mais son corps peut tout bonnement avoir disparu, avoir été détruit, ou être inaccessible… Cela ne veut rien dire. Et si elle était en vie, pourquoi ne pas se manifester ?

« Enfin, une dernière chose m'intrigue : ce cadavre paraît extrêmement vieux. Il a sans doute bien l'âge que dit Mercier. Ce n'est pas celui d'un mort récent il y a peu et que l'on nous montrerait pour donner le change. C'est un autre corps certes, mais au moins aussi ancien que l'aurait été celui de Léonie et qu'on nous envoie à sa place. Pour cela, il a fallu le garder quelque part pendant tout ce temps, ou savoir où le récupérer. Ce n'est pas si simple…

— Aurait-il pu avoir été exhumé dans un cimetière, volé dans un cercueil par exemple ?

— C'est possible… reconnaît Claude pensivement. Mais la chose me semble bien risquée, et peu discrète.

— En tout cas, reprend sœur Placide, je l'ai bien observé : le squelette en question est intégralement recouvert de cette terre blanche et minérale, avec de petits débris calciques. Je l'ai vue accumulée, solidifiée, dans les orbites, les fosses nasales, collée dans les interstices des os… N'aurait-il pas été plus propre s'il avait été conservé dans un cercueil ?

— C'est vrai. Dès lors, à qui appartient ce squelette ? demande Claude.

— Voilà un nouveau mystère…

Tous trois méditent sur cette prétendue solution qui suscite en réalité un nouveau problème.

La religieuse lutte secrètement contre le fol espoir que Léonie soit toujours en vie, encore sauvable quelque part. Elle sait que ça n'est pas l'option la plus probable. Mais il lui est proprement impossible de s'imaginer vivre en condamnant elle-même la jeune femme, au motif qu'elle n'aurait pas la preuve formelle de sa disparition. Face au flanc de la chapelle d'ocre qui brille sous le soleil de printemps, elle jure qu'elle n'abandonnera pas sa protégée une seconde fois.

Edgar, lui, comprend que le départ qu'il avait envisagé lorsqu'il a cru que Léonie avait été retrouvée n'est maintenant plus d'actualité. Claude ne s'y résoudra jamais. Il la considère d'ailleurs étrangement, profitant qu'elle lui offre son dos en redingote et cheveux courts. Il doit admettre que ces derniers jours, alors que leurs recherches les mènent d'un bout à l'autre du département, il a redécouvert la jeune femme.

Quelque chose en lui, comme un filtre, semble avoir disparu. Il ne sait pourquoi : est-ce lui qui a changé ? Sans ce prisme, il la voit telle qu'elle est là : aussi large et solide qu'un homme, aussi perspicace et courageuse, douée de raisonnements efficaces et rationnels que l'ingénieur en lui ne peut nier. Elle gère ses émotions avec retenue, au point de les dissimuler parfaitement derrière une pauvre moustache, trompant ainsi tous les hommes prétendument clairvoyants.

Claude, quant à elle, laisse son regard se perdre dans le vaste miroir qui s'étend à ses pieds. Derrière la place, le bâtiment du Ménage bruit silencieusement de ses messages abandonnés sur les murs. Elle pense à toutes ces gamines, si nombreuses, si uniques et pourtant si insignifiantes à l'échelle de l'endroit et du temps, comme autant d'abeilles à la fois semblables et différentes. Combien de ces filles ont abandonné leur jeunesse entre ses murs ? voire, pour certaines, toute leur vie ? Des centaines, des milliers peut-être. Toutes sont des Léonie.

Elle songe à l'histoire du jardinier, et à cette pensionnaire qui a préféré se perdre dans l'étang, tant tout l'espoir d'une vie tenait dans une malle partie en fumée. Combien comme elle ? C'est alors qu'une hypothèse toute simple se forme dans son esprit, comme un nouveau cercle concentrique dans l'eau. Elle se retourne :

— Ma sœur, si les usines emploient près de six cents pensionnaires, qui y demeurent de leurs douze ans à leur mariage, soit environ dix ans en moyenne, cela voudrait dire qu'une soixantaine d'entre elles quittent l'établissement chaque année…

— C'est exact. Au moins cinquante en tout cas.

Parfois plus, si elles restent moins longtemps, ce qui est fréquent.

— Alors, comment pouvez-vous être certaine que Léonie ait été la seule à disparaître de la sorte ? Je veux dire, puisque nous avons maintenant un autre corps inconnu, n'auraient-elles pas pu être deux, à l'époque, à tomber dans un piège ? Sinon, pourquoi seulement Léonie, pourquoi la choisir elle, précisément ? Comment pouvez-vous être sûre…

Le cœur de sœur Placide se serre. Elle n'a vu que Léonie, aveuglée par sa propre angoisse, si immense qu'elle emplit tout l'espace.

— C'est que… je ne le suis pas, souffle-t-elle avec un léger vertige.

## 15

## *La fugue de Jeanne*

— Ma tante !

Pour une fois, Paul semble sincèrement ravi de l'intrusion de sœur Placide dans les bureaux couleur de ciel de printemps. Il faut dire qu'il la regarde à peine, captivé qu'il est par la présence de Claude, juste derrière.

Paul est un garçon simple, appliqué, qui a toujours eu à cœur d'être là où on l'attend. Depuis qu'il a croisé ce jeune homme en qui il lui semble se reconnaître, il a le sentiment de ne plus être seul, et en même temps, d'être original. Comme un étranger en pays inconnu, qui se trouverait un compatriote. Jusqu'alors, il n'avait jamais fait le rapprochement avec des motivations plus intimes. Mais aujourd'hui qu'il revoit Claude, le coup porté le touche en plein cœur.

Il y a, chez ce garçon à la moustache fine, une force et une fragilité, une élégance, que Paul n'a jamais trouvées auparavant chez personne, homme ou femme. Il ne se pose pas la question du sexe, comme il ne se serait pas posé celle de l'âge ou de l'origine sociale. Il ne se projette pas. Il se découvre séduit par le personnage, ému par sa seule présence.

Ce sentiment le révèle, lui donne l'impression d'être vivant au-delà de ses espérances. Il n'attend rien, n'espère pas grand-chose, et n'y voit donc aucun mal. Il souhaite juste lui être aussi agréable, au même titre que Claude le contente par sa seule existence, sans le savoir, tout simplement.

Paul a déjà eu quelques histoires, aussi fugaces que superficielles, toujours avec des jeunes femmes. Il s'étonne un peu que son premier émoi véritable soit provoqué par un homme, mais bizarrement, il juge la chose secondaire. Claude est Claude, tel qu'il est. Et ce seul fait le caractérise plus que son identité, ou son genre.

— À vous voir ici tous les trois, j'imagine que vous avez encore besoin de mon aide, n'est-ce pas ?

Sœur Placide confirme de la tête, tout en notant un changement chez son neveu. Une assurance nouvelle et inattendue. Un dos plus droit, des épaules plus ouvertes. Serait-ce l'aventure et la transgression des règles qui le dépoussiéreraient ?

Elle tire une chaise vers le bureau, et s'exprime à voix basse, rappelant par là le caractère extrêmement confidentiel de la requête.

— Paul, il faut que tu nous fasses rentrer dans l'infirmerie cette nuit. Nous devons consulter les archives. Peux-tu récupérer la clé, et nous y conduire une fois la lune levée ?

— Vous voulez dire, tous les trois ?

La religieuse hoche la tête gravement. Elle s'attend à une résistance, un argumentaire raisonnable, voire une franche opposition.

— Bien, ma tante. Vous pouvez compter sur moi. Retrouvons-nous aux alentours de minuit, devant le monument.

D'ordinaire, sœur Placide est conforme à son nom. Mais là, elle a du mal à dissimuler sa surprise. Elle ravale ses manœuvres d'intimidation qui n'attendaient qu'une hésitation pour sortir. Déstabilisée, elle se surprend même à esquisser un sourire de connivence à l'intention du fils de sa sœur.

Cette nuit, la lune en croissant disparaît derrière les nuages étirés, comme autant de lambeaux de tissu vaporeux.

Quatre ombres, dont une plus sombre encore que les autres, se glissent en file indienne depuis l'angle des ateliers jusqu'à l'entrée du grand bâtiment de l'infirmerie. Tout est calme, et silencieux. Les fenêtres de la maison bourgeoise sont éteintes, comme celles de l'aumônerie. Rien ne bouge.

Paul sort de dessous sa veste un trousseau de clés, aussi lourd et fourni qu'un collier de pharaon. Le cliquetis qu'il produit lorsqu'il cherche celle qui ouvre la porte principale résonne comme un concert de crécelles. Les moustaches en escargot de Paul semblent se rétracter sous le bruit, tandis que ses trois complices se tassent encore.

— Paul ! Fais attention ! le tance sa tante.

Mais Paul est sur un nuage, dans le ciel, quelque part, avec un croissant de lune jusque derrière lui. Ce n'est pas la frayeur de sa tante qu'il perçoit, mais la présence de Claude, tiède et encourageante. Étrangement, il n'a pas peur. Au contraire, il se veut rassurant.

— Ne vous inquiétez pas, ma tante. Les bâtiments sont vides à cette heure-là.

La bonne clé trouvée, ils pénètrent dans la maison et débouchent directement sur un escalier qui grimpe aux étages. Ils ne ralentissent même pas au premier palier. C'est celui où l'infirmière officie. Deux grandes salles, une de chaque côté. Avec des lits pour recevoir les malades ou les blessés.

Ils montent encore et s'arrêtent au deuxième niveau, celui des archives. Au-dessus d'eux, au troisième et dernier étage, sous la lumière bleue, un squelette sans nom ni histoire attend son inhumation qui aura lieu le lendemain matin. D'une certaine manière, c'est pour lui que quatre intrus pénètrent dans une vaste et sombre pièce, juste au-dessous.

Paul, en habitué, se dirige directement, et dans le noir, jusqu'à une petite table sur laquelle est posée une lampe à huile. Une fois allumée, d'immenses bibliothèques apparaissent, jaillissant du vide. Il y en a partout, sur les murs jusqu'aux plafonds, et en rangs parallèles dans la longueur de la pièce, formant autant de hautes tranchées. Des boîtes, des cahiers, des feuilles volantes, c'est à se demander comment ils débusqueront ce qu'ils cherchent.

— Que faut-il trouver ? interroge Paul.

Pour sa plus grande satisfaction, c'est Claude qui lui répond :

— Nous devons en savoir plus sur les filles qui ont quitté les Soieries à peu près à la même époque que Léonie. Mettons, de l'année qui précéda à celle qui suivit, soit de 1878 à 1880.

— Cela en fait beaucoup… répond le jeune homme, qui perd de son assurance. Il nous faudrait quelques critères de tri, tout de même.

— À l'époque, il y en avait un peu moins qu'aujourd'hui… nuance la religieuse. Cherchons d'abord les orphelines qui seraient parties épouser des inconnus au-delà de Saint-Jean-le-Vieux. Comme Léonie.

— Pourquoi des orphelines ? demande naïvement Paul.

— Parce que personne ne les réclame ni ne les recherche, répond Claude.

— Et c'est probablement à leur adresse que les propositions de mariage sont d'abord envoyées, car les autres, celles qui ont des familles, ont plus souvent l'occasion d'avoir déjà un fiancé identifié depuis longtemps.

Tous en conviennent. Et Paul confie à chacun des piles entières de larges pochettes couleur sable. L'on se place au sol, en carré, lampe au centre, pour que chacun puisse profiter de la lumière et étaler ses dossiers sur le plancher rugueux.

Deux heures plus tard, un premier bilan peut être fait. C'est Paul qui, en bon comptable, livre la synthèse tirée des résultats de chacun.

— Voyons. Sur les trois années considérées, nous comptabilisons donc cent vingt-cinq départs de pensionnaires. Six sont mortes de maladie. Quarante-sept départs concernent des filles très jeunes, de moins de dix-huit ans, retournées dans leur famille après un contrat court d'environ trois ans. Trente-quatre sont des filles de plus de dix-huit ans retournées dans leur famille ou ayant accepté un autre travail dans l'entreprise, notamment à Lyon. Vingt orphelines se sont apparemment mariées de leur côté, puisqu'on a parfois reçu les faire-part, mais pas à la suite de demandes parvenues à l'usine.

« Il reste donc dix-huit orphelines de plus de dix-huit ans qui ont quitté l'endroit pour se marier avec des hommes ayant envoyé leurs demandes directement à l'usine. Nous retrouvons ces demandes dans les dossiers, précise Paul avant de se racler la gorge, dont celle concernant Léonie Nectoux elle-même, qui semble avoir accepté la proposition de M. Pierre Guillot, cultivateur à Ceyzériat. Cela nous laisse donc dix-sept cas semblables à Léonie.

— Et sur ces dix-sept filles, combien se sont vu proposer le mariage hors de la proche région ? interroge sœur Placide.

— Sept, ma tante. Toutes les autres se sont mariées entre Jujurieux et Pont-d'Ain.

— Alors, ces sept-là méritent d'être étudiées en priorité.

Paul, prévenant, a pensé à apporter un petit cahier, dans lequel il recopie soigneusement les informations concernant les sept orphelines en question, tandis que sœur Placide et Edgar commencent à réunir les papiers épars. Pendant ce temps, Claude furète entre les étagères. Il y a là des livres de décomptes des gages, des registres de santé recensant les visites médicales, des recueils de retenues listant les fautes à l'ouvrage ou les comportements sanctionnables ayant donné lieu à des saisies sur salaires ; et enfin les livres de calcul des frais de pension.

Et tout au bout de la rangée des affaires du personnel, elle déterre un dossier bien plus fin que les autres, sobrement nommé « Affaires étranges ». Elle l'ouvre, et dans la pénombre, parce qu'elle est alors loin de la lumière, elle tente de déchiffrer les papiers hétérogènes qui le composent.

Elle y trouve des lettres anonymes, visant certaines pensionnaires ou même des sœurs et des encadrants. On y décrit des comportements déviants, des chapardages, on y étale des menaces et des insultes.

Elle lit des messages de jeunes filles affirmant vouloir quitter les lieux parce qu'ils sont hantés. Elles parlent de bruits effrayants, de raclements, et de lueurs dans les miroirs. Et Claude s'amuse de constater que ces déclarations datent de bien avant la noyade volontaire de la malheureuse ouvrière en 1888.

Il y a quelques dépôts de plaintes pour des vols d'étoffes, des rapports médicaux décrivant d'étranges allergies et autres affections, et, à la toute fin, un courrier différent des autres.

Il émane d'une famille de Jujurieux, un village tout proche. L'écriture est maladroite. Les lignes penchent comme si elles devaient s'écraser de l'autre côté de la feuille et trahissent le manque d'habitude à l'exercice. Mais le cœur de Claude s'accélère, elle sait déjà qu'elle tient quelque chose :

*Messieurs des Soieries,*

*Vous avez eu la gentillesse de nous informer de la disparition de notre fille, Jeanne, qui a fugué de votre établissement parce qu'elle n'y supportait plus l'autorité pourtant nécessaire qui y règne. Vous nous avez demandé si elle était bien rentrée dans son foyer, comme vous le supposez dans son propre intérêt.*

*Hélas, nous sommes au regret de vous informer que nous sommes sans nouvelles d'elle depuis plusieurs jours, qu'elle est donc partie pour un lieu connu d'elle seule. Nous envisageons sérieusement d'entamer des recherches plus poussées, avec l'aide des autorités locales. Nous craignons qu'elle n'ait croisé le chemin de quelque malfaisant.*

*Nous vous remercions par avance de votre bonne prévenance si une autre de vos pensionnaires entrait en contact avec elle, ou si vous aviez de ses nouvelles d'une façon ou d'une autre.*

*Nous savons pouvoir compter sur votre bienveillance, et vous remercions comme nous vous sommes reconnaissants pour tout ce que vous faites.*

*Lucien Lagnieu*

*Le 20 janvier 1872 à Jujurieux.*

Claude revient vers la lumière et ses trois compagnons penchés sur leurs papiers. Elle est si impatiente qu'elle manque d'en oublier de travestir sa voix.

— Paul, pourriez-vous me trouver le dossier d'une pensionnaire de 1871 ou 1870 qui se nommait Jeanne Lagnieu ? Je crois que son cas peut nous intéresser, même s'il est un peu plus ancien que notre recherche originelle…

Paul se redresse et s'exécute avec diligence. Devant le regard interrogatif d'Edgar, Claude lui tend la fameuse lettre. Le vieil homme l'approche de la lumière, ce qui permet à sœur Placide d'en prendre elle aussi connaissance.

— Vous me voyez infiniment navré, Claude, mais il n'y a aucun dossier à ce nom-là… lance Paul depuis l'arrière d'une bibliothèque. Êtes-vous sûr que c'était une de nos pensionnaires ? Ça aurait pu être une externe…

La jeune femme manque de rétorquer du tac au tac avec sa voix de fille qu'elle en est certaine, mais se retient à temps. Le garçon continue de fouiller parmi les strates poussiéreuses.

— Non, non, pas de Lagnieu. Je vous le confirme.

Lorsque le neveu revient, Edgar lui tend la lettre.

— Je ne comprends pas. Il n'y a pas de dossier à ce nom… maintient Paul en parcourant les mots inquiets.

— Peut-être l'aura-t-on mis de côté, ou perdu…

— Ou fait disparaître ! soupçonne sœur Placide.

Le silence appuie cette possibilité, lui donnant une gravité nouvelle.

— Bien, comment procède-t-on avec ces découvertes ? s'enquiert la religieuse.

Claude y a déjà réfléchi, et elle entend protéger son mentor de nouveaux déplacements fatigants, lui qui semble fragile ces derniers temps. Elle se concentre pour prendre son intonation masculine.

— Voici ce que je vous propose : je pars étudier les cas des sept orphelines que nous avons identifiées. Je me rendrai dans leurs villages et irai vérifier qu'elles sont bien mariées à qui elles doivent, ou si l'une d'entre elles manque à l'appel. Et je suggère que pendant ce temps, Edgar et vous, ma sœur, alliez rendre visite à cette famille Lagnieu à Jujurieux, pour voir ce qu'il est advenu de leur fille Jeanne. Car il vous est difficile de quitter les usines pendant plusieurs jours. Quant à Edgar, il paraîtrait suspect qu'il s'éloigne alors qu'il a tant défendu ce projet d'article sur les lieux. Et nous verrons bien ce que cela donne.

Tout le monde acquiesce, y compris Paul, qui tend à Claude le cahier contenant les informations relatives à ces sept jeunes filles. Lorsqu'elle s'en saisit, l'inspectrice perçoit une légère résistance. Elle fixe le comptable, interrogative. Il lui sourit, et abandonne finalement ses notes.

Les dossiers sont maintenant rangés. Chacun s'apprête à regagner l'entrée de la salle d'archives et prend la direction de la petite porte, quand Paul, dernier de la file, éteint la lampe, oubliant que si lui connaît les lieux, ce n'est pas le cas de ses acolytes.

En un éclair, toute la salle sans fenêtres se retrouve plongée dans les ténèbres. Sœur Placide et Claude ont le réflexe de stopper net leur avancée et de suspendre leurs mouvements, hoquetant de surprise. Mais pas Edgar, que deux ou trois pas dans l'obscurité absolue suffisent à désorienter. Il se dirige droit vers la première étagère.

Alors qu'il devrait logiquement ralentir, il accélère, et il percute de plein fouet le meuble haut au moment même où Paul, conscient de sa bourde, craque une allumette. Mais il est trop tard : Edgar se retrouve embarqué par sa propre vitesse, et il bascule de tout son poids avec la bibliothèque. La flamme de l'allumette a juste permis à Claude et sœur Placide de se reculer prestement car sinon, elles se seraient retrouvées écrasées par le mur de bois et de livres qui s'effondre au sol dans un épouvantable vacarme, et une gerbe de copeaux et de cartons.

Le silence qui suit est chargé d'angoisse et de sidération. Tous attendent un signe qui scellerait leur destin. Claude, la première à réagir, s'élance vers Edgar, écroulé au milieu des restes de l'étagère. Elle l'aide à se redresser tandis que Paul a enfin rallumé la lampe.

— Edgar, vous êtes blessé ?

Mais alors qu'elle tente de l'extirper de son nid grotesque, un bruit se fait entendre au-dessus d'eux, comme une chaise que l'on tire.

Tous se taisent, pendant qu'Edgar se relève, vacillant.

Puis une porte claque au-dessus. Il n'y a pas de doute possible, ils ne sont pas seuls. Sœur Placide, par réflexe autoritaire, jette un regard assassin à Paul. Mais ce dernier ne le capte même pas. Il semble figé, les yeux braqués sur Claude et Edgar. La religieuse ne tarde pas à comprendre ce qui le trouble : la pitoyable moustache factice de Claude pendouille misérablement d'un côté et, dans la précipitation, des mèches de cheveux rebelles se sont échappées de leur gomme de houblon.

Une voix, dans la montée d'escalier, les tire de leur torpeur :

— Il y a quelqu'un ?

Sœur Placide chuchote :

— C'est Mercier, le médecin des Perrin… Il a dû rester sur place pour surveiller le corps…

De nouveau Mercier dans l'escalier, de l'autre côté de la porte, encore close pour l'instant :

— Que se passe-t-il ici ?

Sa voix est plus puissante, plus distincte, il est tout près !

— Il arrive ! souffle sœur Placide, les yeux écarquillés.

Edgar est tétanisé, Claude ne sait que faire.

— Par ici !

Tous se tournent vers Paul, c'est lui qui parle d'un ton assuré.

— Vite, venez tous, allez vous cacher là-bas au fond, dans la dernière travée. Dépêchez-vous !

— Et vous, Paul ? demande Claude de sa vraie voix en entraînant Edgar, suivie de près par sœur Placide.

— Moi, il ne me connaît pas. Allez !

Tous trois se tassent aussi rapidement que possible au fond de la pièce, derrière la toute dernière bibliothèque. Au moment précis où ils s'immobilisent, la porte de la salle des archives s'ouvre d'un coup sec.

Mercier apparaît. Ses partenaires ne le voient pas, mais Paul s'est allongé sur les débris, à la place même où se trouvait le pauvre Edgar quelques secondes plus tôt.

— Que se passe-t-il ici ? répète le médecin lorsqu'il constate les dégâts, et l'homme vautré dessus.

Paul se contorsionne piteusement, retombe lourdement, fait mine de s'endormir.

— Allons ! lui balance Mercier en le secouant par l'épaule, non sans dégoût. Qui êtes-vous ?

Et Paul, d'une voix qui se veut embrumée par l'alcool, aligne les explications inintelligibles. On est censé comprendre qu'il est comptable aux Soieries, et qu'il s'est isolé ici pour travailler, dans le courant de l'après-midi. Puis il s'est laissé aller à descendre une bouteille d'eau-de-vie qu'il garde toujours à portée. Il s'est malheureusement endormi là, et s'est réveillé dans la nuit. Croyant atteindre la porte, il a titubé sur la bibliothèque et l'a renversée.

Maintenant, il fait mine de rechercher sa bouteille dans le tas de débris, avec détachement et maladresse. Pourtant, il sent sur lui l'œil unique de l'énigmatique médecin, qui le brûle comme le rayon d'un mauvais soleil à travers une loupe.

— Pauvre type… éructe Mercier. Sortez d'ici ! Je ferai un rapport à vos supérieurs dès demain. Une telle dépravation est scandaleuse. Avec vos sottises, vous auriez pu mettre le feu et nous tuer tous les deux !

Et pour bien marquer son mépris, il décoche un violent coup de pied dans les côtes du jeune homme, qui crie sa douleur.

Tassés à l'arrière, sœur Placide, Edgar et Claude retiennent leur souffle, consternés par la cruauté gratuite du médecin.

Paul finit par se traîner jusqu'à la porte, saisi par la douleur qui couvre ses talents d'acteur. Puis Mercier s'empare de la lampe d'un geste rageur et claque la porte derrière eux.

Plusieurs minutes passent, dans le noir complet et le silence recouvré.

— Heureusement qu'ils n'ont pas fermé à clé, sinon nous aurions été faits comme des rats, murmure Claude.

— Chut ! prévient Edgar, toujours inquiet.

Ils attendent encore un peu, avant de reprendre, très lentement et à tâtons, le chemin de la porte, collés les uns aux autres pour éviter de se perdre, Claude en tête de cet étrange cortège invisible. Faire le tour du monticule de débris dans l'obscurité totale leur prend un long moment. Mais ils finissent par parvenir à la porte et quittent enfin la salle des archives, redevenue aussi tranquille qu'un caveau.

## 16

## *Partage des tâches*

Les sept orphelines parties se marier à la suite de propositions spontanées se répartissent entre sept communes : deux proches de Bourg, les autres à Hauteville, Virieu et Lhuis, plutôt au sud-est du département, et les dernières dans les Dombes, complètement à l'ouest. Il faudra plusieurs jours à Claude pour parcourir un tel circuit. Elle alternera le train avec les voitures à cheval, et promet qu'elle fera de son mieux pour revenir au plus tôt.

Au moins n'aura-t-elle plus besoin, dans son périple, de se déguiser. Avoir été démasquée de la sorte devant Paul la met mal à l'aise. Pour tout dire, elle se sent coupable de lui avoir menti, alors qu'il faisait son possible pour les aider.

Le garçon ne semble pas lui en tenir rigueur. Il l'a aidée à organiser son voyage, profitant des informations disponibles au bureau sur les horaires de train et d'omnibus. Elle partira lundi, dans deux jours.

Le pauvre Paul a fait l'objet de sérieuses remontrances et d'une importante saisie sur son salaire, suite aux événements de l'infirmerie. Mais il a échappé au congédiement grâce à l'entremise d'Olympe auprès de son mari. Sœur Placide a sollicité son amie sans lui raconter le détail de leurs aventures, mais en prétextant une période psychologiquement délicate chez son neveu.

Le squelette qui se faisait bien involontairement passer pour Léonie a été inhumé sous son nom en ce samedi matin. Sœur Placide, dont nul n'ignore le stoïcisme, s'est contentée d'être elle-même à l'office pour qu'on lui prête une affliction sincère. Mais elle se sent désormais la charge d'une nouvelle dette : celle envers l'inconnue qui s'ajoute à celle qu'elle a déjà envers Léonie.

Le lendemain, dimanche 8 avril, sœur Placide accompagne les pensionnaires au château de Varey. C'est une belle journée qui s'annonce, tiède et ensoleillée. La religieuse garde toujours un œil sur Victorine, qui semble s'être bien acclimatée à sa condition de pensionnaire. Mais elle se tient à distance.

Son intuition lui dicte de ne pas s'afficher avec la petite fille plus qu'elle ne l'a déjà fait. Si quelqu'un de mal intentionné était responsable de la disparition de Léonie, et si cette personne établissait le lien avec Victorine, l'enfant pourrait se retrouver en danger. Car sœur Placide en est convaincue, elle le sent en son for intérieur, dans cette part d'elle-même que la chasuble ne parvient pas à recouvrir : Victorine est la fille de Léonie.

— À quoi songez-vous, mon amie ? demande Olympe qui chemine non loin derrière sœur Placide.

Remise de sa bronchite, l'épouse du maître des lieux a décidé d'accompagner les pensionnaires au château pour les aider à mettre sur pied des répétitions théâtrales censées les ouvrir à la littérature classique.

— À l'office de Léonie, déclare la religieuse pour ne mentir que partiellement.

— Ah ! Comme je suis désolée pour vous que cette histoire se termine de façon si malheureuse… Au moins pouvons-nous espérer qu'à présent, elle trouvera le repos de l'âme !

Un silence lourd suit cette conclusion que sœur Placide ne confirme pas. Olympe reprend ses questions, manifestement désireuse de profiter de la promenade pour converser :

— Quand et pourquoi avez-vous décidé de consacrer votre vie à Dieu, sœur Placide ?

Étonnée de cette question, la religieuse s'accorde quelques secondes avant de répondre. Elle dira la vérité sur ce sujet, elle doit bien ça à Olympe.

— J'ai fait une promesse, il y a fort longtemps. À l'époque, ma sœur avait six ans, et moi huit. Nous jouions en plein hiver, au bord d'un étang gelé, du côté des Dombes d'où nous étions originaires. Je lui ai lancé un défi, celui de traverser la mare à pied, car l'eau était toute dure. Je ne pensais pas qu'elle le ferait, reconnaît la religieuse tout bas. Mais voilà, elle me suivait en tout. Alors elle s'est élancée vigoureusement, confiante, et alors que je tentais de la faire renoncer, elle est passée à travers la glace.

— Grand Dieu ! Elle s'est noyée ?

— Non, mais elle est tombée très malade. Au point de manquer de trépasser à plusieurs reprises. Les médecins se déclaraient impuissants, et très pessimistes. Quant à moi, je me sentais terriblement coupable et terrifiée à l'idée qu'elle meure. Alors, j'ai fait la seule chose qu'il m'était donné de faire : j'ai prié. J'ai supplié Dieu pendant de longues nuits. Pour finir, un soir, afin d'être entendue, j'ai juré que si ma sœur survivait, je consacrerais le reste de mon existence à Le servir. Le lendemain, elle émergeait des limbes, comme par miracle. J'ai vu là le signe de l'action divine, ma voie était donc désormais toute tracée…

— Mais ce n'était là que la superstition d'une enfant ! N'avez-vous jamais songé, par la suite, à renoncer à ce projet ?

Sœur Placide est trop polie pour rétorquer qu'en matière de superstition, Olympe n'a pas véritablement de leçons à donner, elle qui croit dur comme fer avoir piégé un esprit sur une plaque au collodion…

— Si, parfois, naturellement. Mais j'étais convaincue que si je rompais ma promesse, ma sœur mourrait dans la nuit qui suivrait. Et je savais que je ne m'en remettrais jamais. Alors, tenir ce serment est devenu une question de vie ou de mort pour moi aussi, vous comprenez ?

Olympe comprend, mais elle ressent une inexplicable désolation à l'idée d'une vie tracée par un engagement d'enfant.

— Votre sœur est-elle toujours vivante ?

— Oh oui, elle a épousé un cocher de maître, du côté de Bellegarde. Et elle a eu Paul, qui travaille aux Soieries, et que vous avez bien aidé dernièrement…

— Je suis heureuse d'avoir pu vous être d'une quelconque utilité, chère sœur Placide, dit Olympe en agrippant le bras de sa voisine, dissimulé dans les tissus protecteurs, pour poursuivre ensemble leur chemin, emboîtées comme deux amies d'école.

La religieuse est émue au plus haut point par ce contact, elle que nul n'a touchée depuis le départ de Léonie. Une seconde, elle ressent une boule douloureuse monter dans sa gorge. Elle considère avec espoir la femme aux cheveux noirs entrelacés de fils cendrés : elle prie de tout son cœur pour que son amie n'ait rien à voir avec celui qui tente de la manipuler.

Les Lagnieu n'ont pas été difficiles à trouver. Tout le monde, dans le village, connaît les saucissons de Lucien, qu'il vend dans les foires, et parfois sur le bord du chemin devant sa ferme. Celle-ci est un peu à l'écart, sur la route qui part vers le hameau du Boyeux. Et la vente donne souvent lieu à un petit attroupement d'amateurs.

Aujourd'hui, il n'y a personne. Edgar et sœur Placide frappent au portillon, qui ne résiste pas à la pichenette. Il s'ouvre comme une invitation, et ils pénètrent dans la cour de la ferme avec prudence. Aucun signe de vie, hormis peut-être derrière la lucarne, au bas du mur de l'écurie, derrière laquelle la religieuse a cru voir passer une ombre.

Ils traversent la cour, entrent dans l'appentis.

— Monsieur Lagnieu ? Il y a quelqu'un ?

— Par ici ! leur répond-on de dessous leurs pieds.

Edgar remarque, dans la pénombre relative, une trappe dans le sol, un peu plus loin. Elle est ouverte sur un escalier droit. Du fond de la cave monte une lumière tiède et salée.

— Si vous voulez me parler, lance la voix, faudra descendre !

Edgar interroge du regard sœur Placide. Elle lève les yeux au ciel, qui se limite pour l'heure à de lourdes poutres.

C'est la religieuse qui se lance la première, n'imaginant pas promener le dessous de sa longue robe noire au-dessus du regard bleu glacé de son partenaire. Une fois en bas, elle s'époussette sous l'œil agrandi par la surprise de Lucien Lagnieu.

Ce dernier est un homme immense, si grand qu'il doit plier la tête pour tenir debout. Elle constate qu'il est aussi large que grand. Avec ses yeux noirs et sa barbe aussi raide et serrée qu'un tressage de vannier, il est impressionnant. Il est en train de frotter un assaisonnement de sa composition sur une série de jambons qui finiront accrochés avec les autres au fond de la cave. Sœur Placide imagine fort bien les cochons tomber raides d'une crise cardiaque rien qu'à voir ce géant se jeter sur eux.

— Ben ça alors… articule-t-il doucement à la vue d'une religieuse descendue dans sa cave à salaisons, suivie de près par un vieillard endimanché.

Serait-il en train de passer l'arme à gauche sans le savoir, que des anges antédiluviens descendent jusque-là pour venir le chercher ? Il essuie ses mains sur son tablier.

— Qui diable êtes-vous ? demande-t-il avant de se rendre compte que la formule est peut-être mal choisie.

— Nous arrivons des Soieries de Saint-Jean-le-Vieux, monsieur Lagnieu. Nous sommes là pour vous parler de votre fille.

— Ma fille ? s'étonne le colosse.

— Oui, Jeanne. Il semble qu'elle ait travaillé aux Soieries il y a longtemps, et qu'elle ait fait une fugue à l'époque…

Malgré l'obscurité relative de la cave, à peine éclairée par une petite lampe à huile, les deux visiteurs ne ratent rien du brouillard qui embue les yeux du charcutier.

— Et que voulez-vous me dire, sur Jeanne ?

— Nous voulions savoir si elle était rentrée…

— Non, ma sœur. Jamais. On a été prévenus par l'usine qu'elle s'était enfuie. C'était au début de l'année 1872, je crois. On l'a attendue, cherchée, et nous n'avons plus jamais eu de ses nouvelles.

— Nous en sommes vraiment désolés pour vous, monsieur Lagnieu. Cela doit être une épreuve bien pénible, que de ne rien savoir et tout imaginer…

Lagnieu se demande ce qu'une religieuse peut en savoir. Pourtant, celle-ci a l'air de comprendre.

— Oui, ça a été dur. Ça l'est toujours. Mais ça fait plus de vingt ans maintenant. Alors, on s'y est faits. Et puis, il le fallait bien pour nos trois autres gones.

— Bien sûr. Vous n'avez vraiment aucune idée de ce qui a pu se passer ?

Edgar enquille directement sans attendre la réponse :

— Comment pouvez-vous être sûr qu'elle s'est bel et bien enfuie des Soieries ?

Lagnieu réfléchit, il cherche à ordonner ses souvenirs.

— Nous n'ignorions pas qu'elle était mal, là-bas. Était-ce le travail difficile, ou les autres filles, ou l'autorité ? En tout cas, ses lettres étaient de plus en plus tristes. À la fin, elle perdait même un peu la tête. Si bien que lorsqu'on nous a dit qu'un matin, elle n'était tout simplement plus là, alors qu'elle avait été présente toute la veille, eh bien, nous n'avons pas été plus étonnés que cela.

— Ne prenez pas mal ce que je vais vous demander, monsieur Lagnieu, prévient sœur Placide, mais pour quelle raison est-elle restée, si elle était si malheureuse ?

— Si vous travaillez là-bas, vous savez pourquoi. C'est vous qui élevez nos gamines ! Ce travail, c'était une chance pour une fille. L'occasion d'apprendre un métier, de se constituer un trousseau et une dot, d'espérer faire un beau mariage, peut-être même d'aller travailler en ville dans une plus grosse fabrique ! C'était pas Jeanne qui allait reprendre mon troupeau de porcs et la fabrique de charcuterie ! Alors oui, on a insisté pour qu'elle y reste. Et, oui, j'ai mille fois voulu mourir pour avoir fait ça. Quant à savoir ce qui lui est arrivé, reprend-il plus calmement, selon ma femme, c'est qu'elle a eu peur de revenir. Elle aura dû penser qu'on la gronderait, ou qu'on la renverrait là-bas de force.

— Et vous, qu'en pensez-vous ?

— Moi, je suis moins optimiste qu'elle. Jeanne était devenue si fragile… Je ne serais pas étonné qu'elle se soit donné la mort, quelque part où on ne la retrouvera jamais.

Sœur Placide devine, derrière la froideur apparente des propos de Lagnieu, qu'il a choisi l'option la plus acceptable pour lui. Celle de croire sa fille morte, plutôt que de l'imaginer dans une situation encore pire que le trépas alors qu'il n'a aucun moyen de la rechercher.

Edgar enchaîne :

— Vous avez dit qu'elle perdait un peu la tête… Que vouliez-vous dire par là ?

— Elle voyait des choses. Elle disait qu'elle se sentait espionnée, observée.

Edgar avance prudemment :

— En soi, ce n'est pas là un signe de démence.

— Ben, quand on en est à penser que la chose qui vous observe le fait depuis les murs et les miroirs, si.

Un silence gras et ambré accueille ces derniers propos. Edgar et sœur Placide n'ont pas besoin de se regarder pour partager le même frisson d'anticipation.

Cependant, la suite de l'échange n'apporte rien

de déterminant. Jeanne était une jeune fille douce et timide, entrée comme pensionnaire à ses douze ans et disparue à ses dix-sept. Elle n'a plus jamais contacté un quelconque membre de la famille, n'a plus jamais été vue par personne. Les gendarmes ont bien pris note de sa disparition à l'époque. Mais cette année-là, la plupart des effectifs du département avaient été réquisitionnés pour encadrer la Foire internationale de Lyon. Dans les villages, il ne restait plus grand monde pour s'enquérir des caprices d'une adolescente fragile.

À Lagnieu qui les interroge sur leurs motivations à remuer cette vieille histoire, sœur Placide et Edgar répondent se livrer, à la demande de la commission du travail, à une étude sur le devenir des anciennes pensionnaires des Soieries.

Lorsque ses étranges visiteurs remontent à la lumière du jour, l'imposant charcutier les accompagne. Il insiste pour leur offrir un saucisson. Sœur Placide refuse poliment, mais Edgar ne se fait pas prier.

— Pour vous être posé la question, à propos de Jeanne… précise le charcutier en tendant ce qu'il fait de mieux.

Edgar lui sourit, malgré lui, en saisissant le cadeau.

— Elle devait être jolie, votre fille, murmure le divisionnaire. J'imagine que vous n'avez pas de photographie d'elle…

— Non, hélas. Nous n'en avions pas les moyens. Par contre, si vous voulez savoir à quoi elle ressemblerait aujourd'hui, c'est facile.

— Ah tiens ! Et pourquoi cela ?

— Il suffit d'aller voir sa sœur, Alberte. Elles se ressemblaient comme deux gouttes d'eau. Jumelles, qu'elles étaient.

Edgar se fige. Sœur Placide, qui a déjà atteint le portillon, se retourne.

— Des jumelles ? La chose est rare !

— Pas chez nous. Dans notre famille, on est tous jumeaux. Ma femme a une sœur jumelle et moi un frère jumeau. Du coup, on a eu d'abord les filles, Jeanne et Alberte. Et puis trois ans plus tard, nos deux garçons. Des jumeaux aussi. Comme de juste, Alberte a eu deux garçons également. Ils ont dix ans.

— C'est incroyable ! lâche Edgar.

Les rouages de son cerveau tournent à nouveau à plein régime.

— Oui, la grand-mère de ma femme a même eu des triplés. On est originaux dans la famille ! Il y a quelques années, des médecins de Lyon sont venus nous étudier, pour essayer de comprendre pourquoi on faisait tout par deux…

Edgar est un peu désolé pour Claude. Le périple dans lequel elle s'est lancée depuis déjà deux jours ne lui servira probablement à rien. Car il paraît désormais probable que les réponses sont ici, tout près de l'usine, en fin de compte : ils ont vraisemblablement identifié l'autre disparue des Soieries, même s'il reste à expliquer comment le bracelet de Léonie a pu se retrouver sur le corps de Jeanne, si tant est que ce soit bien le sien.

Mais surtout, voilà que cette autre disparition croise le chemin d'une famille de jumeaux, un véritable nid ! Pour Edgar, qui a été long à rejoindre Claude dans son intuition, il ne peut s'agir d'une coïncidence. Deux filles volatilisées aux Soieries, des jumeaux inexplicablement décédés, et voici que les deux histoires se croisent ici, chez un monumental charcutier.

Claude n'est de retour à la fabrique que le lendemain au soir. Une légère pluie tombe par intermittence sur le village couleur d'argile.

La jeune femme est éreintée, un peu amaigrie par les repas aléatoires. Elle a fait au plus vite, mais les distances et les pentes sont ce qu'elles sont. Elle a été chanceuse d'être bien accueillie dans tous les services d'état civil qu'elle a sollicités. Elle a pris un plaisir coupable à l'idée d'être en mission, seule. Sans être grimée, sans être chaperonnée, sans avoir à batailler pour chacune des actions entreprises.

Maintenant qu'elle est là, elle a hâte de retrouver ses compagnons.

Elle s'enquiert de l'heure auprès du cocher qui l'aide à décharger le petit coffre en bois qui l'a accompagnée. Il est plus de huit heures du soir. Le dîner des pensionnaires a donc été servi il y a près de deux heures. Sœur Placide a dû y assister, avant d'emmener les filles au dortoir. Il est ensuite d'usage entre eux que, une fois ses ouailles couchées, la religieuse rejoigne Edgar et Claude au dernier étage de la maison bourgeoise pour échanger sur leurs théories. Ce soir, elle ne devrait pas manquer à la règle. Claude aura tout juste le temps d'une toilette rapide avant de les rejoindre.

Elle paye le cocher, laisse le fiacre repartir, et rejoint sa chambre directement.

Un quart d'heure plus tard, elle frappe à la porte des appartements de son mentor. Comme elle le suppose, c'est sœur Placide qui lui ouvre. La religieuse n'a pas l'air fatiguée ni triste. Au contraire, elle semble impatiente de faire entrer la jeune femme. Edgar est là également, assis sur un des fauteuils de velours. Il a meilleure mine que lorsqu'elle l'a laissé.

— Ah ! Mon petit ! Nous sommes bien contents de vous savoir de retour ! Venez, venez, asseyez-vous. Vous faut-il quelque chose à boire ?

— Non, merci, Edgar. Je suis épuisée, mais tout va bien.

— Votre voyage fut long et fastidieux, n'est-ce pas ? s'enquiert sœur Placide.

Claude acquiesce lentement.

— Nous en sommes tellement désolés pour vous, jeune fille, reprend Edgar.

— Vous avez parcouru tout le département, des Dombes au Jura, vous vous êtes cassé le dos dans les trains et les voitures, et tout ça pour rien…

Claude le considère gravement :

— Pourquoi dites-vous cela ? Vous croyez que je rentre bredouille ?

— Eh bien, ma foi, oui.

Claude baisse la tête. Et dans un murmure, elle souffle :

— Seigneur… Comme j'aurais préféré !

## 17

## *Extrapolations*

Dans la maison bourgeoise des Perrin, il existe un bureau qui permet de travailler ou de se réunir en toute discrétion. Ses murs sont tapissés de tissus aussi épais qu'une écorce de pin. Son entrée est condamnée par deux portes closes, formant un sas.

Dans un angle de ce bureau, on trouve un secrétaire en marqueterie Boulle, tout de bois noirci et doré de moulures en laiton. Il est aussi massif qu'un pilier, et surmonté de marbre blanc. La plupart du temps, il est fermé. À l'intérieur, trônent les nouveaux outils que les grandes découvertes ont rendus possibles : un appareil téléphonique et un télégraphe similaire à celui que l'on pourrait trouver aux mines de Bellegarde. Cet engin n'a besoin de personne pour produire le bandeau traduit qu'on lui envoie depuis un autre endroit de la planète.

C'est une bonne chose, car cet après-midi un message surgit du néant. Vu de l'extérieur, le secrétaire tout entier semble vibrer dans le bureau vide, tandis que le télégraphe qui y est dissimulé traduit la correspondance qui lui parvient depuis la mairie d'Hauteville :

*Peut-être sans importance – STOP – Questions ce jour en mairie sur pensionnaire Soieries – STOP – Aurait marié un Hautevillois mais information erronée.*

Face au désarroi de Claude, sœur Placide et Edgar décident de lui laisser la priorité. Sans doute supposent-ils qu'elle se sentira mieux lorsqu'elle aura partagé avec eux le poids de ses découvertes.

Elle prend une grande inspiration, puis se lance.

— Comme vous le savez, j'étais à la recherche de sept jeunes filles, réparties dans le département, entre les Dombes, la région de Bourg et l'Est, vers les montagnes. Pour chacune d'entre elles, j'ai procédé comme vous l'avez fait, sœur Placide : j'ai cherché à retrouver le mari. Parfois ces hommes étaient connus, parfois il m'a fallu me rendre dans les mairies pour les retrouver.

« La première chose que je puis affirmer, c'est que tous ces noms existent. Ces hommes sont réels, et ils vivent, ou ont vécu, car deux d'entre eux sont morts.

« Pour chacun d'eux, je me suis présentée à leur domicile. Parfois ils s'y trouvaient, parfois pas. J'ai dû me rendre à plusieurs reprises chez certains. Lorsque je rencontrais directement l'épouse, je pouvais barrer son nom et passer à la suivante.

Le vieux divisionnaire et la religieuse attendent, patiemment. Ils ont conscience que Claude ne livre pas directement ses conclusions. Mais ils présument, à raison, que c'est sa manière à elle de partager ce qu'elle sait, de la façon la plus tolérable et la plus complète.

— Oh, et puis autant aller au but, décrète-t-elle soudain. Sur les sept pensionnaires, je n'en ai retrouvé que trois. Et l'une de ces trois est décédée. Mais ces trois noms correspondent. Je veux dire, les trois hommes en question ont bien épousé les trois pensionnaires que nous avions identifiées.

— Et que sont devenues les quatre autres ?

— Pour les quatre maris qui restent, c'est une autre histoire : l'un est mort avant d'avoir pu épouser qui que ce soit, et les trois autres ont épousé des filles qui n'ont rien à voir avec nos pensionnaires. Ils assurent n'avoir jamais envoyé la moindre demande aux Soieries.

— Exactement comme dans le cas de Léonie, murmure sœur Placide.

Claude opine de la tête.

— Et naturellement, vous n'avez trouvé aucune trace des filles sur place ? Car elles auraient pu s'y rendre, ne pas se marier, mais y rester tout de même…

— Nul ne les a jamais vues. On n'en a jamais entendu parler. Quant à ces trois hommes, ils me semblent dignes de confiance. Non, j'ai la conviction qu'on a usurpé leur identité pour procéder à ces propositions d'union. Ces quatre-là étaient fausses, selon moi.

— Cela ferait donc cinq, avec Léonie, conclut avec effarement la religieuse.

Edgar prend la parole, et sa voix est encore plus profonde que d'ordinaire :

— Cela ferait beaucoup plus, ma sœur, si l'on considère que l'on a porté nos recherches sur trois années seulement ! Imaginez que la chose se reproduise chaque année depuis : une à deux disparitions par an depuis quinze ans, peut-être plus, cela nous ferait…

Mais Claude a calculé avant lui :

— Au moins trente disparitions. Oui, j'arrive à la même conclusion que vous, Edgar. Mais cette hypothèse me donne le vertige. Je partais pour trouver une seconde disparue, je reviens avec quatre nouveaux mystères, et peut-être huit fois plus.

Chacun se tait.

C'est qu'il faut prendre conscience de ce que c'est : autant de filles introuvables, qu'on n'aurait jamais recherchées, qui se seraient simplement évaporées dans l'indifférence générale. Des orphelines que personne ne connaissait hors des murs de l'usine, qui avaient si peu d'existence propre, si peu d'histoire et d'intimité, passant directement d'un orphelinat à la fabrique, qu'elles pouvaient se retrouver rayées de la surface de la terre sans que personne s'en rende seulement compte.

— Comment le savoir, comment s'en assurer de façon indubitable ? demande sœur Placide. Nous n'allons quand même pas nous promener dans tout le département pendant des mois pour nous présenter chez chaque homme qui a un jour voulu épouser une de nos ouvrières sur les trente dernières années !

— Non, ma sœur. Mais j'ai une autre idée : nous aurons besoin de l'aide de Paul. Il lui faudra retourner aux archives et reprendre les dossiers des pensionnaires. Je suis convaincue que si nous comparons les courriers reçus par ces quatre filles en particulier…

— … les écritures coïncideront !

— Exactement. Nous ne l'avons pas remarqué la semaine dernière, car nous avons lu beaucoup de lettres et de papiers, que nous nous étions partagé les dossiers et que ce n'était pas ce que nous cherchions. Mais si la même personne est derrière ces fausses demandes en mariage, alors cela se verra.

— Et nous pourrons dans ce cas reprendre l'intégralité des dossiers pour identifier tous les courriers qui présentent cette même écriture. C'est brillant, Claude ! s'exclame Edgar.

La jeune femme ne peut s'empêcher d'éprouver une intense fierté à la réaction de son mentor. C'est la première fois qu'il reconnaît ainsi le fruit de sa réflexion, sans raillerie ni tentative d'appropriation. L'espace d'un éclair, l'image de son père s'impose à Claude.

— Et vous, qu'avez-vous découvert en mon absence ?

Sœur Placide laisse Edgar se charger de leur rapport. L'inspecteur confirme d'abord que la jeune Jeanne n'est jamais reparue. Que son cas est intéressant à plus d'un titre. Elle n'était certes pas orpheline, et vivait non loin de là, mais elle avait été témoin de manifestations étranges. Elle s'était sentie épiée, par les murs et les miroirs, à l'instar de beaucoup de pensionnaires qui assurent que les lieux sont hantés.

Surtout, elle faisait partie d'une lignée de grossesses gémellaires. Des parents, une sœur, qui a elle-même accouché de jumeaux.

Claude, qui s'était quelque peu avachie dans le fauteuil face à Edgar au fur et à mesure de son propre récit, se redresse subitement.

— Des jumeaux ? Encore un point commun avec la mort mystérieuse d'Alfred et Constantin ! Croyez-vous qu'ils pourraient avoir un lien avec cette Jeanne Lagnieu ? Voyons, quel âge avait-elle à sa disparition ?

Sœur Placide, jusque-là assise sur le lit, se lève et se met à arpenter le petit appartement. C'est elle qui répond sans hésiter, car elle est déjà passée par ce raisonnement :

— Elle avait dix-sept ans, début 1872, au moment de sa disparition.

— Et nos jumeaux sont nés en décembre 1872.

La jeune femme porte sa main à sa bouche, comme pour réprimer un hoquet.

— Mon Dieu ! Vous pensez que Jeanne pourrait être la mère des jumeaux… Mais cela voudrait dire qu'elle aurait accouché après sa disparition, et donc qu'elle aurait survécu au moins jusque-là…

— Oui, c'est ce que cela impliquerait. Et l'on pourrait faire la même hypothèse s'agissant de Léonie : elle aurait disparu, puis Victorine serait née, qui lui ressemble trait pour trait.

Edgar intervient, pour pondérer l'enthousiasme de sœur Placide :

— Je ne sais pas si la comparaison est possible : si moins d'un an sépare la naissance des jumeaux de la fugue de Jeanne, on compte tout de même deux ans entre le départ de Léonie et la naissance de Victorine…

— Avouez pourtant que c'est étrange ! insiste la religieuse.

Claude pressent qu'ils ont déjà débattu de cette question. Et il est compréhensible que la religieuse s'y accroche : une telle option rendrait possible l'hypothèse de la survie de Léonie. La jeune femme reprend le cours des réflexions :

— Donc, nous aurions d'un côté des femmes qui disparaîtraient, mais qui accoucheraient ensuite. Auraient-elles pu s'éclipser à cause d'un amour interdit ? D'une grossesse impossible qu'on leur aurait reprochée ? Une liaison si grave qu'elles n'auraient pas osé rentrer chez elles une fois enceintes, et qu'elles en seraient venues à abandonner leurs enfants à des orphelinats ?

— C'est envisageable, même si ça n'explique pas les fausses demandes en mariage… Et puis, la chose peut s'entendre pour deux ou trois filles, à quelques années d'intervalle. Mais difficilement pour trente, et sur autant d'années, si tel est le cas, répond Edgar.

— Certes. Il nous faut donc parvenir à estimer combien de jeunes filles sont potentiellement concernées. Sœur Placide, pensez-vous que vous pourriez demander à Paul de se rendre aux archives dès cette semaine ?

La religieuse ne peut réprimer un rictus qui s'apparenterait à un sourire si elle était plus habituée à l'exercice. Elle rétorque :

— Il m'est d'avis qu'il sera bien plus prompt à vous obéir, à vous ! Que vous vous présentiez en homme ou en femme, il a l'air transfiguré en votre présence !

— Il y a autre chose, conclut Claude en feignant de ne pas saisir l'allusion. Si par extraordinaire, comme nous ne l'espérons pas, nous trouvions la preuve indubitable de nombreuses usurpations d'identité, pouvant être rapprochées d'autant de disparitions inexpliquées, alors nous aurons peut-être de quoi prévenir les autorités…

Sœur Placide étudie avec circonspection la proposition. On devine qu'elle n'a qu'une confiance très limitée dans les gendarmes. Quant à Edgar, il semble observer la nuit qui s'est imposée derrière la fenêtre, hypnotisé, énigmatique.

Le lendemain, Claude est contrainte de se grimer à nouveau pour accéder aux bureaux des Soieries.

À la fabrique, c'est ainsi qu'on la connaît, avec ses cheveux plaqués sur son crâne et sa moustache élégante. Un gilet d'homme et une redingote sévère sur son torse plat. Si elle se présentait subitement en tant qu'elle-même, on ne se dirait pas qu'elle était auparavant déguisée en homme. On en déduirait plutôt que l'homme a rasé sa moustache et s'est travesti en femme. Il est curieux de constater que chez les gens, la première vision reste toujours la référence, comme un ancrage automatique de la raison. Ce réflexe doit jouer bien des tours à de nombreuses personnes. Claude en est la preuve vivante.

Elle rejoint l'espace de travail de Paul, qui fait mine d'être occupé. Elle tire une chaise pour s'asseoir près de lui. Elle lui parle tout bas, pour que nul n'entende, mais de sa véritable voix.

— Je suis encore navrée, Paul, d'être contrainte devant vous à cette mascarade. Croyez bien que c'est moi qu'elle humilie avant tout. Mais je n'ai pas d'autre solution pour servir ce en quoi je crois. J'espère que vous me pardonnerez.

Paul, à qui personne n'a jamais demandé de pardonner quoi que ce soit, sent son cœur gonfler comme le ballon des frères Montgolfier. Il aimerait paraître plus réticent à la clémence, mais il en est incapable :

— Ne vous excusez pas, Claude. Je suis heureux de partager votre secret. Pouvoir vous aider donne une raison d'être à ma présence en ce lieu. Et, au fond, je ne suis pas mécontent que vous ne soyez pas un homme !

La jeune femme est touchée par la générosité de ce garçon, un des rares qu'elle ait rencontrés qui ne cherchent pas à tirer profit d'une situation favorable.

Elle lui explicite ce qu'elle souhaite, il comprend

vite. Il pâlit un peu devant la gravité de ce qu'il va peut-être devoir confirmer, et lui assure qu'il se rendra aux archives dès la nuit venue. Il prie pour qu'ils fassent fausse route.

Alors que Claude-homme sort des bureaux pour rejoindre l'entrée principale, elle croise sœur Placide et la salue d'un sourire. Au milieu d'un groupe de petites filles, la religieuse est encore plus massive qu'elle n'est.

— Voici un groupe de nouvelles, présente-t-elle.

Claude observe chacune des six petites filles. Des minuscules, à peine sorties de la première enfance, des plus grandes, comme des asperges qui auraient poussé d'un coup pendant la nuit. Certaines semblent inquiètes, d'autres ont l'air plus braves. Toutes ignorent ce qui les guette en ces murs. Et a fortiori en dehors…

Elle aimerait pouvoir leur dire quelque chose d'encourageant, mais n'y parvient pas. Sa propre mystification tend à prouver que l'horizon qui les attend s'éloignera toujours à mesure qu'elles l'approcheront. Alors elle se contente d'un regard qu'elle veut bienveillant, et d'un signe de tête à destination de sœur Placide, qui reprend sa visite en direction du bâtiment de la Forge.

La journée se passe doucement. Claude suit Edgar qui photographie tout ce qu'il voit. Elle se dit que toute sa fortune va passer dans les fameuses plaques bleues qu'il se fait livrer directement aux Soieries, depuis Pont-d'Ain. Rien n'échappe à son observation : les scènes de déchargement de cocons, derrière le quadrilatère ; les vapeurs de vers bouillis dans lesquelles surnagent les filles du dévidage ; les portraits de chaudronniers à la peau cendrée, qui n'osent pas sourire devant l'objectif ; les groupes de pensionnaires qui posent fièrement devant le buste de César Perrin. Il n'y a guère que les sœurs de Saint-Joseph qui échappent à l'immortalisation, car elles sont par principe opposées à ce que leur image soit figée.

À la fin de la journée, ils sont rejoints devant la chapelle par Olympe, qui a été informée de la présence de curieux inspecteurs du travail férus de photographie. Avec beaucoup d'enthousiasme, elle les invite à venir partager le repas familial le soir même, dans la partie privée de la maison bourgeoise.

Claude frémit à cette idée, et compte sur Edgar pour trouver une excuse valable. Mais elle est contrainte de rester silencieuse et de serrer les poings lorsque ce dernier accepte avec une urbanité qui la tétanise. À quoi pense-t-il ? Ne sait-il pas ce qu'il lui en coûte, à elle, de faire bonne figure devant des étrangers ?

Lorsque Olympe s'est éloignée, la jeune femme laisse exploser sa colère.

— Que vous arrive-t-il, enfin ? Pourquoi avez-vous accepté cette invitation ridicule ?

— Mais voyons, parce que Mme Perrin nous a conviés de bon cœur ! Nous sommes hébergés dans sa maison, il eût été incorrect de refuser !

— Et moi ? Vous y avez pensé ? Au risque que je prends, si je suis démasquée ? C'est une chose de passer en coup de vent dans un atelier d'ouvriers tous occupés. C'en est une autre de rester assise à une table, et d'être dévisagée par des êtres rompus à l'intimidation et à la sournoiserie. C'est bien trop dangereux !

Edgar la considère avec surprise. Il ne nie pas. Elle

comprend alors qu'il n'avait simplement pas vu les choses sous cet angle.

— Mon Dieu, fait-il. Vous avez raison. Pour tout vous dire, j'avais tout simplement oublié… votre situation. Je crois que je ne fais plus vraiment la différence entre votre apparence de femme, ou d'homme. C'est curieux… ajoute-t-il pour lui-même.

Claude est toujours énervée, naturellement. Mais quelque chose d'autre dans ce qu'il a dit l'apaise, comme de la moutarde sur une brûlure. N'être plus ni homme ni femme, pour Edgar. Rien qu'une personne, qu'il voit enfin comme telle, intègre et neutre, sans limites ni obligations. La sensation n'est pas désagréable.

— J'irai seul, tranche-t-il. J'expliquerai que mon collaborateur est souffrant, et qu'il présente ses regrets. Ne vous inquiétez pas.

Claude lui est reconnaissante.

À un point dont il n'a pas idée.

Le soir venu, ils se sont donc séparés, Edgar apprêté pour son dîner, et Claude acceptant la proposition de sœur Placide d'une infusion au réfectoire une fois les pensionnaires endormies. Elles pourront ainsi attendre tranquillement des nouvelles de Paul.

Edgar se présente donc, à sept heures pile, à l'entrée principale de la maison de maître. Un domestique le fait entrer, le débarrasse de son chapeau et de sa veste et le conduit à la salle à manger. L'intérieur en est d'un luxe inouï. De hauts panneaux peints de motifs vert pâle entraînent le regard jusqu'au plafond tout de moulures dorées et de nuages en trompe-l'œil.

Une immense cheminée de marbre blanc est enchâssée dans de longs miroirs aux cadres couverts de feuilles d'or. Un tapis, presque aussi grand qu'un bassin, distille des roses et leurs feuilles en petites touches pastel. Un lustre de cristal porte tant de cierges que leurs flammes semblent retomber en lucioles sur la longue table de merisier.

En parfaite maîtresse de maison, Olympe se précipite vers le divisionnaire. Elle le prend par le bras et lui présente les convives. Debout près de la cheminée, un breuvage ambré entre les doigts, César Perrin est à peine plus expressif que son buste. Il salue de la tête Edgar, qui devine au peu d'empressement du chef de famille que cette invitation n'est pas son idée.

Assise au piano, bien qu'elle n'en joue manifestement pas, Marcelle lève des yeux larmoyants vers l'invité. Elle lui sourit, et Edgar a le sentiment qu'elle fait pourtant tout le contraire. On la présente en tant que femme de Philibert pour partie, et comme mère de Louis pour l'autre, puisqu'elle ne paraît définie que par ces deux statuts.

Debout derrière l'instrument, un jeune homme si maigre qu'il en penche un peu sur le côté se tient adossé aux panneaux dorés. Légèrement arrogant, il arbore une posture désinvolte, les deux mains glissées dans les poches d'un pantalon de toile légère.

— Voici mon petit-fils, Louis, le fils de Philibert et de Marcelle.

Edgar considère le garçon avec curiosité. Quelque chose en lui semble familier. L'aurait-il déjà croisé aux abords de la maison ? Il fouille sa mémoire mais en vain. Dès qu'il tente d'ouvrir une porte, il ne trouve que du vide.

Un homme qui s'approche de lui vient le distraire.

— Je suis Étienne Perrin. Le benjamin de la fratrie. Enchanté, monsieur Roux.

Edgar salue poliment le nouveau venu, qu'il estime plutôt bel homme et très affable, pour autant qu'il puisse en juger. Mais alors qu'il amorce un demi-tour, embarqué par Olympe, il a l'impression fugace qu'Étienne Perrin lui adresse un clin d'œil.

« Ai-je bien vu ? » se demande-t-il tandis qu'il est entraîné vers la grande table. Olympe excuse le retard de son aîné, Philibert, encore sur la route. Elle précise fièrement qu'il était en déplacement depuis deux jours pour négocier un important contrat avec de grands couturiers parisiens. Marcelle lève alors des yeux trop lourds vers les faux nuages du plafond, comme pour les prendre à témoin.

## 18

## *Le passage*

La nuit est tombée depuis longtemps.

Sœur Placide et Claude sont attablées à une table aussi longue qu'un sillon de blé. Leur présence à toutes deux rend l'endroit plus vide encore. La religieuse a fait chauffer de l'eau et y a laissé infuser des fleurs de tilleul qu'elle a fait sécher l'année dernière. Elle remplit de petits verres avec le breuvage fumant.

— À votre avis, ma sœur, comment se passe la soirée d'Edgar chez les Perrin ?

— Oh, je doute qu'elle dure bien longtemps. César est toujours pressé en tout, Philibert occupé ou absent la plupart du temps, et Étienne, l'autre fils d'Olympe, eh bien, je crains qu'il ne soit pas très… sociable.

— Quelle famille attachante ! plaisante Claude.

— Comment était la vôtre ? interroge sœur Placide, sans doute encouragée par la pénombre et l'atmosphère intimiste.

— Riche. Mon père possède une fabrique de meubles, à Aubervilliers. C'est tout près de Paris.

— Et que faites-vous donc ici, dans ce cas ? s'étonne sœur Placide.

Claude comprend que la religieuse n'est pas tant surprise de l'éloignement géographique que du travail de la jeune femme alors qu'elle n'a manifestement pas besoin de gagner sa vie.

— Mon père a eu quatre filles. Je suis la dernière. Pour les trois premières, il a admis son infortune. Ne pas avoir de fils, pour lui, relevait de la punition divine. Il cherche encore ce qu'il a pu commettre d'immoral au cours de sa vie pour avoir été frappé de la sorte. Ma mère… ma mère était souvent malade, affaiblie par ses précédentes grossesses. Mais mon père insistait tant pour avoir un garçon qu'elle a fini par céder. Lorsque je suis née, et qu'on lui a annoncé une quatrième et dernière fille, mon père a tout bonnement fui la maison. Quand il s'est décidé à revenir, le lendemain de ma naissance, ce fut pour trouver ma mère morte des suites de ses couches. Et moi à côté, ultime pied de nez du destin.

— Quelle tristesse… A-t-il été méchant avec vous ?

— Je crois que j'aurais préféré. Mais il avait plutôt du mal à me regarder, à me voir grandir. S'adresser à moi lui coûtait. Il m'a assumée, effectivement, mais par pur devoir. En mûrissant, j'ai vite compris quelle déception j'avais été pour lui. Et j'ai agi de mon mieux, je crois, pour le satisfaire tout de même. Je n'ai jamais eu les cheveux longs, et par chance, je n'ai jamais eu ni de formes trop marquées, ni d'appétence particulière pour les simagrées.

« J'ai tout fait pour lui donner ce qu'il aurait pu attendre d'un garçon. En fait, j'ai tenté d'en devenir un. Je n'avais peur de rien, je me battais à l'école, non sans avoir les meilleures notes de ma classe. J'ai postulé au premier concours des inspecteurs du travail lancé en 1892, car c'était là la seule profession en lien avec l'industrie qui était accessible aux femmes.

« Mais quand il l'a su, il n'a pas apprécié. Il juge notre action délétère pour l'industrie française, et m'a sommée de renoncer pour procéder à un mariage utile en bonne et due forme. J'ai refusé et tenu tête, parce que j'ai supposé que c'était là ce qu'aurait fait un fils courageux. Mais je suis femme, alors il ne me l'a pas pardonné. Aujourd'hui encore, nous sommes brouillés. C'est la raison pour laquelle, lorsqu'on m'a informée de mon affectation dans l'Ain, sous la responsabilité d'Edgar Roux, je n'ai pas hésité.

— Et voilà que pour œuvrer efficacement auprès d'Edgar, il vous faut encore vous travestir en homme… Quelle ironie, ma pauvre Claude !

— Quels sont nos autres choix, sœur Placide ? Car c'est cela, être femme : ne pas avoir le choix. Vous qui connaissez Dieu, comment expliquez-vous le destin qu'Il nous réserve ?

La religieuse sourit.

— Croyez-vous vraiment que les hommes ont plus de choix que nous, au motif qu'on les empêcherait moins ? Pensez-vous vraiment que parce que les voies qui s'ouvrent à eux sont apparemment plus nombreuses, ils en sont plus heureux ou plus forts que nous ? Si votre père avait eu un fils à votre place, ce garçon n'en aurait pas moins été cantonné à une vie, et une seule. Le modèle du père, la reprise de l'entreprise, le mariage d'intérêt avec une femme bien dotée… Non, je crois que Dieu a tracé une voie pour chacun d'entre nous, homme ou femme. Et il est illusoire d'imaginer les uns plus libres que les autres.

— N'aspirez-vous donc jamais à autre chose que cette destinée, ma sœur ?

Le visage de Léonie s'impose aux yeux de sœur

Placide. Mais alors qu'elle s'apprête à donner le change, un long hurlement déchire la nuit.

La religieuse se redresse prestement, moins impressionnée que Claude, qui retient son souffle.

— Cela vient des dortoirs, venez ! ordonne-t-elle en saisissant sa baguette.

Les deux femmes se lancent dans l'escalier et montent au premier : ici, à l'étage de sœur Placide, tout a l'air calme. Elles continuent leur ascension et parviennent au dortoir supérieur. On y détecte une certaine agitation, dans l'espace dévolu à sœur Grimonie.

— Sœur Placide ! Oh mon Dieu, cela recommence !

— Allons, sœur Grimonie, un peu de sang-froid !

Sœur Placide s'engouffre dans le dortoir. L'animation provient du milieu des rangées. Là, une jeune fille, assise dans son lit, sanglote de panique, hoquetant piteusement. Les autres pensionnaires sont agglutinées autour d'elle. Elles tentent de la calmer autant qu'elles se transmettent leur terreur de proche en proche, comme un virus agressif.

— Allons, allons, écartez-vous ! ordonne sœur Placide en s'approchant de la malheureuse. Que se passe-t-il ici ?

Il est bien difficile de comprendre un traître mot de la bouillie morveuse qui sort indistinctement du nez et de la bouche de la fille. Il faut toute la brutalité dont la religieuse est capable pour qu'elle paraisse, l'espace d'une seconde, plus effrayante que ce que la jeune fille a cru voir.

— Cessez ces enfantillages maintenant ! Ou les sanctions tomberont, et sur tout le dortoir encore. Si vous avez quelque chose à dire, dites-le, ou rendormez-vous.

— Il… il y avait une ombre, là-bas. Une ombre très grande, plus haute qu'un homme, finit-elle par articuler en montrant les rangées de lavabos au fond de la salle.

Par réflexe, tous les visages se tournent vers l'endroit, qui apparaît naturellement vide. Dépourvu de portes, d'ouvertures, et d'explication plausible.

— Vous voyez bien que c'est impossible ! Il n'y a rien là-bas. Sœur Grimonie, pouvez-vous aller éclairer l'endroit avec votre lampe, je vous prie, pour que tout le monde puisse le constater ?

Mais sœur Grimonie n'est manifestement plus réceptive. La voilà toute tremblotante, touchée par la même fièvre que celle qui fait rage parmi les pensionnaires. Claude s'anime et recule jusqu'à la chambre-tente de la religieuse. Elle y saisit une des allumettes qui attendent leur heure près de la lampe et enflamme la mèche avant de retourner dans l'allée centrale pour foncer droit jusqu'au fond de la salle.

Elle s'immobilise entre les bacs de céramique, bras levé pour éclairer l'endroit depuis le haut. Elle ressemble à cette statue démesurée offerte aux États-Unis huit ans plus tôt. Chacun peut alors vérifier qu'il n'y a rien ni personne.

— Forcément qu'on ne le voit pas à la lumière, c'est un fantôme ! conteste l'une des filles.

Sœur Placide n'hésite pas. Le fouet de roseau tombe sans prévenir sur le bras nu de l'insolente, qui couine piteusement en se protégeant. L'avertissement est clair : l'endroit est vide, un point c'est tout.

Les deux religieuses remettent tout le monde au lit, alternant menaces et paroles rassurantes. La peur se dissipe aussi, comme la fumée d'un feu éteint, tandis que la fatigue finit par avoir raison des fantasmes.

Pendant que les petites silhouettes blanches se glissent à nouveau sous les couvertures, Claude en profite pour examiner cet endroit humide, reculé, à la lumière chiche. Elle ausculte les murs, couverts de graffitis, les plafonds, et les rebords des lavabos. L'entrelacs de tuyaux dessous. Le carrelage épais.

C'est là, dans l'angle formé par une large trappe d'accès et le sol, qu'elle remarque la poussière blanche.

Une légère traînée, presque imperceptible sur la faïence claire, semble composée de minuscules débris blancs, crayeux. Elle s'accroupit, tend les doigts, les ramène sous la lampe. La poudre ressemble à d'infimes brisures de coquillages nacrés. Elle aurait pu supposer qu'une pensionnaire aurait simplement rapporté cette matière sableuse de dessous ses chaussures. Mais ce qui l'étonne, c'est que la petite traînée au sol forme une courbe nette, parfaite, comme un arc-en-ciel de scories laiteuses.

Sœur Placide raccompagne Claude jusqu'au pied du bâtiment du Ménage. Il est environ une heure du matin.

— Nous n'aurons sans doute pas de nouvelles de Paul avant demain matin. Allez vous coucher, Claude. Bien que nous soyons seules, en principe, passez par l'arrière de la chapelle pour rejoindre la maison bourgeoise. Vous aurez moins de probabilité de croiser qui que ce soit.

— Qu'avez-vous dit à sœur Grimonie me concernant ?

— Que vous étiez une amie du Tissage, une externe.

Claude hésite un peu, avant de s'engager sur le chemin du retour.

— Tout de même, sœur Placide. Je ne suis pas encline à adhérer aux histoires fantastiques, d'ordinaire. Mais toutes ces filles font état d'observations similaires, décrivent des impressions communes, et ce depuis des années, même sans se connaître… Cela ne vous intrigue-t-il pas ?

Sœur Placide considère la lune, au-dessus d'elles, comme si la réponse à l'interrogation de la jeune femme pouvait s'y trouver.

— Savez-vous, Claude, que lorsqu'elles nous arrivent, la plupart de nos pensionnaires sont déjà réglées ? Pas toutes, certes, mais beaucoup…

— Je ne vois pas le rapport, ma sœur.

— Donc, les nouvelles ont chacune leurs propres dates de cycle. Elles se plaignent de leurs maux tout au long du mois. Un quart des petites la première semaine, et les autres quarts les semaines suivantes. Soigneusement réparties selon une règle mathématique normale. Et puis, les mois passant, on observe que leurs rythmes se décalent. Petit à petit, imperceptiblement, un jour de plus pour l'une, un de moins pour l'autre, puis deux jours. Et finalement, au bout d'un an à peu près, on constate que toutes les filles du dortoir se sont synchronisées, et connaissent le même calendrier menstruel, à quelques exceptions près.

— C'est mystérieux, je vous le concède. Mais en quoi cela a-t-il à voir avec ce spectre ?

— Il faut les imaginer réunies pendant tant de temps, toutes ces nuits, le long des journées éreintantes, toutes ces années, toujours en groupes. Elles mangent ensemble, travaillent ensemble, dorment ensemble, jouent ensemble. Elles finissent par former un tout. Et les choses se passent comme si elles se transmettaient entre elles des informations invisibles dont elles n'ont même pas conscience. D'une fille à l'autre, d'une génération à une autre, d'une ancienne à une nouvelle, d'un dortoir à l'autre. Je ne l'explique pas, je le constate.

— Vous voulez dire qu'elles se transmettent aussi la peur de cet esprit ?

— Je veux dire que le fait qu'elles soient plusieurs à dire la même chose, et sur plusieurs années, n'est pas un argument significatif. Elles se relaient cette croyance, dans le temps et dans l'espace. Je ne sais par quel moyen, mais c'est le cas. Elles finissent par le croire, c'est comme une autosuggestion collective. Elles sont convaincues qu'elles voient ces choses, et perpétuent cette conviction. Toutes s'accordent, sans s'en rendre compte, inconsciemment. Et comme par hasard, ces épisodes surviennent le plus souvent lors de l'arrivée de nouvelles.

Claude repense au graffiti qu'elle a observé il y a quelques jours :

*Le fantôme me regarde maintenant, mais c'est à la sortie qu'il m'attrapera*

Est-ce qu'une petite fille perdue et déracinée, qui s'endort tous les soirs devant cette sentence au mur, peut finir par la faire sienne, au point de lui donner une réalité ? La théorie de sœur Placide se tient, après tout.

— Bien. Bonne nuit, ma sœur, chuchote la jeune femme en s'enfonçant dans l'obscurité.

Elle suit le conseil de la religieuse, se glisse derrière la chapelle, atteint l'étang et ses mûriers, longe le bâtiment de l'infirmerie. Là-haut, Paul est probablement en train de prendre la mesure du mystère qu'ils ont débusqué. Elle ne peut le garantir, les archives sont dépourvues de fenêtres. Enfin, elle atteint la porte arrière de la maison bourgeoise, se faufile jusqu'au dernier étage, dans le couloir des invités.

Elle entrouvre la porte de la chambre d'Edgar, et l'aperçoit de dos, profondément endormi. Il a dû rentrer depuis longtemps déjà et se coucher directement. Elle-même n'est pas fâchée de rejoindre enfin son lit. Elle s'allonge tout habillée, et entame une nuit trop courte, peuplée de rêves incongrus où des troupeaux entiers de filles arborent toutes le même faciès en forme de croissant de lune.

— Vous dites que le fantôme s'est manifesté hier au soir ? Pendant que je dormais !

— Ce que je dis, Edgar, c'est qu'il y a eu un incident, et qu'une jeune fille a cru voir une ombre près des lavabos.

— Il me faut aller sur place.

— Il n'y a rien, je vous assure. J'ai moi-même examiné les lieux.

— Je veux m'y rendre avec l'appareil photographique. Qui sait s'il ne reste pas dans l'air quelque matérialisation de sa présence !

Claude abandonne. Edgar a déjà saisi son attirail, chaussé ses lunettes sur son nez en forme de bouchon de champagne, lustré sa longue barbe blanche, et enfoncé son haut-de-forme sur ses cheveux d'argent. Il se lance dans le couloir. La jeune femme part à sa suite.

Il est déjà plus de neuf heures. Tous les ouvriers, externes et pensionnaires, sont à l'ouvrage. Les ateliers du Tissage vrombissent sous l'effet des claquements incessants des métiers, qui résonnent depuis la face cachée des murs. Le haut bâtiment de la Filature fume par ses toits, laissant s'échapper un peu de son atmosphère putride. Celui du Ménage est en principe vide, maintenant que les pensionnaires ont terminé leur pause de la matinée.

Edgar et Claude-homme y pénètrent et partent à la recherche de sœur Placide. Ils la dénichent au réfectoire.

— Ah ! Ma sœur ! Claude m'a raconté l'événement dont vous avez été témoin cette nuit.

— Mon pauvre Edgar, je crains que votre imagination fertile ne vous égare…

— S'il vous plaît, sœur Placide. Emmenez-moi dans ce dortoir, et laissez-moi juste prendre quelques photographies de l'endroit !

La religieuse sourit. Elle aime bien Edgar. Elle trouve touchant qu'un homme de son âge et de son érudition se passionne pour des enfantillages.

— Eh bien, soit, suivez-moi !

Quelques minutes plus tard, les voilà dans le dortoir de sœur Grimonie. L'atmosphère y est encore ensuquée, chargée de toutes ces respirations lourdes, profondes, organiques. Il règne une légère odeur d'échalote, reconnaît Claude. C'est douceâtre, familier, et pas si désagréable que cela.

Edgar rejoint directement les lavabos, tout au fond, et fait volte-face.

— Est-ce là ? C'est ici que ça s'est passé ?

Sœur Placide acquiesce distraitement, en même temps qu'elle rajuste quelques couvertures mal pliées.

Edgar est très excité. Il recule dans l'allée centrale,

dispose le trépied, la boîte photographique, puis la plaque. Avant de procéder, il retourne aux lavabos.

— Claude, venez ici. Alors, dites-moi, tout est-il exactement comme cette nuit ?

La jeune femme le rejoint. Elle avise les savons, les graffitis, le plafond.

— Eh bien, oui, il me semble…

Elle baisse les yeux vers la trappe murale, vissée par de gros écrous. Au sol, la traînée de poussière a disparu, sans doute dispersée par les piétinements de la matinée.

— Il y avait de la poudre blanche, juste ici, devant cette plaque.

— Comment cela ?

La jeune femme se baisse.

— Là. Une traînée blanchâtre, de petits débris calcaires. Ce qui était étrange, c'est qu'elle formait un arc de cercle parfait, depuis l'angle du mur.

Edgar scrute l'endroit, comme s'il attendait que la trace apparaisse.

— Un arc de cercle, dites-vous ?

Péniblement, il se met à genoux et ausculte l'endroit. Frotte le carrelage de la main, tire un peu sur les tuyaux alignés sous les lavabos, le long des murets qui portent la robinetterie. Il cible les vannes, à chaque angle rond des tubes métalliques. Puis s'intéresse à la plaque vissée.

Sœur Placide, intriguée par leur manège, les rejoint.

— Que faites-vous par terre, Edgar ?

— Je cherche, ma sœur, je cherche…

Quelques minutes passent encore, avant qu'Edgar ne relève la tête vers les deux femmes.

— Des traces en arc de cercle, cela ressemble à l'empreinte que laisserait le raclement d'une porte sur le sol, vous ne pensez pas ? Mais à part cette plaque au mur, et elle est vissée sur tout son périmètre, je ne vois rien là qui pourrait s'écarter en angle droit…

Claude sourit. L'ingénieur en lui a pris le pas sur le photographe.

Voilà qu'il compte les poignées maintenant. Puis se gratte la barbe, au risque de provoquer des nœuds indémêlables :

— Je ne comprends pas, il y a trop de vannes.

— Comment ça, trop de vannes ?

— Eh bien oui, celle de l'arrivée principale, ici, de l'évacuation, là. On devrait n'en avoir que deux sur cette rangée. Or, on en a trois, avec cette petite, là-derrière. Je ne vois pas pourquoi. D'ailleurs, regardez de l'autre côté de l'allée, c'est parfaitement symétrique, et il n'y a que deux systèmes de coupure.

— Et alors ? interroge Claude avec perplexité, en se demandant si elle doit à nouveau s'inquiéter pour la santé mentale de son mentor.

Le vieil homme ne répond pas. Il tourne la première vanne, attend un peu. Puis la deuxième. C'est à la troisième que l'impensable se produit. Claude sent sous ses pieds comme un léger soubresaut, bien que l'on n'entende rien. Puis elle observe avec effarement la plaque vissée se décoller du mur, en un seul bloc. Le panneau s'ouvre lentement sous la vasque, s'écarte tout seul, silencieusement, manifestement gondé sur le côté droit.

Puis il s'immobilise, une fois parvenu à quatre-vingt-dix degrés d'ouverture exactement.

Pour Claude, Edgar et sœur Placide, la stupeur est telle que, malgré le silence, aucun des trois ne prend conscience qu'une sirène retentit, au loin.

## 19

## *Dans les murs*

Sœur Placide ouvre des yeux ronds.

Claude n'ose pas bouger.

Il n'y a guère qu'Edgar qui se contorsionne pour passer la tête dans le conduit sombre.

— Ça continue là-dedans, mais je ne vois pas à quel point…

Claude émerge de sa torpeur.

— Écartez-vous, Edgar. Ne le prenez pas mal, mais je suis plus souple que vous. Ma sœur, pouvez-vous m'apporter la lampe de sœur Grimonie ?

Quelques minutes plus tard, Claude s'agenouille devant le carré obscur ouvert dans le mur nord comme une déchirure dans la réalité. Heureusement qu'elle est en pantalon ! Elle se retrouve à quatre pattes, lampe devant elle. Elle la pousse, rampe, et recommence. Assez rapidement, à peine un mètre plus loin, elle constate que la lumière auparavant contrainte se libère et monte : le passage cubique donne sur un espace plus haut. La jeune femme continue, se redresse. Elle tient debout. Elle s'époussette, lève la lampe, et regarde autour d'elle.

Elle se trouve dans une sorte de tunnel, fermé à

droite, mais qui se prolonge à gauche. On dirait qu'il longe le dortoir sur toute sa longueur, comme un couloir opaque. Opaque, mais pas aveugle. Sur son côté gauche, des entrées de lumière l'éclairent légèrement, régulièrement, tous les deux ou trois mètres environ. Au pied du mur, une autre vanne, semblable à celle actionnée par Edgar.

— Claude, ça va ?

— Oui, il y a comme un couloir, ici, derrière le mur. Je vais avancer dedans, pour voir où il mène.

— Soyez prudente, n'allez pas trop loin !

Claude a la bouche sèche. Elle progresse lentement, lumière levée devant elle. Elle parvient à la première source de clarté sur sa gauche. C'est une sorte de petite fenêtre, à hauteur de visage. De l'autre côté de cette ouverture, on distingue, bien qu'un peu assombri, le dortoir, et en particulier l'alignement des lits sous les fenêtres de l'autre côté de la salle.

Elle s'avance encore, et trouve la deuxième lucarne un peu plus loin, donnant aussi sur l'intérieur du dortoir. Alors elle comprend : les miroirs ! Alignés au-dessus des lits, ils sont glaces d'un côté et fenêtres de l'autre. Comment cela est-il possible ?

Elle continue, tout est silencieux. L'endroit n'a pas l'air très sale. Il n'y a pas de toiles d'araignée. Les vitres des petits hublots sont plutôt propres. Ce passage n'est pas abandonné, il est utilisé.

Parvenue au bout, à l'équivalent de l'entrée du dortoir, non loin de la chambre de rideaux de sœur Grimonie, la galerie se clôture sur un trou rond au sol. Elle se penche au-dessus : une échelle disparaît jusqu'à un niveau inférieur. Claude pose la lampe et, précautionneusement, se retourne pour agripper les barreaux en fer de l'échelle. Elle saisit la lumière, et descend jusqu'à l'exacte réplique du tunnel qu'elle vient de parcourir.

— Ça alors, souffle-t-elle pour elle-même.

Elle s'engage dans ce nouveau couloir, qui doit, celui-là, longer le dortoir de sœur Placide. Là encore, de petites fenêtres donnent sur des miroirs de l'autre côté. Elle parvient rapidement à son terme. Au-dessus du sol, une ouverture carrée tel un passage, exactement semblable à celui de l'étage supérieur, et une vanne. Elle s'agenouille, l'actionne. La trappe s'ouvre aussi lentement que silencieusement. Claude s'y glisse, et la voilà entre les rangées de lavabos du dortoir. Elle ne sort pas, retourne dans le couloir, referme la trappe et rebrousse chemin jusqu'aux échelles. La fosse aux barreaux plonge encore.

Elle hésite. Si elle continue la descente, elle perdra tout contact avec Edgar et la religieuse. Il serait plus raisonnable de remonter, et de revenir avec un fil d'Ariane. Elle balaye l'idée. Il aurait tôt fait de se prendre dans un barreau ou de se rompre.

Elle prend une grande inspiration, et son courage à deux mains. Elle a une lampe avec elle, après tout. Elle en saisit la fine poignée entre ses dents, et disparaît dans le boyau vertical.

— Edgar ! Regardez !

Le divisionnaire rejoint sœur Placide dans l'allée, entre les lits alignés. Elle lui indique du doigt les miroirs, au-dessus des matelas des murs nord. Il a l'impression de voir passer quelque chose dans l'un d'entre eux, puis subitement, plus rien. La glace lui renvoie à nouveau son reflet.

— Là !

Il se précipite sur le miroir suivant. Il y distingue vaguement un profil qui n'est pas le sien, qui le traverse de droite à gauche, éclairé sur son relief comme la lune de trois quarts. Puis à nouveau, son reflet à lui. Il pourrait tout aussi bien croire à une hallucination, s'il ne savait que c'est Claude que l'on aperçoit par moments derrière ces miroirs.

— Quel est ce prodige ?

— J'ai déjà entendu parler de cette technique, de ces glaces étranges, mais je n'en avais jamais vu de mes propres yeux, explique-t-il. Ce sont des miroirs semi-réfléchissants. Une lame séparatrice d'origine métallique est déposée sur la vitre. Elle divise le flux lumineux en deux : l'un est réfléchi, donnant lieu à l'effet miroir, et l'autre traverse, ce qui permet de voir depuis l'autre côté. Et tant que l'autre côté est plongé dans la pénombre, d'ici, on ne peut voir que le reflet dans le miroir. Nous avons aperçu Claude de l'autre côté parce qu'elle est éclairée par sa lampe.

— Croyez-vous que ce phénomène pourrait avoir un rapport avec les reflets que les pensionnaires croient voir furtivement dans les miroirs, la nuit ?

— C'est tout à fait possible. Il faudrait pour cela que quelqu'un, de l'autre côté, se retrouve éclairé, pour qu'on le distingue depuis l'intérieur du dortoir.

— Pourtant, quelqu'un qui chercherait à dissimuler sa présence n'aurait aucun intérêt à brandir une lumière !

C'est juste. Edgar tourne sur lui-même, balaye la grande salle du regard.

— Les fenêtres. Regardez, elles sont juste en face des miroirs, de l'autre côté. Imaginez qu'un rayon de lune bien claire parvienne à traverser le miroir et frappe un visage de l'autre côté : si l'on se trouve dans le bon angle de réflexion, on a alors le sentiment d'un visage apparaissant dans la glace. Ce visage peut même se refléter encore dans la vitre des fenêtres !

Sœur Placide acquiesce, songeuse. Le voilà donc, le fantôme des dortoirs, l'esprit de la fabrique. Un simple voyeur, qui utilise de vieux couloirs dissimulés dans les murs et des stratagèmes d'illusionniste pour observer les filles à sa guise. La trappe pouvant même lui permettre, s'il le souhaite, de les rejoindre physiquement pour s'en approcher, puis de disparaître sans laisser de trace.

La religieuse repense à la nuit précédente, à cette ombre que la pensionnaire de sœur Grimonie dit avoir aperçue derrière les lavabos…

— Il était là !

— Comment ?

— La nuit dernière, le voyeur était là. C'est lui que la petite aura entrevu. Mais les filles sont tellement persuadées qu'il existe un esprit que personne n'envisage une autre explication ! Finalement, je ne sais ce qui est le plus effrayant, entre les apparitions d'un spectre ou les déambulations d'un pervers…

— Ma sœur, auriez-vous la moindre idée de l'identité de ce visiteur nocturne ?

Sœur Placide ne répond pas. Elle repense à cette journée au château de Varey, il y a mille ans. À cet incident, dans la clairière, où un homme pourtant bien doté par la providence n'a pu s'empêcher de tenter d'embrasser une enfant. La mère supérieure l'avait bien mise en garde : « C'est un garçon étrange, aux mœurs suspectes. Il faut que nous restions vigilantes. »

Sœur Placide soupire. Elle se sent immensément lasse, désabusée. La concupiscence et la luxure sont-elles donc des malédictions auxquelles nul ne peut échapper, jamais ? Même ici, entre les vapeurs de cocons bouillis et les Vierge Marie suspendues à chaque angle de plafond ? N'y a-t-il donc aucun espace en ce monde qui échappe à la dépravation et aux turpitudes de la chair ?

— Ma sœur ! Ma sœur !

Grimonie vient d'entrer en trombe dans le dortoir, dans une gerbe de toiles noires et blanches. Edgar et la religieuse se retournent en même temps.

— Sœur Placide, un grand malheur est survenu !

— Quoi donc ?

— L'infirmerie est en feu !

Ploc.

Ploc.

Ploc.

Au loin, quelque part, une goutte perpétuelle marque les secondes égrenées avec la régularité d'un métronome géant. On ne saurait vraiment dire où elle se situe. Quelque part, au fond d'une galerie, ou d'une autre. Peu importe, d'ailleurs ; ici, les sons résonnent sans contrainte, et pourraient venir de n'importe où : des entrailles de la terre comme de l'autre bout du monde.

Partout, sous l'effet de quelques lampes à huile disposées tous les dix mètres environ, les concrétions calcaires luisent comme si elles étaient couvertes de graisse, et non d'eau claire. Stalactites et stalagmites tentent de se rejoindre, comme les doigts d'amants contrariés et retenus trop loin l'un de l'autre. On peut supposer qu'elles y parviendront, dans quelques milliers d'années.

Dans ce monde minéral, tout de roches ocre et pourpres, nulle trace naturelle de la vie : pas de plantes, d'insectes, de vent, de terre ou de ciel. Seules les lueurs vacillantes comme autant de balises régulières trahissent la présence de l'homme. Elles se reflètent partout : dans les vasques striées, si translucides qu'on pourrait les croire vides ; sur les plafonds suintants et les cierges géants ; dans cette goutte qui perle, et qui finit par tomber pour mourir éclatée sur une enclume de calcaire, avant de renaître et de revivre éternellement le même destin. En ces lieux, elle est la seule mesure du temps qui passe.

Pourtant, quelque part, plus loin, une porte claque. L'écho se répercute partout, encore et encore. La vibration fait frémir la surface des mares imperturbables.

De l'autre côté de cette porte en bois, qui vient de se refermer sur ses occupants, l'homme au visage grêlé prend tout son temps. Il a d'ailleurs toujours la main posée sur la poignée intérieure. De l'autre, dans un geste théâtral, il lève une lourde clé et, avec une lenteur exagérée, la glisse dans la serrure. La tourne, puis ferme la petite pièce à double tour avant de laisser tomber la clé au fond d'une poche de gilet.

Cet espace est le sien. Un espace sur la terre, ou plutôt en dessous en l'occurrence, qui lui appartient entièrement et pour le temps qu'il voudra.

Il commence par faire le tour du propriétaire, d'un regard circulaire. Une petite table, avec une chaise sur laquelle deux châles jetés négligemment suggèrent une fraîcheur permanente. Sur le plateau, un broc d'eau en fer-blanc et une bassine en porcelaine. Un peu plus loin, une bougie à la flamme incertaine éclaire une table de chevet, sur laquelle reposent une brosse à cheveux et un miroir de nacre. À côté, un lit qui semble anormalement confortable compte tenu du caractère spartiate du reste. Il est assurément le havre de cet endroit. Enfin, dans le dernier angle, posé à même le sol en terre battue, un seau, propre pour l'instant.

Et au milieu de la chambre de fortune, assise sur le lit, une femme. Elle a les traits tirés, sous des cheveux blonds attachés dans le cou. Un nez fin et retroussé, des yeux bleu nuit, et une bouche légèrement proéminente. Quelques rides au coin des yeux.

L'homme aux traits contrariés l'observe avec intensité. À moins que cet effet ne résulte de la lumière de la bougie qui, l'éclairant par-dessous, donne aux reliefs disgracieux de sa face des profondeurs exagérées et à ses yeux, une lueur mauvaise.

Il a découvert cette fille lorsqu'on lui a demandé de venir récupérer la gourmette en or qu'elle portait au poignet. La lui retirer ne fut pas une mince affaire : la pauvre a beaucoup lutté pour tenter de conserver son bracelet, serrant les poings, joignant les mains derrière le dos, griffant, mordant, se débattant avec rage malgré son état.

Il a apprécié une telle fougue, elle est inhabituelle, surtout chez une femme de son âge. D'ordinaire, il les préfère plus jeunes, et plus jolies, mais cette fois, il fera une exception. Un peu comme on peut apprécier un simple ragoût après des années de homard.

— Comment te nommes-tu ?

La question est rhétorique, car il sait comment elle s'appelle : le prénom était gravé sur le bracelet.

Il souhaite simplement établir le contact. Mais elle ne répond pas.

— Allons, tu sais comment cela se finira. Sois raisonnable, tu as tout intérêt à être gentille. C'est pour toi que je pose la question. C'est dans ton intérêt, tu sais, pour te faciliter la chose… ajoute-t-il d'une voix onctueuse.

Mais la fille reste immobile, fermée, yeux braqués devant elle. Elle ne le regarde même pas.

Tout d'un coup, le visage de l'homme change, et un rictus haineux déforme ses traits un peu plus.

— Enlève ta robe, petite garce, souffle-t-il.

La femme soupire, blasée, comme si elle avait affaire à un importun qui ignorerait qu'il est le dixième à agir comme il le fait. Mais elle s'exécute, délace le gilet de laine noué sur le devant de la robe de toile. Écarte les manches, dévoile de fines épaules d'albâtre. Des seins lourds, gonflés. Malgré la pénombre relative, l'homme distingue de légères veinules sur la poitrine, et la vue de ce réseau vital provoque immédiatement son érection.

Parce qu'elle ne le regarde toujours pas pendant qu'elle finit de se dévêtir, elle ne peut qu'entendre la ceinture glisser dans les passants du pantalon, et les boutons se défaire, lentement, un à un. Puis le tissu serré tomber au sol dans un bruissement léger.

— Mets-toi à quatre pattes, comme une petite chienne.

La fille obéit. Mais elle a du mal à descendre du lit. D'une main, elle s'y retient pour amortir l'effet de la gravité, et de l'autre, elle porte son gros ventre distendu, comme s'il pouvait se décrocher du reste de son buste. Elle se laisse doucement glisser au sol, sur les genoux, puis bascule sur le côté, rampe un peu, et finit par se retrouver dans la position demandée. Son ventre hypertrophié pend sous elle, et son nombril proéminent touche presque le sol. Ses seins sont étirés en forme de poire, et ballottent comme des outres remplies d'eau.

L'homme saisit un des châles, le jette sur la terre, derrière la fille. Il ne veut pas se blesser. Il se place avec douceur, à genoux derrière elle. Le premier contact de la main de l'homme sur un sein pendouillant est probablement celui qui restera le plus brûlant, même s'il ne sera pas le plus douloureux. La femme le sait déjà.

Au début, elle fermait les yeux. Avant de comprendre qu'elle gagnait à se focaliser sur un point de l'espace, un objet, un relief quelconque. Alors c'est ce qu'elle fait, mobilisant ce qui lui reste de résilience sur la brosse à cheveux. Elle se concentre sur le manche, les pics, les cheveux fins restés prisonniers de l'objet. Lorsque la douleur fulgure en travers de son corps, lui donnant le sentiment de la couper en deux dans le sens de la longueur, elle en est à tenter de compter les cheveux, un à un.

Cela lui prend du temps de les démêler en esprit. Elle suit parfois de mauvaises voies et revient en arrière, comme dans un labyrinthe géant. Mais l'état méditatif dans lequel cette observation la plonge la sauve probablement. La souffrance est là, derrière, ailleurs. Elle ne l'ignore pas, mais elle la tient à distance de son esprit, resté à l'abri des poils de la brosse.

Pendant ce temps qui s'étire, l'homme aligne les coups avec une régularité de métronome, en grognant et vociférant d'incompréhensibles insultes. Puis finalement, il accélère. Elle sait que la fin est proche, et cette perspective la tire de sa contemplation hypnotique. Elle essaye de toutes ses forces de rester au creux des poils de la brosse, mais n'y parvient plus. Elle est ramenée malgré elle ici et maintenant, comme on tombe d'un rêve.

Les dernières secondes sont hurlantes pour elle, délectables pour lui, jusqu'au râle obscène qui les délivre tous deux.

Quelques minutes plus tard, il est rhabillé, non sans avoir aspergé son visage ingrat avec un peu d'eau. Il a repris ses esprits, la mesure de sa respiration, et se sent beaucoup plus calme, et serein. La fille est maintenant couchée au sol en chien de fusil, et sanglote doucement.

Il extirpe la clé de son gilet, rouvre la porte, puis sort, sans un regard pour sa victime. De l'autre côté, après avoir verrouillé, il laisse la clé dans la serrure, comme le veut la règle. Le hasard veut qu'au même moment, un autre homme soit également en train de fermer une autre chambre derrière lui, une dizaine de mètres plus loin.

L'homme, un garçon élégant et bien mis, dont on n'imagine pas une seconde ce qu'il a pu faire quelques minutes plus tôt, l'interpelle :

— Eh ! Berthelier ! Alors, aujourd'hui était un coup inutile apparemment ! lance-t-il d'un ton joyeux avec un coup de tête en direction de la porte que vient de refermer l'homme au visage de biscuit.

— Un coup inutile, il est vrai, confirme ce dernier, mais un bien bon coup, ma foi ! Comment allez-vous, Perrin ?

Les deux hommes se rejoignent et se saluent fraternellement, échangeant quelques amabilités.

— Je me suis laissé dire que les inspecteurs du travail étaient toujours dans vos murs ?

— Plus pour longtemps, confirme le fils Perrin. Ils repartent aujourd'hui même, en principe.

— Doit-on craindre quelque chose d'Edgar Roux ? insiste Berthelier.

— La logique voudrait que non. Lorsque je l'ai croisé un soir, il y a peu, il a pris garde de faire comme si nous ne nous connaissions pas…

— Peut-être vous a-t-il vraiment oublié ! Cela fait si longtemps… Et le bruit court qu'il n'est plus le même depuis le départ de sa femme. On le dit incapable et impotent, quasiment sénile.

— Eh bien, dans ce cas, toutes les configurations nous sont favorables : soit il se souvient, et il tiendra sa langue ; soit il a oublié, et c'est qu'il est dans un tel état que nous n'avons rien à craindre de lui.

— Pourtant, il semblerait que certaines questions pertinentes soient parvenues jusqu'à la mairie d'Hauteville…

— C'était l'œuvre d'un comptable trop curieux. Mais nous nous sommes occupés de lui. Et ce qu'il cherchait a été détruit. Il n'y a plus aucune trace.

— Hum… Tout de même, ne faudrait-il pas envisager d'écarter Roux désormais ?

— Vous plaisantez ! Vous préféreriez qu'on nous envoie un véritable divisionnaire, un de ces idéologues utopistes qui rêvent de changer le monde ? Non non, un vieillard gâteux, affublé d'une équipe de novices, cela nous convient très bien. Je crois même qu'il y a une femme dans le lot.

— Alors, effectivement, nous avons encore quelques beaux jours devant nous ! plaisante le moins beau des deux.

Puis ils repartent ensemble, à pas tranquilles, en direction de la goutte d'eau, qui, imperturbable, n'a jamais cessé son décompte inutile.

Ploc.

Ploc.

Ploc.

## 20

## *De la poussière à la poussière*

Lorsque sœur Placide avait été informée de l'incendie de l'infirmerie, elle était immédiatement partie à la suite de sœur Grimonie, laissant Edgar seul dans le dortoir pour attendre le retour de Claude.

Le divisionnaire était donc resté là, inquiet et impatient, inconfortablement assis auprès des lavabos. L'attente avait été interminable. Il avait même fini par s'assoupir, laissant son esprit vagabonder dans une ouate semi-comateuse qui l'avait rendu lourd, engourdi et confus. À un moment, il s'était même demandé ce qu'il faisait là, acculé à un mur de plâtre terni dans cette galerie longue et équipée comme un hôpital militaire.

Jusqu'à ce que la jeune femme finisse par réapparaître, terreuse et décoiffée. Mais pas par le passage secret, comme on pouvait s'y attendre. Il l'avait d'abord entendue quelque part dans la grande montée d'escalier du bâtiment, puis vue pénétrer dans l'immense salle par son entrée principale.

Exaltée par leur découverte, elle lui avait alors expliqué son parcours, tout le long du premier dortoir, puis du deuxième. Elle supposait que tous les étages comprenaient le même dispositif astucieux permettant de voir sans être vu, et de circuler horizontalement et verticalement dans tout le bâtiment.

Puis un boyau vertical descendait jusqu'aux fondations de l'immeuble, et débouchait sur un nouveau tunnel horizontal, en pleine terre celui-ci, et bien plus long. Elle l'avait suivi jusqu'au bout et avait fini par déboucher à l'air libre, en rase campagne, sous un talus surplombant la rivière. L'issue était dissimulée sous des branchages enchevêtrés, qu'elle avait pris soin de replacer avant de retrouver le chemin des Soieries. Elle avait pu se repérer grâce aux fumées qui s'élevaient dans le ciel, et à la grande cheminée qui se voyait de suffisamment loin pour retrouver la route de l'usine. Enfin, elle s'était glissée dans une déchirure de l'enceinte, dissimulée derrière la chapelle.

Elle avait déduit que le terrain où aboutissait ce tunnel était encore la propriété des Perrin, et qu'il devait être inconnu de tous hormis de celui qui l'empruntait de temps en temps. Car les lieux ne lui semblaient pas abandonnés.

Ensuite, Claude s'était négligemment enquise de ce qu'il était advenu de sœur Placide. Avait-elle dû reprendre son service ? Où était-elle ? Ce n'était qu'à ce moment-là qu'Edgar s'était subitement rappelé : l'infirmerie était en flammes !

Furieuse, Claude s'était précipitée hors de la pièce. Comment avait-il pu oublier une information aussi grave ? Pourquoi ne l'avait-il pas emmenée sur-le-champ jusqu'au lieu du drame ? Elle avait couru jusqu'à l'infirmerie, suivie par le vieux divisionnaire penaud, son attirail photographique dans les bras. Comment avait-il pu omettre cet événement ? Que lui arrivait-il ?

Ils avaient retrouvé la religieuse au pied du bâtiment,

au milieu des autres sœurs, de plusieurs pensionnaires et des ouvriers du quadrilatère, qui avaient formé une chaîne humaine depuis le puits de la forge pour amener des seaux jusqu'au foyer des flammes.

Vus de l'extérieur, les murs ne semblaient pas si atteints que ça. Seuls des doigts de suie, entre le toit et la pierre, et la vapeur qui filait encore depuis les fenêtres de l'apothicairerie trahissaient la présence du feu.

Claude avait immédiatement demandé des nouvelles de Paul à sœur Placide. Mais la religieuse, la voix nouée par l'angoisse, avait simplement baissé les yeux. Tous trois avaient donc attendu, au pied du bâtiment blessé, d'avoir enfin des informations fiables.

Elles étaient arrivées avant midi, et n'étaient pas bonnes.

Le feu avait probablement pris dans les archives à la fin de la nuit. Sans doute à cause d'une lampe à huile renversée. La salle étant remplie de papiers, cartons et meubles en bois, tout avait dû s'embraser en un rien de temps. La pièce était aveugle, et l'immeuble vide à cette heure-là, aussi le feu avait-il pu se développer tranquillement et faire rage, sans être vu de l'extérieur. Il était ensuite remonté le long de l'escalier principal pour dévaster la grande pharmacie où, quelques jours plus tôt, un cadavre squelettique avait relancé l'affaire.

Ce n'était donc que fort tard, à l'arrivée de l'infirmière, que l'alerte avait été donnée. La sirène avait retenti et les hommes s'étaient rués sur les seaux. Nombre d'entre eux avaient encore en mémoire le grand incendie des ateliers, en 1888, qui avait ravagé les tissages en moins d'une nuit. Ils en avaient gardé les réflexes autant que la cicatrice.

Mais malgré une action aussi efficace que possible pour circonscrire, puis éteindre les flammes, le pire était arrivé : un corps calciné avait été extrait des décombres du second étage, là où l'incendie était né. Parce qu'il manquait à l'appel du matin, on fit vite le rapprochement avec Paul, dont nul n'ignorait l'incident dont il s'était rendu responsable quelques jours plus tôt, exactement au même endroit.

On supposa donc qu'il était retourné aux archives, comme souvent ces derniers temps, qu'il s'y était endormi, peut-être en état d'ébriété. Que ce faisant, il avait renversé la lampe. Après tout, Mercier l'avait déjà trouvé avachi sur un tas de papiers, et avait pu témoigner de sa maladresse comme de son goût pour la bouteille.

À cette annonce, sœur Placide s'était effondrée, là, sur le gravier sec et pointu, au milieu des siennes, comme si le fil invisible qui la faisait se tenir droite avait été brutalement sectionné. Claude, ravagée par la culpabilité, était restée à l'écart, sombre, retenue par les épaules par Edgar, comme s'il voulait l'empêcher de se précipiter dans les flammes résiduelles.

Pendant quelques heures, plus rien n'eut de sens. Ni la découverte des passages clandestins derrière les miroirs, ni la disparition de Léonie, ni les potentielles victimes de fausses propositions de mariage, rien ne fut assez important pour éclipser l'immense tristesse de la perte de Paul. Un garçon simple, gentil, innocent et serviable, dont la mort portait les stigmates de la manipulation.

Car pouvait-on se satisfaire de l'explication officielle ? Naturellement, nul ne pouvait en avancer d'autres, dans le contexte, sans passer pour fou. Il fallait véritablement connaître Paul, sa rigueur et sa délicatesse, pour battre en brèche les accusations d'ébriété et de maladresse. Mais voilà, trop de peu de gens avaient réellement côtoyé le jeune homme.

Sœur Placide avait été prise en charge par l'infirmière, et emmenée se reposer à la maison bourgeoise sur les ordres d'Olympe, arrivée à la rescousse. Quelques heures plus tard, les attroupements s'étaient dispersés, et le travail avait repris.

— Heureusement que le feu n'a pas touché les ateliers ! pouvait-on entendre ici et là.

Les précieuses étoffes, les rouleaux de soie noire, les bobines et les cartes de tissage n'avaient jamais été menacés, et pour tous, c'était là l'essentiel.

Edgar et Claude étaient restés immobiles, sidérés et émus, au pied de cette scène de guerre où Paul était tombé.

Quand Étienne Perrin était venu à eux.

Claude s'était naturellement reculée, malgré son déguisement, pour laisser Edgar en première ligne face à cet homme élégant aux yeux de renard. Elle avait eu le sentiment qu'il était prompt à repérer les filles au jugé, même celles aux traits dissimulés sous une fausse moustache. Et puis, elle n'aimait pas son regard perçant, son aura de certitude, et l'air faussement accablé qu'il avait pris pour parler au divisionnaire.

Le cadet des fils Perrin déplora la perte d'un membre de la famille, car c'était bien là ce que devenaient tous ceux qui consacraient leur vie, et le cas échéant, leur mort, aux Soieries. Dans ces circonstances malheureuses, il espérait qu'Edgar était parvenu au terme de son étude sur les usines. Il lui tardait que l'endroit retrouve sa sérénité et se consacre à nouveau exclusivement à sa production et à l'excellence discrète qui le caractérisait.

Le message était feutré, mais limpide. Edgar, plus bouleversé qu'on aurait pu le croire, s'était rangé à cet avis sans discuter. Il s'était engagé à partir immédiatement après l'office qui serait donné pour Paul, sans doute le lendemain. Étienne Perrin avait longuement soutenu le regard d'Edgar, comme pour le sonder et sceller cet engagement. Avant de rebrousser chemin.

Les deux inspecteurs avaient passé le reste de la journée dans une sourde morosité, à réunir leurs affaires, leurs notes, et prendre les dispositions nécessaires à leur départ. Ils n'échangèrent que très peu, à voix basse, laissant leurs phrases mourir toutes seules, comme emportées malgré elles par une pente trop raide.

Le lendemain matin, l'on avait profité de la messe dominicale pour célébrer Paul, et son tragique destin. Ses parents, prévenus par dépêche, étaient arrivés à la nuit tombée de Bellegarde. C'était à cette occasion qu'Edgar et Claude avaient revu sœur Placide, raide, fermée, et silencieuse. Elle se tenait au premier rang de la chapelle pendant l'office, à côté de sa sœur, inconsolable, et de son beau-frère, qui regardait partout avec frénésie, partout sauf vers le cercueil posé au centre de la nef.

La famille Perrin avait été représentée par Olympe, venue soutenir son amie, et Philibert, le fils aîné. Étienne était parti en déplacement la veille. Quant à César Perrin, il avait été appelé à Paris pour un congrès d'industriels.

Claude avait craint que la religieuse ne nourrisse un lourd ressentiment envers ses équipiers, car elle s'était abstenue de tout contact, même visuel, avec eux. Les inspecteurs avaient suivi de loin la procession qui les avait amenés lentement, sous un soleil radieux, au cimetière des Soieries, au bas d'une colline verdoyante. Ils avaient deviné la mise en terre plus qu'ils n'y avaient assisté, car le groupe en noir était trop dense pour distinguer quoi que ce soit.

Une fois la cérémonie terminée et les derniers participants éparpillés sur les chemins, Edgar et Claude s'étaient approchés de la motte oblongue et boursouflée, sous laquelle reposait le pauvre Paul. Le hasard avait voulu qu'il se retrouve juste à côté d'une autre sépulture toute fraîche celle-là aussi, indûment marquée du nom de Léonie.

Ils avaient alors aperçu sœur Grimonie revenir dans le cimetière clos de murs. Elle leur était apparue fébrile et gênée, et sans un mot leur avait glissé un papier dans la main, sans doute en service commandé, avant de repartir.

Le papier leur donnait rendez-vous pour l'après-midi même, à l'orphelinat de Pont-d'Ain.

— Croyez-vous que sœur Placide nous en veuille beaucoup ? s'inquiète Claude, dont le visage aux traits de statue grecque est à moitié dissimulé par l'ombre des grands arbres.

— Je ne saurais le dire, mon petit. Mais il me semble que nous n'avons pas besoin d'elle pour ressentir une bien amère culpabilité…

— Pourquoi veut-elle nous voir, dans ce cas ?

— Je l'ignore. Mais nous allons bientôt le savoir. La voilà qui arrive…

En effet, la religieuse apparaît entre deux platanes du parc de l'orphelinat de Saint-Vincent-de-Paul.

Un instant, par effet d'optique, on la croirait portée par des colosses mythologiques. Elle s'approche résolument des inspecteurs assis sur un banc.

Claude se lève pour la laisser prendre place, mais d'un geste, sœur Placide décline l'invitation.

— Vous êtes sur le départ ? se contente-t-elle de demander.

— Oui, ma sœur. Après cette entrevue, nous reprendrons le train pour Bourg. Outre le fait qu'il nous est désormais impossible de prolonger notre présence sans attirer l'attention, nous y avons clairement été invités par Étienne Perrin. Cela dit, il est plus que temps que nous reprenions le cours de nos existences…

— Et ensuite ?

La question prend les inspecteurs au dépourvu.

— Que voulez-vous dire ?

— Eh bien, par quel bout entendez-vous poursuivre notre enquête ?

Claude et Edgar se regardent, confus et intrigués.

— Mais, balbutie Claude, nous pensions que… Enfin, nous avions l'impression que…

— Que je vous en voulais ou que je renonçais ? Dieu sait combien je suis en colère, il est vrai. Contre le destin, contre ceux qui nous manipulent, nous épient, cachés derrière des miroirs, contre moi… continue-t-elle plus bas… qui me suis comportée de façon si autoritaire avec mon neveu, alors que lui s'est montré si généreux.

Un voile humide se pose sur le regard fatigué de la religieuse. Sa peau est plus pâle, le grain plus épais, ses cernes plus creusés qu'avant la tragédie. Claude se surprend à se demander de quelle couleur sont les cheveux de la religieuse : sont-ils gris ? L'ont-ils toujours été ?

— Mais je cherchais surtout à garder secrète notre proximité, au cas où nous serions observés. Paul est mort, et nous n'y pouvons plus rien. Jeanne Lagnieu probablement aussi. Et, bien qu'il me coûte de le dire, Léonie également, très vraisemblablement. Mais si nous ne persistons pas dans nos recherches, personne ne leur rendra justice. Et ils seront morts pour rien. Paul, surtout, sera mort pour rien, lui qui nous faisait aveuglément confiance.

Les deux inspecteurs considèrent sœur Placide avec émotion. Claude ravale la boule salée qui lui obstrue la gorge, et reprend :

— Très bien. Alors, que pouvons-nous faire, à ce stade ? Prévenir les autorités ? Nous avons de sérieux doutes sur les conditions dans lesquelles Paul a trouvé la mort. Nous avons ce passage secret, qui amène à l'extérieur du complexe. Nous avons nos disparues…

— Nous n'avons rien du tout, la contredit d'un ton sans appel sœur Placide. Il n'y a plus aucun dossier du personnel, tout est parti en fumée. Non seulement les propositions de mariage ont disparu, mais il est désormais impossible de prouver les noms et les origines des pensionnaires qui ont quitté les usines. Il faudrait pour cela parcourir toutes les mairies du département pour retrouver d'anciennes ouvrières, et tous les orphelinats, pour croiser toutes les informations entre elles. Cela prendrait des mois, et encore, nous ne retrouverions pas tout le monde.

« Nous ne disposons de rien d'autre que de notre intuition et notre amour pour Paul pour affirmer qu'il ne peut être mort du fait de sa propre négligence. Personne ne nous suivra dans de telles spéculations, car je vous rappelle que, dans le pays, la famille Perrin arrive juste après Dieu. Et nous avons face à nous le témoignage du médecin de la commission départementale du travail. Je ne le connais pas comme vous, mais j'ai bien compris qu'il n'était pas de notre côté.

« Quant au passage secret, la belle affaire ! Lorsque nous l'aurons dévoilé, il sera condamné, voilà tout. Personne ne reconnaîtra l'avoir jamais foulé, ou même simplement être au courant de son existence. Tous joueront les étonnés ! Nous ne ferons par là que nous démasquer auprès de ceux que nous cherchons à confondre. Ils seront sur leurs gardes, et nous, impuissants.

La religieuse a déjà réfléchi à tout cela. Plus qu'eux, manifestement. Sa contrition de toute la journée était réelle, mais moins que son désir d'action.

— Soit, admet Claude. Nous nous passerons des autorités pour l'instant. Alors, comment voyez-vous les choses, sœur Placide ?

— Nous avons encore deux pistes, que nous pouvons nous partager. La première est celle de ce passage secret. Je ne crois pas qu'il soit emprunté aléatoirement. C'est principalement à l'arrivée des nouvelles recrues que le prétendu fantôme se manifeste. C'est volontaire. Je crois qu'il vient observer les petites, voir à quoi elles ressemblent.

— Une sorte de pervers ?

— Oui, ça semble évident. Et je crois avoir une petite idée de qui il pourrait s'agir.

— Vraiment ?

— Peut-être. Il me faut en parler avec la mère supérieure. Elle est là depuis plus longtemps que moi, elle est plus au fait de certaines choses concernant la famille Perrin. Elle ne s'en ouvrira à personne d'autre que moi, et encore faut-il que je m'y prenne bien.

Edgar intervient dans la conversation, lui qui s'était tenu à l'écart jusqu'alors.

— Mesdames, je dois vous appeler à un peu de rigueur. La réalité de ce passage ne fait aucun doute, et la possibilité qu'un pervers observe les filles à leur insu non plus. Nous avons par ailleurs identifié quelques orphelines disparues, comme a pu l'être Léonie. Mais à ce stade, rien ne nous permet de faire le lien entre ces deux affaires. Elles n'ont peut-être aucun rapport entre elles.

— C'est possible, en effet, reconnaît sœur Placide. Mais je ne l'espère pas, car cela nous ferait deux fois plus de travail, Edgar.

— Vous parliez d'un second indice, ma sœur. À quoi avez-vous pensé ? relance Claude.

— La poudre.

— Quelle poudre ?

— Celle que vous avez trouvée au pied des lavabos, précise-t-elle à l'intention de la jeune femme, et qui vous a indiqué le mécanisme d'ouverture de la trappe. Je l'ai déjà vue. À deux autres reprises. Et cela ne peut relever du seul hasard, car il n'y a pas de terre semblable dans la région qui soit constituée de ces petits débris caractéristiques, comme autant de fragments de minuscules coquilles blanches.

— Vraiment ? Où l'avez-vous vue, ma sœur ?

— Une fois dans mon dortoir, au sol, près des sanitaires. Presque au même endroit que vous, mais à l'étage au-dessus. Et d'ailleurs, maintenant que j'y pense, c'était également après une de ces apparitions nocturnes, prétendument fantastiques.

— Vous sous-entendez que c'est le visiteur nocturne qui laisserait ces traces ?

— Si ce n'est lui, c'est le spectre ! raille la religieuse.

Claude et Edgar intègrent cette information. Quelques grains de poussière, qui pourraient être une signature.

— Et la deuxième fois ? demandent-ils en même temps.

— Au fond des orbites du squelette qu'on a tenté de faire passer pour celui de Léonie.

## 21

## *Soupçons*

Dès le lundi, sœur Placide demande une entrevue à la mère supérieure. Outre le fait qu'elle est impatiente d'en découdre avec ceux qu'elle tient pour responsables de la mort de Paul, elle entend opportunément profiter de la compassion que ses consœurs éprouvent pour celle qui vient de perdre son filleul.

La mère supérieure lui a donc accordé cet entretien et l'a attendue à l'aumônerie. Elles se retrouvent dans la bibliothèque liturgique, un endroit si sombre que sœur Placide s'est toujours demandé comment on pouvait y consulter le moindre texte.

— Bonjour, sœur Placide. Permettez-moi de vous réitérer tous mes regrets, dans ce deuil qui vous frappe, vous et votre famille, émet une forme opaque.

Noyés dans la pénombre, c'est à peine si l'on distingue les traits vaguement bouffis de la vieille femme.

— Je vous en sais gré, ma mère.

— J'imagine que vous voulez me voir pour solliciter quelques jours de repos auprès de vos proches, à Bellegarde, afin d'assister ces malheureux parents dans leur perte ?

— C'est possible, en effet. Mais auparavant, j'aurais besoin de vous parler… à cœur ouvert.

La vilaine expression ! Et franchement contre nature pour la mère supérieure, qui se raidit : un cœur doit rester fermé. Voilà qui n'augure rien de bon.

— Je suis à votre disposition, sœur Placide. Indépendamment des circonstances, je sais toute l'abnégation, la rigueur et la discrétion dont vous faites preuve depuis tant d'années. Vous êtes un modèle pour nous toutes.

Sœur Placide n'est pas dupe. Son interlocutrice aimerait que ces qualités cadrent cet entretien, et l'en prévient.

— Ma mère, vous souvenez-vous de cet épisode survenu il y a quelques semaines au château de Varey ? Ce jour où le cadet des fils Perrin, Étienne, a tenté d'embrasser une jeune fille par la force en l'entraînant derrière les buissons. Vous rappelez-vous que son frère Philibert l'a corrigé ?

— Nous avons promis à Philibert que nous ne reviendrions pas sur cet incident, sœur Placide. Je ne vois pas au nom de quoi nous devrions l'évoquer à nouveau.

— Ma mère, je ne vous ai jamais rien demandé pendant toutes ces années. Je n'ai d'ailleurs jamais rien demandé à personne, hormis à Dieu lorsque j'étais enfant. Et même cette dette-là, je m'en acquitte encore tous les jours. Pour des motifs que je ne peux livrer en l'état, mais qui sont sérieux, j'ai besoin d'en savoir plus. Faites-moi confiance, ma mère. Je ne vous importunerais pas de la sorte si ce n'était pas indispensable.

« Des actes graves ont probablement été commis et, si je ne me trompe pas, continuent de l'être.

Parce que nous devons protéger les fragiles, les faibles et les malheureux, parce que c'est là le sens de notre engagement, au-delà des murs de cette usine, vous devez m'aider. Nous ne sommes pas les servantes des Perrin, ma mère. En réalité, nous leur sommes supérieures, parce que la justice de Dieu est la seule à laquelle nous devons rendre des comptes.

Il fait trop sombre pour que sœur Placide distingue l'étonnement dans les yeux de son interlocutrice. Une surprise qui fait ensuite place à une forme d'orgueil, plus bravache que prétentieux.

— Que voulez-vous savoir ?

— Étienne Perrin. Est-ce la première fois qu'il agit de la sorte ? Parfois, des rumeurs courent ici et là le concernant. Jusqu'à présent, j'ai toujours supposé qu'elles étaient liées à son statut de séducteur insistant, et d'éternel célibataire. Mais quelque chose me dit qu'il y a plus. Vous-même m'avez intimé l'ordre de rester vigilante le concernant. Pourquoi ? Que savez-vous ?

La mère supérieure croise ses bras noirs sur son torse. Elle jauge sœur Placide et ses intentions cachées. Quelques secondes passent, et puis la réponse tombe, crue et franche.

— Il y a un précédent, s'agissant d'Étienne Perrin. Une vieille histoire. Nous ne sommes pas nombreux à la connaître.

— Quelle histoire, ma mère ?

— Cela remonte à sa prime jeunesse. Il avait alors à peine dix-sept ans. Une pensionnaire a été retrouvée un dimanche soir en piteux état, dans un fourré du parc du château de Varey. Elle avait été violée et battue. La description qu'elle fit de son agresseur ne laissait que peu de place au doute.

« Étienne, appelé sur les lieux par ses parents, n'a pas nié. C'est cela qui m'a le plus choquée, d'ailleurs. Si j'ai l'expérience de la bestialité des hommes, j'ai rarement vu autant de morgue et d'indifférence à la souffrance et à la culpabilité que chez ce garçon. Sa tranquillité, alliée à son jeune âge, le rendait particulièrement effrayant. Ce n'était pas là l'œuvre d'un désordre émotionnel brutal, ou d'une pulsion extraordinaire et incompréhensible. Étienne n'aurait pas paru plus affecté s'il avait volé le goûter de son frère…

« L'affaire a été étouffée, bien sûr. Les règlements qui, ailleurs, régissent la vie des hommes n'ont pas cours sur ces terres. César Perrin y règne en roitelet. La gamine malmenée est donc retournée chez les siens. Ils ont reçu une grosse somme en échange de leur silence et de leur déménagement à l'autre bout du département.

— Et depuis, d'autres affaires semblables à celle-ci ont-elles été relevées ?

— Pas vraiment. Je me méfie de lui depuis que je sais ce dont il est capable, mais je n'ai pas connaissance d'une affaire comparable, non. Je sens bien que sa façon de considérer les filles n'est pas anodine. Mais j'ai l'impression que son frère le tient à l'œil.

— S'il avait la possibilité d'épier secrètement les pensionnaires dans leur intimité, sans être vu, croyez-vous qu'il pourrait se rendre coupable de voyeurisme ?

La mère supérieure soupire de n'être plus surprise par rien.

— Autant demander à un chat de ne pas toucher au jambon qui traîne, ma fille…

Depuis qu'ils sont rentrés à Bourg, dans la maison d'Edgar, dans le centre-ville, Claude a à peine vu son mentor. Il s'est enfermé dans la pièce où il développe ses photographies, où personne n'a le droit d'aller. Il faut dire que depuis plusieurs jours qu'ils étaient absents, il a noirci un nombre incalculable de plaques sensibles.

La cuisinière, qui passe à la villa tous les jours, lui dépose un plateau au pied de la porte de l'atelier. Puis s'en va en soupirant, à l'idée qu'aujourd'hui encore, il ne mangera pas chaud, voire pas du tout. Lorsqu'elle croise Claude dans le couloir, elle hausse les épaules d'un air impuissant.

— C'est comme ça depuis sa femme, explique-t-elle. Je trouvais qu'il allait mieux depuis que vous étiez là, il reprenait forme humaine. Mais depuis quelque temps, j'ai l'impression qu'il plonge à nouveau dans cet étrange marasme, incohérent et imprévisible. C'est bien dommage…

Claude aimerait pouvoir aider le vieil homme, mais ne sait comment s'y prendre. Elle a bien noté ses confusions, des pertes de mémoire, le dérèglement de ses rythmes biologiques, mais alors qu'elle le croit malade et pourrait l'inciter à consulter, voilà qu'il l'étonne à nouveau par sa sagacité et sa vigueur ! Comme s'il abritait deux personnes en lui, l'une tentant de déjouer le temps qui passe, et l'autre y cédant corps et âme.

Parfois, la nuit, elle entend du bruit en bas. Elle suppose qu'Edgar a dormi le jour, et qu'il sort dans l'obscurité, tel un félin. Elle souffre quelque peu d'être tenue à l'écart. Elle aimerait pouvoir recueillir son désarroi et sa déroute, au moins servir à cela, comme le ferait une famille. Edgar n'a pas d'enfants, pas de parents connus, fort peu d'amis hormis le sous-préfet de Trévoux. Au fond, il n'a qu'elle. Elle doit reconnaître qu'elle en éprouve une satisfaction égoïste et malsaine. Chez les Tardy, elle est une fille parmi quatre, une personne parmi les personnalités, une des innombrables responsabilités de son père, et probablement pas la plus réjouissante. Autant dire qu'elle ne compte pas.

Mais là, près d'Edgar, elle sert, et existe pour quelqu'un d'autre. Sa présence a du sens. Elle est la seule à pouvoir l'aider, à faire que la vie du vieil homme soit acceptable. Ce n'est pas tant de la générosité que l'expression de la plus pure des vanités. Elle ne se leurre pas. Elle reconnaît là une pathétique réponse à une irrépressible soif de reconnaissance et d'utilité. Quitte à tout faire pour cela, même à se déguiser en homme s'il le faut.

Elle croit conquérir son indépendance, mais elle craint de se chercher un nouveau joug.

— Claude ! Claude ! Mais où êtes-vous, bon sang ?

L'appel retentit depuis le salon. La jeune femme est si surprise d'entendre à nouveau la voix d'Edgar qu'elle doute un moment, et attend. Mais c'est bien lui, qui s'impatiente au rez-de-chaussée. Elle ne peut s'empêcher de sourire, pose sa plume et abandonne un des rapports qu'elle avait en retard.

Elle ne dissimule pas son plaisir de voir le vieil homme en bas de l'escalier. Edgar est amaigri à en faire pleurer la cuisinière. Ses joues sont creusées et cela assombrit son teint. Au-dessus de la naissance de la barbe blanche, les taches de vieillesse sont encore plus visibles qu'auparavant. Des archipels au milieu d'une mer de plus en plus agitée. Ses yeux paraissent un peu plus rétrécis qu'avant, derrière le binocle. Peut-être enfoncés dans leurs orbites. Mais ils brillent toujours, de cette lueur qu'elle est heureuse de redécouvrir.

— Edgar ! Quelle joie de vous revoir ! J'étais si inquiète !

Et elle se précipite en bas des marches, n'hésitant pas à le saisir par les épaules, et à l'attirer contre elle. Comme les os pointent sous la peau distendue !

— Allons, mon petit, un peu de tenue ! répond-il, gêné et rougissant. Cela fait des jours que je vous cherche. Où étiez-vous donc passée ?

Claude sourit avec tendresse et fait semblant de le croire.

— J'étais au travail, monsieur Roux.

— Ah, fort bien, fort bien. Il nous faut repartir à l'est du département dès aujourd'hui.

— Que se passe-t-il donc ?

— C'est cette poussière, celle dont nous a parlé sœur Placide. Il est normal qu'elle se soit retrouvée dans les orbites du squelette, puisqu'il a été découvert dans une mine de phosphate. Ce sont des filons qui traversent des terres calcaires. Ce qui fait la richesse de ces sols, c'est qu'ils sont faits de débris d'os et de dents d'animaux ancestraux qui vivaient là dans des temps immémoriaux. On trouve de nombreux fossiles dans ces mines : des ammonites qui ressemblent à des escargots géants, des rostres de seiche, des arêtes de poissons, de minuscules coquilles blanches concassées…

— Qui forment ces débris de poussière crayeuse… Mais s'il est logique que le squelette en soit garni, comment peut-elle s'être retrouvée ailleurs, et jusqu'aux usines ?

— C'est toute la question, mon petit. Cela tendrait à prouver qu'il y a bien un lien entre ces passages secrets et le cadavre des mines. Et qu'un même pied aura foulé les deux endroits. Pour le savoir, il nous faut nous rendre sur le terrain de ces carrières, rencontrer les hommes qui ont trouvé le corps. Il est finalement notre seule matière tangible dans cette affaire.

— Si l'on fait abstraction d'Alfred, de Constantin et de Paul, bien sûr… tempère Claude. Mais je vous rejoins dans votre idée, et notamment pour d'autres raisons.

— Lesquelles ?

— La commission départementale du travail, Edgar. Celle à laquelle vous participiez il y a plusieurs années. J'ai étudié précisément sa composition et ses travaux. Vous rendez-vous compte qu'elle réunit plusieurs des protagonistes de cette histoire ? Mercier, dont le témoignage a scellé l'interprétation de la fin de Paul ; ce satané docteur qui, comme par hasard, a expédié le cas d'Alfred Bourgeois aux glacières, et qui a identifié le prétendu squelette de Léonie.

« Pas moins de trois industriels du département ont été désignés à ses côtés, les mêmes depuis vingt ans : César Perrin, naturellement. Avec un dénommé Jean-Gabriel Berthelier, député, et patron des mines de phosphate où l'on a retrouvé le squelette ; et un certain Édouard Rambeau, conseiller départemental et patron des cuivreries du Bugey. Celui-là, nous ne le connaissons pas. Pas plus qu'un instituteur qui participe aussi à cette commission, officiellement pour s'assurer de la bonne éducation des petits travailleurs de l'Ain. Et comme de juste, ces trois industriels seraient également les donateurs mystérieux de l'orphelinat d'Hotonnes.

« J'ai lu leurs rapports de ces dernières années. Le moins que l'on puisse dire, c'est qu'ils font preuve d'un optimisme forcené ! Ils prétendent que nos contrôles ne pointent quasiment jamais d'irrégularités, que les enfants sont très majoritairement en âge de travailler, en possession de leur livret et titulaires du certificat d'études primaires. La commission plaide clairement pour un allègement des contraintes et l'ouverture de dérogations pour ramener l'âge minimal à dix ans. Elle prétend que sans cette main-d'œuvre, l'industrie française court à sa perte, que les difficultés de recrutement commencent déjà à se faire sentir. Tout cela est… fou, Edgar, et tellement loin de la réalité que nous connaissons !

Mais le vieux divisionnaire n'écoute plus. Son attention s'est focalisée sur la cheminée du salon. Sa concentration s'est diluée, comme un parfum, et pour finir elle s'est évaporée.

Claude se tait, attend quelques secondes, puis s'avance doucement vers son mentor, le frôle du bout des doigts.

— Edgar ?

Subitement, il revient à lui, s'illumine en se retournant vers elle.

— Ah ! Claude ! Vous voilà enfin ! J'ai bien réfléchi à cette poussière blanche qui marque les visites de ce prétendu fantôme. Il nous faut absolument aller aux mines de Bellegarde. Un corps y a été découvert, il y en a peut-être d'autres ! Je vous en prie, envoyez une dépêche à sœur Placide pour l'informer que nous nous y rendons sur-le-champ !

L'air du soir est maintenant chargé de l'odeur des premières fleurs. Chèvrefeuille, jasmin, lilas emplissent le jardin de leurs senteurs épicées dès le coucher du soleil, comme si elles avaient peur de la lumière du jour. Loin derrière les ateliers de tissage silencieux, dans leur prolongement, le ciel orangé promet du vent pour le lendemain.

Sœur Placide contemple les nuages pourpres depuis le banc qu'elle affectionne. Elle tient dans ses mains la dépêche de Claude et Edgar. Ceux-ci sont en route pour les mines. La religieuse est convaincue que là où on a déterré ce corps anonyme, de tristes secrets finiront par voir le jour. Des mystères qui ne le resteront plus longtemps et qui éclaireront l'humanité sous un vilain jour.

La religieuse aime ce jardin prolifique parce que c'est là le seul endroit où Dieu se manifeste vraiment à elle. Dans ces couleurs chatoyantes, cette concentration de sève qui, chaque jour, transforme les bourgeons en source de vie, les pistils en graines, les branches nues en nourrices. Dans ce silence bruissant, cette volonté subtile et imperturbable qui reproduit invariablement, inlassablement, le seul cycle qui vaille.

Pour le reste, sœur Placide est maintenant prête à admettre qu'elle n'a jamais trouvé Dieu, malgré une vie à Le chercher et à Le servir. Il n'était pas dans les salles puantes et moites du dévidage, malgré les Madones accrochées çà et là pour faire illusion. Il n'était pas dans ces dortoirs où se sont succédé des générations d'indigentes, satisfaites d'un destin douloureux au motif que l'alternative eût été pire. Il n'était pas là quand Léonie est partie pour une promesse d'amour qui ne fut jamais honorée.

Enfin, il a laissé Paul disparaître avec la mémoire de toutes ces filles. Et peut-être même, se risque-t-elle à penser, était-Il absent aussi le jour où sa sœur est tombée dans l'étang gelé. Une vie à craindre une promesse d'enfant, plus que la justice divine elle-même. Voilà à quoi elle a été réduite. Elle comprend que c'est la peur qu'elle a servie toutes ces années, et non Dieu.

— Mon amie, vous voilà enfin… J'ai tant pensé à vous ces derniers temps !

Sœur Placide lève son visage fatigué et désabusé vers Olympe. Elle n'est pas sûre d'avoir envie de la voir. N'est-elle pas la mère de celui qu'elle soupçonne de guetter les filles depuis l'autre côté des miroirs ? Pourrait-elle être la complice de bien pire ?

— Voyons, sœur Placide, pourquoi ce silence… Nourririez-vous quelque ressentiment à mon égard ?

La femme du monde s'approche tout de même, lentement, et s'assoit tout près de la religieuse :

— Sœur Placide, chère sœur, voilà plusieurs jours que je cherchais à vous parler en privé, sans succès. Je dois vous livrer une de mes intuitions, même si mon propos vous paraîtra parfaitement fou et incohérent…

Si la religieuse était d'humeur, elle lui proposerait volontiers un concours sur ce thème. Elle indique son écoute par un regard appuyé.

— Il m'est d'avis que le corps qui fut inhumé en lieu et place de votre amie n'est peut-être pas le sien, avance prudemment Olympe.

Elle lève la main pour exiger le silence.

— Non ! Laissez-moi m'expliquer avant de me contredire. Si notre Léonie est morte, comme nous le pensons probable, victime d'un abominable meurtre en son temps, et si, comme je le crois, elle est cette présence qui cherche à se manifester à nous, alors c'est que le corps qui a été inhumé récemment n'est pas le sien.

— Et qu'est-ce qui vous fait dire cela, Olympe ? relance la religieuse avec méfiance.

— L'esprit. Il se manifeste toujours chez moi. C'est donc qu'il n'est toujours pas apaisé. Encore hier soir, alors que je jouais au piano, j'ai entendu…

— Allons, Olympe ! Ne pouvons-nous pas cesser de faire comme si cet esprit avait une quelconque réalité ?

— Mais, sœur Placide ! Que vous arrive-t-il ? Vos pensionnaires voient ce spectre depuis des années, vous me l'avez dit vous-même ! Et il est sur cette photographie que je vous ai montrée !

La religieuse se renferme. Elle craint bien plus la cruauté des hommes que celle d'un quelconque revenant. Mais comment dévoiler à une mère les soupçons qui pèsent sur son propre fils ? Par chance, Olympe est sensible, et intelligente.

— Qu'y a-t-il, ma sœur, que vous ne me dites pas ?

— J'aimerais pouvoir, mon amie. Je vous l'assure. Mais c'est impossible. L'histoire que je crois voir se dessiner à présent est contraire à vos intérêts. Croyez-moi, il est préférable que vous n'en sachiez rien. Car si vous ne la connaissez pas déjà, elle pourrait vous briser le cœur. Et si vous la savez déjà, alors il vous faudra me faire taire, par tous les moyens.

La gravité de la religieuse ébranle Olympe.

— Vous m'effrayez, sœur Placide. Je vous l'accorde. Mais je ne suis pas femme à m'arrêter à cela. Si vos révélations doivent me briser le cœur, eh bien, qu'il en soit ainsi. Car je puis vous le garantir, sur ma vie, sur ce que j'ai de plus cher, j'ignore tout de ce que vous insinuez. Mais ce que je sais, c'est qu'il est hors de question que je vous laisse porter ce fardeau toute seule. Alors, sœur Placide, à vous de prendre le risque, désormais, de me faire confiance.

## 22

## *Le château de Valserine*

Sur la ligne de chemin de fer entre Bourg et Bellegarde, le train qui emporte Claude et Edgar marque un arrêt aux Neyrolles, là où, quelques mois plus tôt, le corps pétrifié d'Alfred Bourgeois a été découvert. De l'autre côté de la montagne qu'ils aperçoivent, le lac de Sylans a maintenant totalement dégelé, et attend son heure pour saisir à nouveau les algues, les galets et les secrets dans son étreinte de glace. Cette époque semble remonter à bien plus loin, pour Claude.

La jeune femme épie Edgar, installé en face d'elle. Il lit. Il n'a pas l'air de remarquer l'endroit où ils sont. Aurait-il déjà oublié le regard effrayé de ce pauvre garçon, et l'amputation de celui qui l'a trouvé par hasard ? Claude ne sait plus rien de ce qui s'est imprimé ou non dans la mémoire du divisionnaire. Cette dernière ressemble aux cartes perforées des métiers à tisser : aléatoirement trouée, bien que formant, au bout du compte, un motif cohérent.

Moins de trente minutes plus tard, ils parviennent à Bellegarde, et descendent du wagon. Sur le quai, Claude contemple l'arrière d'une gare, toute de bois foncé. Lorsqu'ils en débouchent côté ville, et qu'elle se retourne, elle a le sentiment de sortir d'un chalet de montagne.

— Quelle curieuse architecture, ma foi ! lance-t-elle.

Mais Edgar a déjà hélé une calèche pour les prendre en charge. En y grimpant, le divisionnaire indique au cocher la destination qu'il vise : le château de Valserine. Le député Berthelier en est le propriétaire, comme il dirige la compagnie qui exploite les mines locales. Celle où l'on a retrouvé le squelette se situe non loin des fenêtres de la demeure médiévale, dans de grands champs entrecoupés de fourrés.

Alors que leur voiture s'ébranle, Claude l'interpelle :

— Voyons, Edgar ! Nous ne pouvons pas nous y rendre directement ! Il nous faut passer à l'hôtel d'abord !

— Et pourquoi donc ?

— Mais enfin, pour que je me change et que je me grime ! Sinon on ne me laissera pas entrer !

Edgar assimile l'information avec humeur. Il n'y avait manifestement pas pensé. Mais sa réponse sidère la jeune femme.

— Mon petit, vous m'ennuyez avec vos histoires de déguisement. L'heure n'est pas à la frivolité ! Allons, venez comme vous êtes, nous n'avons pas de temps à perdre. Nous assumerons votre sexe, ensemble, d'une façon ou d'une autre.

Alors qu'ils roulent accompagnés par le bruit des sabots en direction du quartier de Mussel, Claude est prise d'une nouvelle angoisse. Sans ses cheveux gominés, sa moustache et sa redingote, elle se sent faible, fragile, à nu. Elle s'en veut, elle ne devrait pas. Pourtant, une désagréable suée glace son cou et ses tempes.

Elle est distraite par une étrange formation monolithique, qu'elle aperçoit droit devant. On dirait une très large et haute porte en pierre, à flanc de colline, qui émergerait des arbres. Elle a presque une allure d'entrée de tombeau égyptien. Mais cette porte ne s'ouvre sur rien et ne va nulle part.

— Qu'est-ce que cela ? demande-t-elle au conducteur en tendant le bras vers la construction originale au loin.

— Ça ! Ah ben, c'est les piliers, pour les mines. Il y en a tous les deux cents mètres environ, jusqu'au fleuve. De ce que je sais, l'eau fournit l'énergie pour tirer des câbles géants, soutenus par ces piliers, jusqu'en haut de la colline. Sur chacun d'entre eux, les poulies qui portent les chargements font plus de cinq mètres, rendez-vous compte ! Et ça va, ça vient, ça permet de descendre le phosphate jusqu'au Rhône là en bas.

— C'est remarquable ! s'extasie Claude.

Effectivement, elle distingue une autre de ces constructions, plus bas, vers la ville. Elle comprend que les mines se trouvent en haut de la butte qu'ils longent actuellement, tout comme le château qui les garde. Pour l'instant, ils ne voient rien de tout cela, que le sol qui monte raide sur leur droite, et les végétaux qui dissimulent le tout.

Il faut attendre d'être au sommet du tertre, au bout d'un chemin qui ne mène que là, pour apercevoir les tourelles pointues de la bâtisse. Claude en compte au moins deux, au-dessus de tours hautes comme des donjons. Une autre se dessine fine et crénelée, de forme géométrique.

Même au pied du domaine, le château se refuse au regard. Un mur infranchissable fait tout le tour d'un territoire qui promet d'être immense, et soigneusement isolé.

— L'entrée est par là-bas, indique le cocher. Derrière ce grand portail de fer. Je crois qu'il y a une cloche, censée prévenir le gardien.

Les inspecteurs le remercient et lui demandent de les attendre là, en haut de la route sinueuse. Ils lui promettent un dédommagement. Car le quartier est de toute évidence peu habité. Des terres en friche ici et là, et l'ombre des piliers géants au-dessus. Les chances qu'ils retrouvent facilement un véhicule pour redescendre sont faibles.

Edgar secoue vigoureusement la cloche. Ils doivent attendre plusieurs minutes avant qu'un gardien au visage patibulaire les rejoigne. Petit, bossu, d'une épaisseur dissymétrique, se déplaçant avec difficulté, Claude veut bien croire qu'il tienne à son poste. Effectivement, c'est avec zèle qu'il se poste derrière les barreaux du portail et refuse ostensiblement d'ouvrir.

— C'est pour quoi ? demande-t-il avec, en fin de phrase, l'intonation traînante d'une grenouille.

Edgar use de sa traditionnelle grosse voix.

— Edgar Roux et Claude Tardy. Nous sommes inspecteurs du travail et exigeons de rencontrer M. Berthelier sur-le-champ. Il doit nous conduire aux mines en exploitation.

— Z'êtes attendus ?

— Non, et c'est là chose normale. Nous ne sommes jamais annoncés, et l'on nous doit un libre accès aux espaces de travail. C'est la loi. Je ne saurais trop vous conseiller de nous laisser entrer sans plus attendre car, à défaut, nous serons contraints de revenir avec les gendarmes.

Le mot « gendarmes » fonctionne manifestement comme un mécanisme secret, qui actionne un levier dans le cerveau du gardien. On pourrait presque entendre le cliquetis des engrenages se mettant en branle. Le gnome ronchonne, mais il ouvre le portail.

— J'espère pour vous que ce que vous dites est vrai, hein.

En réalité, il l'espère pour lui.

Le château se dévoile enfin, au détour d'un virage du chemin d'accès. Il est majestueux, sobre, et avare en ouvertures. Il ressemble à une superposition d'époques, avec ses murailles habitées, héritées du Moyen Âge, ses tourelles Renaissance, et sa tour crénelée qui montre finalement cinq côtés. Il paraît bien trop grand pour n'avoir qu'une seule entrée, et pourtant, le gardien les guide jusqu'à une porte sur le côté, plutôt modeste.

— Attendez là.

Ils s'exécutent et, quelques minutes plus tard, un majordome vient les chercher et les conduit le long de sombres couloirs jusqu'à un salon tout de pierres et de tableaux impressionnants. Deux fauteuils rouge sang se font face devant une cheminée atone, sur un carrelage couleur de brique.

Un homme les y attend, ne leur offrant que son dos car il regarde par l'unique fenêtre de la pièce, en direction du parc. Ses bras sont croisés derrière lui. Une fois les inspecteurs introduits et le domestique à distance, l'homme se retourne.

Claude lutte contre un réflexe de recul. Edgar, lui, ne marque aucune surprise. On dirait qu'il a déjà admis depuis longtemps que l'on pouvait être aussi laid. Même sans les cratères qui constellent toute sa pauvre peau, leur hôte aurait été repoussant. Ses yeux sont globuleux et striés de veinules rouges, et son nez bien trop petit lui donne l'air ridicule d'un enfant ayant gonflé sous l'effet d'une quelconque allergie. Ses lèvres constituent la seule zone lisse de sa face. Elles sont écœurantes, trop épaisses, humides et couleur de framboise écrasée. Il est imberbe, ce qui, compte tenu des circonstances, paraît à Claude une vraie faute de goût.

— Monsieur Roux, je suis enchanté de vous revoir. Cela fait un bon nombre d'années que nous ne nous sommes croisés !

— Monsieur Berthelier, merci de nous recevoir.

— Il me semble que je n'ai pas le choix, n'est-ce pas ? Votre visite n'est pas de simple courtoisie, si j'ai bien compris.

— C'est exact, monsieur le député. Nous aimerions procéder à un contrôle de votre exploitation.

— Et qu'entendez-vous y vérifier, cher ami ?

— Eh bien, les choses habituelles. Les horaires, les affichages obligatoires, les âges de vos ouvriers, la décence de leurs conditions de travail…

— Je puis répondre à tout cela ici même. Cela sera plus simple pour nous tous.

— Je crains que cela ne soit impossible, monsieur. Nous devons nous en assurer par nous-mêmes, procéder à des observations circonstanciées, et interroger certains de vos hommes si besoin. Cela nous évitera d'avoir à revenir.

— Quand vous dites… nous, monsieur le divisionnaire, faites-vous référence à cette… femme, derrière vous ? Si je ne m'abuse, les inspectrices se cantonnent aux espaces strictement féminins et dépourvus de machines, non ?

— Oui, monsieur, c'est exact. C'est pourquoi, exceptionnellement, vous n'aurez qu'à considérer que Mlle Tardy est mon assistante et qu'elle prend des notes pour moi. Au même titre que ces femmes que j'aperçois là-bas, et qui trient le phosphate pour votre compte. Mlle Tardy s'abstiendra donc de toute observation ou de tout commentaire ne relevant pas de sa fonction du jour.

— Eh bien, la chose n'est pas très orthodoxe, mais ma foi, je vous comprends. Que ferions-nous sans le service des femmes, n'est-ce pas !

Et il part d'un rire aussi gras que sa peau, tandis qu'il saisit Edgar par l'épaule pour lui faire amorcer un demi-tour. Tous deux passent devant Claude sans un regard pour elle.

Le député Berthelier confie les deux inspecteurs à son contremaître. L'homme a l'air d'un meunier, tout couvert qu'il est d'une fine pellicule blanche. La poussière crayeuse marque par contraste les rides de son visage et les plis de sa peau, qui apparaissent noirs. Il semble peu bavard, mais pressé d'en finir. Avec eux, il remonte le champ qui s'élève doucement à l'arrière du château. Deux cents mètres plus loin environ, les mines commencent.

Claude ne s'attendait pas à cela.

Elle imaginait des carrières profondes et des galeries pénétrant dans la montagne. Et voilà qu'ils débouchent sur un pauvre champ de bataille. Des monticules émergent ici et là, comme si des taupes hyperactives avaient labouré l'endroit. Des trous s'ouvrent par moments dans le sol, laissant le passage à des garçonnets, souvent moins gros que les sacs qu'ils portent sur les épaules. Tous sont teints de cette fine poussière blanche ; on les dirait recouverts de cendres.

À l'écart, des femmes en rangs trient le contenu des sacs que les enfants vident devant elles avant de repartir, résignés, vers un nouveau trou en formation. On dirait des termites à l'œuvre.

Le contremaître explique :

— Le filon que nous exploitons actuellement est peu profond, à peine deux mètres sous nos pieds. C'est plus rapide et moins cher à trouver, pas besoin de construire de vraies galeries, comme dans les anciennes mines dans lesquelles j'ai débuté. Mais ce n'est pas plus facile : les hommes creusent des tunnels à un mètre à peine sous la terre, et longent le sol par en dessous. Difficile d'aller plus bas ou de faire plus large. La terre est dure. Et parfois, le sol s'effondre sur les gars. Ce n'est pas mortel mais c'est pénible. Seuls des gamins peuvent se glisser derrière les ouvriers et faire demi-tour avec un sac rempli…

Edgar suit docilement leur guide, en posant les questions d'usage sur l'organisation du travail et le suivi des enfants. Le contremaître les emmène jusqu'à une tente, dressée au milieu du chantier, un peu à la manière des campements militaires. Il ouvre une malle, dans laquelle sont entassés tous les livrets des moins vieux.

— Allez-y, ne vous gênez pas.

Edgar s'exécute, et un premier contrôle aléatoire montre que tout est en règle : les enfants sont tous munis de leur certificat d'études, et ont tous l'âge réglementaire, treize ans. Pourtant, nombre d'entre eux paraissent bien chétifs et malingres pour cet âge. À croire que l'effort harassant freine leur développement. C'est là une théorie récemment avancée par de nombreux médecins.

Tandis qu'il fait mine de passer en revue les carnets, Edgar interroge négligemment le contremaître farineux :

— Dites voir, l'ami… il me semble avoir entendu dire qu'on avait trouvé un corps dans votre exploitation il y a peu, êtes-vous au courant ?

— Euh… oui.

— Et savez-vous qui a trouvé ce squelette ?

— Ben, c'est moi.

L'homme rougit jusqu'à la racine des cheveux. Avec la poussière qui le recouvre, cela lui donne une vague teinte rosée. Claude sourit en elle-même. Ce garçon n'est pas fait pour le mensonge.

En réponse à Edgar qui lui demande quelques précisions, la profondeur, l'endroit exact, l'état des ossements, le garçon bafouille des phrases bien trop mécaniques pour être sincères.

Le corps aurait été découvert en lisière de l'exploitation, alors qu'ils ouvraient un nouveau trou. Il était enterré peu profond, à un mètre, et c'est pourquoi ils l'ont trouvé. L'endroit a depuis été vidé de sa terre, et la matière triée, intégralement. Impossible de rien retrouver. Quant à son état, eh bien, c'était celui d'un squelette manifestement là depuis longtemps, ni plus ni moins.

Tandis qu'Edgar et le contremaître continuent leur vérification en bavardant, Claude demande l'autorisation de sortir. Le contremaître déjà bien occupé à rester concentré face aux questions d'Edgar ne sait quoi dire.

Claude s'extirpe de la tente et respire avec bonheur l'air plus frais. Elle fait un tour sur elle-même.

Partout, des cratères comme autant de cicatrices d'explosion. L'endroit lui fait penser au visage de leur propriétaire. Et tout autour, des dizaines d'insectes s'affairent, indifférents au monde, et à elle.

À part ces deux hommes, là-bas, glissés derrière un arbre, l'un derrière l'autre. On dirait un tronc à quatre bras. Ils la fixent, et l'un des deux lui fait signe d'approcher.

Elle se retourne, s'assure qu'elle est bien celle à qui s'adresse cette injonction et vérifie que personne ne l'observe. Puis, sans se presser pour ne pas attirer l'attention, elle rejoint les ouvriers sous un bosquet touffu qui les dissimule tous trois à la frénésie en vigueur dans les prés.

— Qui êtes-vous ?

— Je m'appelle André. Je suis le frère du père de Paul. Le gamin était mon neveu, et mon filleul aussi.

— Vraiment ? Mais comment êtes-vous au fait de notre venue ?

— Sœur Placide. Elle a envoyé une dépêche hier au soir, à sa sœur qui vit ici à Bellegarde. Parce qu'elle sait que je travaille aux mines. Elle a demandé qu'on se mette discrètement à votre service aujourd'hui.

Claude sourit, rassérénée de ne pas se sentir seule. Même absente, cette religieuse est décidément pleine de ressources.

— André, nous vous remercions de votre aide. J'aimais beaucoup Paul.

Le mineur fardé comme un mime, silencieux, marque son appréciation d'un simple hochement de tête.

— Que vous faut-il, petite ?

— Je voudrais rencontrer l'homme qui a trouvé le corps d'une femme il y a quelques semaines. Je veux dire, le vrai témoin. Votre contremaître prétend que c'est lui, mais j'ai du mal à le croire…

— Forcément, confirme André en secouant le pouce en direction de son dos, vu que c'est René, qui est là derrière moi. Je me doutais que vous voudriez le voir…

Olympe est manifestement à la hauteur de la confiance que sœur Placide a placée en elle. Elle a écouté, tout du long, sans bouger ni contredire. Par moments, elle a réprimé un soupir ou de l'étonnement, cela se voyait. Mais au final, elle n'a pas bronché jusqu'à ce que sœur Placide se taise pendant plus d'une minute.

— Alors, mon amie, si je vous entends bien, vous supposez que la disparition de Léonie n'est pas un cas isolé. Que d'autres femmes se sont volatilisées, avant et peut-être même après elle. Toujours de la même façon, attirées par de fausses demandes en mariage.

« Plus étonnant, vous n'excluez pas que certaines de ces disparues aient pu enfanter, et ce, après leur disparition. Vous vous basez en cela sur la ressemblance entre Victorine et Léonie d'une part, et sur cette fugueuse d'une famille de jumeaux, qui pourrait être la mère de deux orphelins identiques, aujourd'hui décédés, sur lesquels vos amis inspecteurs du travail enquêtaient.

« Vous sous-entendez que le squelette retrouvé n'est pas celui de Léonie, et que la mort de Paul pourrait ne pas être fortuite. En effet, elle arrangerait bien ceux qui auraient intérêt à ce qu'il ne reste plus de trace administrative de nos anciennes pensionnaires.

« Enfin, vous avez découvert une sorte de couloir dissimulé derrière les murs du bâtiment du Ménage.

Vous pensez que quelqu'un épie les pensionnaires, et que ce malotru pourrait avoir été confondu avec une présence surnaturelle…

— C'est cela même, Olympe.

— Ma foi, c'est une théorie bien complexe et bien élaborée que vous défendez là. Je ne cherche pas à la contester mais je me permets une remarque, qui au demeurant n'est pas contradictoire avec votre récit : je suis pour ma part toujours convaincue qu'un esprit habite ces murs. Et qu'il communique avec nous. Et compte tenu de la gravité et de l'horreur de ce que vous supposez, il ne serait pas impossible de croire qu'au moins une de ces pauvres filles se soit retrouvée bloquée entre nos mondes.

« Cela étant, sœur Placide, continue Olympe avec plus de douceur, même si le sort de ces malheureuses m'affecte, je ne vois pas pourquoi vous répugniez tant à m'en parler…

— Eh bien, je ne vous ai pas tout dit de ce que je crois. Je pense qu'il y a un lien entre ces histoires. Que l'homme qui observe les pensionnaires est le même que celui qui a mis en scène la découverte de la soi-disant Léonie. Il l'aurait fait pour mettre fin à ma quête. Et si tel est le cas, c'est qu'il n'est pas étranger à ces multiples disparitions.

— Et vous avez une idée de qui serait ce coupable, n'est-ce pas ?

— Oui, répond la religieuse en saisissant les mains d'Olympe, comme pour l'empêcher de les retirer. Je pense à votre fils cadet, Étienne. Parce qu'il a des antécédents que vous n'ignorez pas, parce qu'il a les moyens de se déplacer dans les lieux, parce que je l'ai moi-même surpris à agresser une nouvelle le mois dernier, parce qu'il aurait intérêt à dissimuler l'état dans lequel il aurait mis certaines filles, et parce qu'il a fait en sorte d'éloigner mes seuls alliés dans mes recherches. Et je n'exclus pas qu'il ait pu être aidé en cela par ce médecin un peu trouble, Mercier.

Olympe reste stoïque, immobile dans la nuit tombante, malgré cette suite d'arguments qui sonnent comme autant de coups de carillon à minuit. Elle conserve ses vieilles mains, maigres et parcheminées, au creux de celles de la religieuse, larges comme des battoirs. Sœur Placide les sent trembler légèrement.

— Nous y voilà… finit-elle juste par dire.

Mais à ce stade, elle élude encore la terrible révélation, et remonte légèrement le temps.

— Pouvez-vous me dire ce qui, selon vous, permet d'établir un lien entre le voyeur du Ménage et le sort de toutes ces filles ?

— De la poussière blanche, mon amie. De la poudre de fossiles. De celle qui est caractéristique des mines de phosphate, où l'on a trouvé le squelette. Les ossements en étaient couverts. Mais on en a aussi trouvé près du passage secret, à plusieurs reprises, à chaque fois après une de ces manifestations nocturnes. C'est la raison pour laquelle Edgar et Claude seront dès demain sur les lieux de la découverte du cadavre, à Bellegarde.

Cette fois, Olympe arrache brutalement ses mains d'oiseau. Sœur Placide, surprise, n'a pas le temps de les retenir.

La maîtresse des lieux se lève prestement. Elle fait deux ou trois pas, en direction des quelques résidus orangés dans le ciel bleu velours, tournant le dos au banc. Vu de derrière, son chignon veiné renvoie des éclats ivoire.

De lourdes secondes passent, pendant lesquelles la

religieuse prie de toutes ses forces. Puis les épaules d'Olympe, d'ordinaire si droites, s'affaissent doucement, comme si elles se dégonflaient. Elle se retourne péniblement.

— Je ne sais si mon fils peut être mêlé à tout ceci. Mais je comprends vos soupçons, ils sont légitimes. Et s'il s'avère que vous avez raison, alors je vous le jure : je ne le protégerai pas. Je l'ai déjà fait une fois, il y a longtemps, et j'en souffre encore. Mais il me semble qu'il y a plus important que cela : je crois que j'ai compris ce que ce spectre tente de nous dire.

— Comment cela ?

— Cette poussière, j'en ai trouvé aussi, chez moi, après une vision qu'avait eue ma belle-fille. Peut-être est-ce le fantôme qui nous envoie un message.

— Olympe, soyez sérieuse. Pourquoi ferait-il cela ?

— Pour la même raison qu'à chaque fois qu'il fait tomber quelque chose chez moi, il choisit toujours le même objet : une énorme ammonite offerte à mon époux par un de ses amis, un homme parfaitement libidineux et au visage marqué. Parce que ce fossile provient d'un endroit bien précis, où l'on trouve aussi de cette poussière blanche. Parce que ce sont autant de signes, comprenez-vous ?

Dans le contre-jour, les yeux d'Olympe sont aussi noirs que la teinture de noix de galle. Ils luisent de reflets mordorés, comme la soie qui fit sa richesse.

— Je crois qu'on cherche à nous indiquer un lieu…

# 23

## *Dans les entrailles*

Alors qu'ils remontent l'allée en direction du portail de fer, là où le gardien à l'allure de gargouille les attend avec impatience pour leur faciliter la sortie, Edgar se lamente :

— Rien, je n'ai rien trouvé !

— Vous avez tort, Edgar, nous avons ce que nous cherchions, murmure la jeune femme. Pendant que vous occupiez le contremaître, j'ai identifié l'ouvrier qui a véritablement découvert le corps.

— Vraiment ? s'exclame le vieux divisionnaire, impressionné.

— Oui, et c'est grâce à sœur Placide qui nous l'a envoyé.

— Et qu'avez-vous appris ?

— Le squelette était enterré à environ soixante-dix centimètres de profondeur, à la lisière du chantier. Sur cela, le contremaître n'a pas menti. Il était quelque peu démantibulé quand ils sont tombés dessus. Complet, mais les os détachés les uns des autres.

— Cela n'est pas impossible en soi. N'avez-vous donc rien trouvé de plus déterminant ? souffle-t-il tandis qu'ils passent le portail devant l'incarnation de Quasimodo.

— Eh bien, si. L'ouvrier a été surpris d'une chose : dans ce périmètre, la terre était logiquement dure, compacte, ils ont été obligés de la travailler à la pioche. Partout, sauf dans la zone exactement au-dessus et près du squelette. Celle-là était bien plus meuble qu'ailleurs. C'est pour cela qu'ils ont commencé leur forage par cet endroit, précisément. Et qu'ils sont tombés sur le corps. L'ouvrier pense qu'il est strictement impossible que cette terre soit en l'état depuis plusieurs années. Elle a été retournée récemment, c'est sûr.

Le cocher a bien attendu le retour d'Edgar et Claude. Le divisionnaire grimpe dans la calèche à la suite de Claude, et s'installe, faisant bringuebaler l'ensemble.

— Où allons-nous ? s'enquiert le conducteur en ne récoltant que le silence.

— La terre était meuble, dites-vous ? Alors, il n'y a qu'une explication : on a enterré là ce cadavre juste avant qu'il ne soit trouvé. Tout exprès. À notre intention ou à celle de sœur Placide. Naturellement, on l'aura placé là où devait se poursuivre l'exploitation du phosphate, ce qui exclut l'intervention d'un tiers à la compagnie minière…

— Vous avez raison, Edgar. Le corps ne venait pas d'ici. Et puis, si d'autres corps restent à découvrir, il est parfaitement inimaginable qu'ils soient aussi enterrés là. Vous avez vu ? Tout le champ est sens dessus dessous. S'il y en avait d'autres ici, on les aurait forcément trouvés…

Les deux inspecteurs réfléchissent silencieusement.

— Alors, où va-t-on ? relance le cocher avec détachement.

— Ce qui m'étonne si le squelette vient d'ailleurs,

poursuit Edgar, imperturbable, c'est qu'il ne comportait aucune trace d'une quelconque autre terre. Pas d'argile, de boue, de terre agricole, de tourbe, de gravillons, d'herbe, rien d'autre que cette poussière blanche. Accumulée dans les orbites, les sinus, entre les os dans les articulations, presque solidifiée. Alors, je ne comprends pas…

— C'est vrai, Edgar, je me souviens bien. Mais il y a une explication à cette bizarrerie : c'est si le corps était déjà enterré dans une mine comparable à celle que nous avons vue.

— Vous voulez dire qu'il aurait été déplacé d'une mine de phosphate à une autre ?

— Pourquoi pas… Ces mines s'ouvrent, sont exploitées au maximum, et puis sont fermées. Et l'on passe à d'autres, non ? Le contremaître a parlé d'anciennes exploitations, plus profondes, dans lesquelles il aurait débuté.

Le cocher s'impatiente :

— Bon, et alors, on va où ?

— Mon brave, demande Edgar à l'impatient, j'imagine que vous êtes habitué à aller partout et que vous êtes un fin connaisseur de l'endroit. Existerait-il d'anciennes mines, comme celle-ci, mais qui ne seraient plus en exploitation ?

— Voyons… mon père travaillait dans le phosphate, mais ailleurs qu'ici. Je ne sais pas si la mine a fermé. C'est probable, depuis le temps…

— Ça remonte à quand ? le presse Claude.

— À plus de vingt ans, au moins. C'était les premières de la région. Elles étaient sur la colline jumelle de celle-ci, à l'ouest, de l'autre côté d'un petit vallon. Il faut passer par Ochiaz pour s'y rendre.

— Eh bien, voilà. C'est exactement là que nous nous rendons.

À peine une heure plus tard, ils pénètrent dans un hameau tout en longueur, étiré par sa route principale. Les maisons ressemblent à des feuilles éparses sur une branche. Avant la fin de la traversée, ils prennent à gauche, en direction de la montagne, et entament une série de lacets, dissimulés par l'orée d'une forêt.

Après quelques épingles à cheveux, ils quittent la route principale par un petit chemin, presque invisible, dont on croit qu'il meurt dans un champ. En réalité, il oblique juste après la route, et gravit la colline. Il prend fin moins de cinquante mètres plus loin, nettement, au pied d'un talus qui monte droit dans les arbres.

— Voilà, estime le cocher. Je ne peux pas aller plus loin. Je vais déjà avoir du mal à faire demi-tour.

— Mais où se trouve l'entrée de la mine ?

— Aucune idée. Quelque part là-dedans.

Il scrute Claude, et sa robe épaisse, d'un air apitoyé, puis il dépose là ses voyageurs et leurs malles. Une fois la calèche disparue, Claude ordonne à Edgar de se retourner. Elle a décidé d'enfiler ses pantalons, jugeant la chose bien plus pratique pour une escapade forestière. Quelques minutes plus tard, ils sont fin prêts et dissimulent les bagages derrière un buisson.

L'ascension commence, rapidement délicate. Claude halète à peine dix mètres parcourus. Quant au divisionnaire, il a déjà dérapé trois fois, et s'est égratigné aux arbustes pointus.

— Edgar, c'est vous l'ingénieur des mines. Que cherchons-nous au juste ?

— Voyons, réfléchit-il en s'appuyant sur un arbre

penché pour aider sa progression. Il doit y avoir une entrée quelque part, comme une sorte de bouche, dans la pente.

Ils s'écartent l'un de l'autre, suffisamment pour balayer une plus grande distance. Puis continuent de monter, péniblement, quand Claude signale :

— Edgar ! Par ici ! Je crois que je l'ai trouvée.

Une fois qu'il l'a rejointe, le vieux divisionnaire confirme. La déchirure à flanc de colline ressemble bien à une entrée de mine. À l'intérieur, on n'entrevoit que des fougères, des branches noueuses et de la boue. Dans cette plaie de la montagne, on pourrait entrer à peine courbé. S'il n'y avait ces barreaux.

Ils sont scellés, tout du long de l'ouverture, et sur l'intégralité de sa hauteur.

— L'entrée a été condamnée, se lamente Claude en même temps qu'elle tente de secouer les montants. Nous ne pourrons jamais venir à bout de cette barrière…

Mais Edgar a déjà rebroussé chemin, et continué son ascension. Claude le rejoint.

— Il y a forcément des cheminées d'aération, explique l'ingénieur. C'est obligatoire. Logiquement, elles doivent se trouver au-dessus de l'entrée, sur un point plus haut…

— À quoi ressemblent-elles ? s'enquiert la jeune femme.

— Des tubes de pierre, ronds, hauts, vous ne pouvez pas les rater.

Effectivement, de longues minutes plus tard, Edgar en aperçoit une. Elle émerge du sol au milieu d'une cuvette dont on a du mal à croire qu'elle soit naturelle.

— Pourquoi cette cheminée se trouve-t-elle au fond d'un cratère ?

— Pour gêner son escalade, je suppose, limiter les intrusions, celles des animaux peut-être.

Car ce creux place l'entrée à plus de deux mètres de haut. Ils observent les alentours, avisent quelques énormes rochers çà et là.

— Il faut les faire basculer, ordonne le divisionnaire. Avec un effet de levier. Trouvez-nous une branche assez épaisse et solide !

Moins d'une heure plus tard, Claude est en sueur. Mais un petit monticule s'est constitué au pied de la cheminée, et son extrémité est désormais accessible.

Ils reprennent leur souffle et se laissent dévaler dans la cuvette. Claude passe devant pour gravir les rochers entassés. Arrivée en haut, elle étudie l'ouverture du puits. Elle est recouverte d'une grille, en principe soudée, mais qui paraît en mauvais état. Rouillée, rongée, elle se tord par endroits comme un vulgaire copeau de bois. Claude se place face à un angle recourbé, et le pousse, encore et encore. Jusqu'à ce qu'enfin, dans un grincement plaintif, la grille se détache et tombe, engloutie par les branchages.

Claude se penche au-dessus du trou. Une série de barreaux descend droit dans le boyau. À partir du cinquième, on ne distingue plus rien.

— Mon Dieu, Edgar, il fait bien sombre là-dedans !

— N'ayez crainte. Une fois en bas, le peu de lumière de la cheminée suffira, au moins pour un temps.

Claude n'est pas rassurée, mais elle refuse de le montrer. Elle enfourche la cheminée puis, maladroitement, s'y glisse ventre vers la paroi. Parvenue au cinquième barreau, elle constate qu'elle aperçoit le sol, encore loin en dessous : Edgar avait raison. Il a entamé la descente à son tour. Au dernier barreau, Claude se pend de tout son long, saute les cinquante centimètres qui la séparent du sol terreux, puis amortit l'arrivée d'Edgar.

Les voilà dans une galerie assez profonde, qui s'étire des deux côtés.

— Où allons-nous ?

— Dans le sens de la descente.

Ils progressent lentement, prudemment, veillant à ne pas faire de bruit, et laissant leurs yeux s'habituer à la pénombre. Elle est relative, parce que du sol au plafond la pierre est claire. Le moindre éclat de lumière s'accroche aux murs crayeux.

Dix mètres plus loin, l'obscurité a gagné du terrain, mais alors que Claude envisage sérieusement de rebrousser chemin, une lueur se distingue, devant. Claude se dirige vers elle, Edgar sur les talons. Ils débouchent dans un autre tunnel, perpendiculaire au premier. Ce nouveau passage est éclairé par de petites lampes posées à même le sol tous les dix mètres environ.

— Edgar, regardez ! L'endroit est habité, c'est incroyable.

Edgar ne répond pas. Il prend sur la gauche, et Claude le suit.

La galerie continue encore un moment, plus profondément. Cette mine n'a rien à voir avec celle qu'ils ont vue plus tôt le matin. On tient largement debout dans ces galeries, où l'on pouvait probablement tirer des chariots pleins. Elles paraissent parcourir tout l'intérieur de la montagne jusqu'aux entrailles de la terre, indifférentes à la vie extérieure.

Maintenant, sur les parois autour d'eux, les vestiges

d'une autre époque défilent, incrustés dans la pierre ivoire : ammonites, conques et moules, escargots divers, Claude distingue même de petites dents de requin. Elle est aussi impressionnée qu'une enfant.

Quelques minutes plus tard, ils atteignent le terme du boyau clair. Claude pose ses mains sur l'occlusion qui lui barre le chemin, comme pour en vérifier la réalité.

— C'est impossible, ce tunnel ne peut se terminer ainsi !

Elle se tourne vers Edgar, mais le vieil homme est fasciné par une anfractuosité sur le côté, peu avant la fin du passage. À cet endroit, on dirait que le mur a été enfoncé par le coup de poing d'un géant. La jeune femme s'avance vers le trou et s'aperçoit qu'elle peut aisément y passer la tête. Ainsi placée, elle comprend : ce renfoncement n'en est pas un. En réalité, le passage se poursuit sur le côté, si dissimulé au regard qu'on ne le voit qu'une fois soi-même dedans.

Sans hésiter, elle se glisse par l'enfonçure et se faufile dans un passage très étroit, où il serait impossible de croiser quiconque. Quelques mètres plus loin, alors que les murs qui l'enserrent commencent à l'étouffer d'angoisse, elle débouche dans un espace si extraordinaire, et si beau, qu'elle en reste interdite, bouche bée, yeux écarquillés.

Il lui semble qu'elle vient de naître, et qu'elle découvre le monde pour la première fois. Car cet univers-là est résolument aussi nouveau pour elle que splendide : partout, sans limite haute ni basse, les draperies gigantesques succèdent aux piliers ouvragés, les orgues luisantes aux mares translucides. Les formes les plus majestueuses, aussi écrasantes que fines, aussi puissantes que ciselées, se dévoilent à perte de vue dans un silence humide.

Au sol, un passage éclairé, régulièrement, par les mêmes petites lampes que dans la mine. Mais ici, point de phosphate : on a quitté l'exploitation humaine prosaïque pour pénétrer dans une cathédrale naturelle, toute de crème et de camaïeux de rose.

— Mon Dieu, Edgar ! Mais quel est cet endroit ?

— Une grotte, mon petit. Qui date probablement du jurassique. On en a découvert quelques-unes en France, ces dernières années. Ce n'est pas si rare, dans les couches calcaires.

Claude avance, émerveillée. Elle passe devant des gouttes semblant monter vers le ciel au lieu de tomber, des plaques comme autant de toiles tendues au-dessus d'eux pour les protéger d'un soleil qui ne percera jamais, des accumulations de cire comme si des milliers de bougies avaient fondu sur la même mèche.

Partout, les lumières se reflètent, tremblantes et raffinées, donnant l'illusion que ces rideaux tombés d'un ciel de pierre frémissent dans la brise.

— C'est magnifique ! ne peut s'empêcher de répéter Claude, tandis qu'elle descend plus profondément encore, manquant même de glisser par moments.

Au bout d'un temps qu'elle ne peut estimer tant elle est captivée par cette féerie, les concrétions se normalisent et s'écartent. Au bout de cette zone, il n'y a plus rien. Le vide au bout du chemin, dirait-on. Comme s'il s'ouvrait directement sur le flanc d'une falaise souterraine.

Et tel est le cas : devant Claude encore ébahie, un gouffre dont il est impossible d'évaluer la taille s'ouvre à ses pieds. La voûte de cette grande salle ronde se trouve loin au-dessus d'elle. À son faîte, comme l'oculus d'un temple romain, une ouverture laisse entrer une lumière aveuglante. Vue depuis la forêt, cette fenêtre doit ressembler à un pauvre trou noyé dans les fourrés. Il est sans doute impossible d'imaginer ce qu'il dissimule.

Près de cent mètres sous la perforation, le sol de cette nef disproportionnée semble constitué de gravillons gris et luisants. Il est pentu, en direction du fond de la salle qui s'abîme encore plus loin. La galerie se termine par un lac très sombre parfaitement lisse, qui s'étend au-delà de ce que les yeux de Claude peuvent percevoir.

Mais le plus incroyable n'est pas l'œuvre de la nature.

C'est que devant elle, à ses pieds, un escalier de bois descend au fond de ce gouffre, formant comme une série de lacets qui rejoint le parterre caillouteux. Et un peu plus loin, en bas, de chaque côté d'un sentier que l'on distingue d'ici, des cabanes de bois se succèdent. Elles sont accolées les unes aux autres, des dizaines de cubes de planches alignés, et ce jusqu'à l'extrémité visible du gouffre, vers le lac.

— Edgar, voyez-vous ce que je vois… s'assure la jeune femme.

Ce dernier, parvenu à ses côtés, acquiesce sans un mot. Il considère gravement son équipière. Il semble terrifié, hagard. Et Claude se demande s'ils ont eu raison de venir jusque-là, sachant l'état de faiblesse du vieil homme.

— Souhaitez-vous que je descende seule ?

Mais il réfute une telle option, en secouant la tête avec vigueur. Et, voulant confirmer sa volonté, il passe devant elle pour amorcer la descente dans ce monde oublié.

La plongée dure de longues minutes, tant la fosse est profonde. Au fur et à mesure, Claude distingue de mieux en mieux ce hameau de bois qui semble avoir colonisé les lieux. Des gens vivent-ils ici ? Ils ont manifestement accès à l'eau. Mais comment se procurent-ils de la nourriture ? Pourquoi évolueraient-ils ainsi, cachés de tous ?

Une fois en bas, Claude se fait la réflexion que la température a dû descendre avec eux de plusieurs degrés. La jeune femme resserre sa veste car la fraîcheur se fraye un chemin jusqu'à sa peau. À moins qu'il ne s'agisse de la peur. Ainsi perdue au milieu de cette bulle de vide, elle se sent à la merci de n'importe quelle créature furieuse. Partout autour, des parois lisses et concaves : il est impossible de fuir, et la remontée vers la grotte ne saurait se faire rapidement.

Ils traversent le gouffre avec prudence, rejoignent le sentier qui file vers le lac. Dans une dizaine de mètres, ils parviendront à la première cabane.

Le cœur de Claude tambourine dans sa poitrine. Elle a l'impression de l'entendre à ses oreilles, son battement se répercutant comme un écho contre les parois grises et aveugles. Elle se tourne vers Edgar, le trouve particulièrement pâle et tremblant.

Il est trop tard pour reculer. Elle est arrivée devant la première maisonnette. La porte est solide, épaisse. Comme les murs. Et, curieusement, une lourde clé dépasse de la serrure. Claude suppose que si quelqu'un vit là, il ne craint pas les intrus. Elle hésite, consulte Edgar du regard, mais il est absorbé dans une contemplation absente de tous les autres appentis. Ellc frappe doucement le bois tendre et humide.

Attend une réponse qui ne vient pas. Tourne la clé avec une infinie lenteur, comme pour ne pas réveiller le dragon qui garderait les lieux. Pousse la porte. Ses tempes bourdonnent, son front cogne.

Elle se focalise d'abord sur la vision familière d'une bougie, puis son regard embrasse la petite pièce chichement meublée. Et dans un coin, ratatinée sur elle-même, les bras enserrant ses jambes dans une silhouette informe, une femme en chemise longue la considère avec une épouvante qui ne fait aucun doute.

Claude n'a pas respiré depuis qu'elle a tourné la clé. Elle est obligée de souffler, face à cette vision, plusieurs fois, comme en hyperventilation.

— Mon Dieu, madame, lâche-t-elle. Mais qui êtes-vous ? Que faites-vous là ?

— Léonie… Je m'appelle… Léonie.

## 24

## *Une revenante*

La première pensée de Claude est pour sœur Placide.

Léonie est en vie. Ce n'est que justice, pour elle et pour la religieuse qui la cherche.

Claude s'approche de la femme aux yeux fiévreux, où le bleu profond a viré à l'anthracite. D'abord, une étrange confusion saisit l'inspectrice : la femme devant elle est d'âge mûr, avec un corps las et de premières pattes-d'oie cisaillant ses tempes. On est loin de la jeune fille espiègle décrite par la religieuse. Puis Claude se reprend. Cela fait quinze ans que cette jeune fille a disparu de la surface de la terre.

— N'ayez pas peur, Léonie, nous ne vous voulons pas de mal…

Mais la pauvre femme tremble de tous ses membres, elle se crispe, et ouvre grand la bouche comme pour crier. Sans trop savoir pourquoi, Claude sait déjà que ce serait une bien mauvaise idée.

— Sœur Placide ! C'est sœur Placide qui nous envoie.

— Sœur Placide ?

— Oui, elle vous cherche.

L'effet est immédiat. Léonie éteint le feu dans ses yeux, détend ses jambes, et se glisse au bord du lit.

— Mon Dieu, mais vous êtes enceinte ! Appuyez-vous sur moi.

La prisonnière s'exécute et repose de tout son poids sur l'épaule de Claude. Elle se met à sangloter doucement.

— Je vous en prie, ne pleurez pas, nous sommes là maintenant.

Les deux femmes sortent de la cabane. Edgar est resté immobile, figé devant les masures qui se succèdent.

— Allons, Edgar ! le tance Claude. Aidez-moi !

Le vieil homme sort de sa torpeur. En silence, il saisit Léonie et la soutient le temps de libérer Claude. Cette dernière observe avec stupeur les maisonnettes et l'alignement des clés sur les portes. Il y en a tant. Elle frémit, n'ose comprendre.

Elle se dirige résolument vers la deuxième cabane et la déverrouille. Puis la troisième, et encore une autre. Saisie par une urgence qui a toutes les apparences de la panique, elle passe de porte en porte, de serrure en serrure. Elle ne prend même plus la peine de regarder à l'intérieur.

Au fur et à mesure que les portes grincent, des formes fantomatiques, drapées de blanc, voûtées, hagardes, se risquent à glisser la tête, puis le corps, à l'extérieur des geôles de bois. Certaines de ces femmes arborent des ventres proéminents, d'autres mordent leurs poignets sales pour ne pas hurler leur libération. Certaines s'étreignent, tombant dans les bras les unes des autres, généralement des voisines. Claude imagine qu'elles ont dû trouver un moyen de communiquer à travers les parois rugueuses. Mais c'est peut-être la première fois qu'elles se voient, et qu'elles se touchent.

Claude ne se rend pas compte qu'elle pleure, en même temps qu'elle continue de tourner des clés. Combien y en a-t-il ? Elle grogne de rage, d'impatience, de douleur, bouillonne d'une colère qui lui fait oublier le froid ambiant.

— Que se passe-t-il ici ?

Un homme est sorti d'une cellule, un peu plus loin, près du lac. Il a manifestement enfilé rapidement son pantalon sur son maillot de corps. Ses bretelles pendouillent piteusement.

Elle le reconnaît, bien sûr. Étienne Perrin, le bellâtre, le hâbleur, probablement le voyeur du Ménage, sans doute le maître de ce harem troglodyte. Elle pourrait se jeter tout de suite sur lui, là, sans hésiter, et le mordre de toutes ses forces. S'il ne pointait pas sur elle un pistolet.

— Qui êtes-vous, bon sang ? Que faites-vous là ?

Elle ne peut pas lui répondre. Sa gorge ne le lui permet pas. Elle consacre l'intégralité des forces qui lui restent à demeurer à distance, car il lui faut survivre pour confondre cet homme.

De la cabane qui fait face à Étienne, le battant s'écarte et un autre homme débraillé en sort, à peine plus vieux. Claude ne reconnaît pas cette moustache qui tombe et se termine en bouc pointu, ce nez long et légèrement de biais, comme s'il avait été cassé.

L'inconnu est d'abord saisi par le spectacle de toutes ces silhouettes spectrales, remontant le sentier central comme un troupeau échappé de l'enclos. Puis il avise cette jeune personne qui ne ressemble pas aux autres et dont il se demande si elle est homme ou femme. Il suit son regard, tombe sur Étienne, et sur l'arme. En un éclair, il saisit la situation, se penche et attrape un poignard dans sa botte.

Contrairement au fils Perrin, lui n'hésite pas, et se précipite sur Claude, lame dressée devant lui.

La jeune femme est tétanisée. En une fraction de seconde, elle comprend qu'elle va mourir. Ici et maintenant. Elle se rend compte qu'elle ne s'est jamais posé la question de sa propre fin. Étrangement, ce n'est pas tant la peur de sa mort qui l'étreint, à cet instant. C'est le fait de n'avoir jamais revu son père et ses sœurs. Voilà une pensée incongrue, pour elle qui a toujours soutenu n'avoir pas besoin des siens. Pourtant, pour sa dernière seconde sur terre, c'est leur image qui s'impose à elle.

L'inconnu prend son élan et balance son bras armé devant lui.

Exactement au moment où une des portes que Claude vient d'ouvrir libère une prisonnière.

Cette dernière bondit littéralement de sa cage, et se retrouve involontairement intercalée entre Claude et son agresseur. Le couteau pénètre la chair sans même être ralenti. Un cri aigu résonne dans le vide qui les entoure, suspendant, pour un instant, la fuite qui se généralise au fur et à mesure que les filles échappées ouvrent elles-mêmes d'autres portes.

Dans cet intervalle, alors que la malheureuse s'effondre, toute droite, Edgar s'est enfin décidé à s'avancer. Il se place juste derrière Claude. Il est livide. Étienne s'étonne de sa présence et crache son mépris :

— Roux ! Vous ici ! Vieux fou, vous rendez-vous compte de ce que vous avez fait ? Il est bien temps d'avoir des états d'âme !

Mais ce n'est pas le vieux divisionnaire que le fils Perrin vise, alors qu'il lui parle. C'est Claude, que tous estiment décidément plus effrayante. Au point qu'Étienne dresse le pistolet. Il va tirer.

Tout se passe alors très vite.

Edgar bouscule Claude et l'écarte. Elle tombe à terre, se cogne violemment la tête contre la cabane. Avec l'énergie de ses dernières forces, le divisionnaire se jette sur Étienne Perrin. Celui-ci fait feu, provoquant une onde tonitruante dans le gouffre et les tunnels. Mais touché ou non, Edgar poursuit sur sa lancée.

Il enserre Étienne pour une brutale accolade, et bascule avec lui. Sous le choc de l'étreinte, le pistolet tombe. Entraînés par la pente, ils trébuchent sur plusieurs pas, et, toujours enlacés, plongent ensemble dans l'eau qui n'a jamais dû être troublée de la sorte.

Le lac noir et immédiatement profond bouillonne autour d'eux, dans une écume de membres mélangés et frénétiques. Pendant ce laps de temps, l'inconnu au bouc et au couteau a repris ses esprits. Il se précipite, tend la main vers le pistolet, s'en saisit et se retourne pour mettre Claude en joue. Celle-ci, étourdie, se redresse à peine.

La détonation déchire la cavité monumentale.

L'homme au bouc lâche son arme.

Il chancelle en arrière, roule et s'immobilise au bord du lac, la tête dans l'eau. Derrière lui, le bouillonnement est en train de faiblir.

Malgré la brume légère qui obscurcit ses pensées, Claude a conscience du sol froid et caillouteux sous elle. Elle étire son buste pour regarder vers l'arrière. Elle distingue encore quelques filles qui remontent le sentier, sans doute les dernières du groupe.

Et avançant dans sa direction, des gendarmes, dont un qui tient un fusil fumant.

Quelques secondes plus tard, elle sent qu'on la saisit par les aisselles, pour la tirer en arrière et l'éloigner du lac. Elle devine des bruits, des chocs, des voix, et lutte pour garder ses esprits.

— Edgar… lâche-t-elle faiblement.

Mais elle comprend que personne ne l'entend.

Il lui faudra plusieurs minutes pour être capable de se relever. Aidée par la pente, elle titube alors vers le lac, dont deux brigadiers sondent le fond à l'aide de leurs fusils. Elle s'avance sans ralentir dans le miroir glacé, tout habillée, suscitant les cris d'alarme des militaires. Elle n'a déjà plus pied. Elle patauge du mieux qu'elle peut, malgré le poids des vêtements gorgés d'eau.

Elle se laisse couler pour regarder sous la surface, et le froid pique son visage comme de minuscules aiguilles. Mais elle ne distingue rien d'autre que le noir. Il faut dire que la lumière de l'ouverture-oculus parvient à peine jusque-là. Elle cherche encore, appelle Edgar, et lorsqu'elle sent ses forces l'abandonner à nouveau, finit par se traîner sur la berge.

Elle traverse l'heure qui suit, assise au bord du lac, dans un trouble dont elle ne gardera que peu de souvenirs, sinon celui de la brûlure des vêtements glacés, des bribes de conversation, des éclats de lumière, et des visions qui se mêlent aux fantasmes. Elle a le sentiment que la réalité a subitement éclaté en plusieurs dimensions superposées, comme une lumière réfractée.

Jusqu'à ce qu'un brigadier à l'allure juvénile malgré sa barbe la rejoigne. Elle ne sait combien de temps est passé.

— Allez-vous mieux, mademoiselle ?

— Je… je crois. J'ai reçu un coup sur la tête. Avez-vous pu retrouver mon collègue, Edgar ? Il est tombé à l'eau…

— Je suis navré, nous l'avons cherché mais son corps reste introuvable. Ce point d'eau est de toute évidence très profond, c'est une sorte de puits. Nous pensons qu'il a coulé, avec l'homme qui lui a tiré dessus.

Claude ne peut retenir de nouvelles larmes. Compatissant, le jeune gendarme lui tapote l'épaule avec une touchante maladresse.

— Je vous en prie, mademoiselle, il faut sortir maintenant. Il n'y a plus que nous, tous les autres sont remontés.

— Combien sont-elles ? Avez-vous pu les compter ?

— Trente-trois. Il y en avait trente-trois. Mais l'une d'entre elles est morte, des suites d'un coup de couteau.

— Seigneur… Et vous, comment êtes-vous arrivés là ?

— Mme Perrin, de Saint-Jean-le-Vieux, a envoyé une dépêche au poste de Bellegarde. Elle prétendait que nous trouverions des corps enterrés dans la mine désaffectée d'Ochiaz. Par acquit de conscience, et parce que c'est la famille Perrin, on s'est décidés à faire un saut. On a trouvé l'entrée clôturée, la cheminée ouverte, puis on a suivi les lumières, entendu des voix, et nous voilà. Mais nous ne pensions pas tomber sur… ça, fait-il en écartant le bras sur l'étrange décor.

— Nous non plus, je vous l'assure. Sinon, nous ne serions pas venus sans armes ni renforts.

— Savez-vous ce qui s'est passé ici ?

— Remontons, monsieur le brigadier. Je vous raconterai en chemin.

Autant le parcours aller avait été mystérieux, empli de surprises et d'émerveillement, autant le retour est pénible, épuisant, et pesant. À chaque pas, Claude a un peu plus l'impression d'abandonner Edgar dans son tombeau obscur et froid. Elle se repasse la scène en boucle, sa propre stupéfaction, l'attaque de l'inconnu, et le sacrifice d'Edgar, puisqu'il ne fait désormais aucun doute qu'il l'a sauvée, en entraînant Étienne Perrin vers une mort probable.

Pendant le trajet, les questions du brigadier la distraient un peu de ses pensées morbides. Elle raconte comment des pensionnaires orphelines ont été enlevées, il y a de nombreuses années. Leur témoignage précisera la durée de leur calvaire. Edgar et Claude les croyaient mortes, mais en réalité elles étaient retenues prisonnières. Elles servaient manifestement à satisfaire les désirs pervers de notables organisés en bande, à en juger par l'état de grossesse avancée de nombre d'entre elles.

Le brigadier pince les lèvres. La jeune femme distingue le reflet des petites lampes à huile dans les yeux brouillés du garçon. Il est manifestement ému.

— Mademoiselle, pour ce que ça vaut, je dois vous dire qu'aujourd'hui, j'ai honte d'être un homme.

Plus Claude avance dans son récit, plus le brigadier est curieux. Elle détaille les soupçons de sœur Placide, qui avait cru reconnaître une pensionnaire disparue dans les traits d'une petite fille fraîchement arrivée. Elle fait part de leurs doutes quant au décès de Paul.

— Je peux comprendre l'implication de la religieuse. Mais vous-mêmes, simples inspecteurs du travail à Bourg, comment avez-vous eu connaissance de ces faits ?

— Par la mort quasi simultanée de deux garçons qui ne se connaissaient pas, mais qui étaient manifestement jumeaux. Nos recherches nous ont menés à un orphelinat, dans les montagnes, et de l'orphelinat aux Soieries. Ils étaient sans doute les fils d'une des filles retenues ici.

— Une histoire de fous, c'est une histoire de fous… conclut le brigadier alors qu'ils approchent de la cheminée.

Une échelle de corde a été jetée depuis l'extérieur, et pend devant les barreaux du boyau, jusqu'au sol.

Claude se hisse à l'air libre. Il lui semble redécouvrir le vent. La nuit est en train de tomber, et c'est heureux pour les filles qui ont été réunies un peu plus bas, là où le chemin se termine au pied du talus. Car leurs yeux, privés de la lumière du jour depuis des temps indéterminés, n'auraient pas supporté la violence du soleil.

Des renforts de police, convoqués sur les lieux, tiennent levées des torches et des lampes pour éviter de trébucher dans les fourrés. Des médecins de Bellegarde viennent d'arriver : on les reconnaît à leurs trousses caractéristiques et leur air sérieux. Ils se répartissent spontanément auprès des filles les plus malingres ou les plus avancées dans leur grossesse.

Pour l'instant, Claude tient à distance la souffrance, la colère, et la promesse de solitude qui la guette. Il n'est pas encore temps. Elle inspire profondément, tandis que le jeune brigadier qui l'a accompagnée revient vers elle, porteur d'une couverture qu'il dépose sur ses épaules avec une infinie précaution.

Elle baisse la tête pour dissimuler son émotion. Au travers de ses larmes contenues, elle contemple ses bottines : l'eau du sentier du lac a détrempé ses semelles. Et a ensuite accumulé, agglutiné, la poudre blanche faite de résidus de coquilles préhistoriques et de calcaire.

En réalité, ses pieds sont presque entièrement recouverts de la poussière du temps qui passe. Nul doute que, lorsque la couche humide aura séché, bien plus tard, la poudre d'os et de coquilles tombera d'elle-même sous ses pas.

Dans les jours qui suivirent, des expéditions furent organisées pour explorer scrupuleusement les galeries, la grotte et le gouffre.

Il s'avéra que les mines disposaient d'un autre accès, dissimulé sous des branchages, et qui était celui couramment emprunté par les geôliers. Entre l'ancienne entrée condamnée par des barreaux, et le conduit principal éclairé en permanence, un tronçon de galerie n'était jamais utilisé.

Dans ce bras perdu, aux parois incrustées de restes d'animaux disparus, on découvrit cinq corps, enterrés dans le sol phosphaté ; et un sixième trou, vide celui-ci. On fit naturellement le rapprochement entre cette tombe éventrée et le squelette inhumé aux Soieries sous la fausse identité de Léonie.

Tous les cadavres exhumés avaient été des femmes

et montraient divers stades de décomposition. On supposa donc qu'elles étaient mortes à différentes périodes, pour des raisons qui resteraient à déterminer. Mais les premières observations ne révélèrent ni coups ni traces quelconques. Le plus probable était donc qu'on avait placé là des prisonnières décédées naturellement au fil des années, soit de maladie, soit en couches.

Du fait de la disparition des archives des Soieries, on ne put jamais attribuer avec certitude un nom aux corps retrouvés.

Avec les trente-trois victimes identifiées, on pouvait donc estimer à trente-neuf le nombre total de femmes qui avaient été enlevées et enfermées dans la grande salle que l'on eut tôt fait de surnommer le « gouffre de l'horreur ».

Interrogées, elles avaient pu confirmer leur identité, hormis deux d'entre elles qui avaient presque perdu la raison, et avec elle la mémoire. Toutes étaient d'anciennes internes de l'usine-pensionnat, orphelines, et toutes avaient été mystifiées par une prétendue promesse de mariage. En réalité, elles avaient été endormies au moyen de chloroforme dès le premier rendez-vous pour se réveiller dans un endroit froid, humide et dépourvu de lumière. Elles ignoraient être restées sous terre si longtemps. Pour la plupart, le temps passé avait inexplicablement paru bien plus court qu'il ne l'avait été en réalité.

La plus ancienne était là depuis un peu moins de vingt ans.

Elles avaient été enlevées à raison d'une à deux par an. Suffisamment pour que leur nombre cumulé soit important, mais pas assez pour que cela se remarque sur les cinquante à soixante-dix pensionnaires qui quittaient l'usine chaque année. On pensait qu'elles avaient été choisies par Étienne Perrin lors de ses escapades nocturnes dans les couloirs secrets du Ménage, pour leur allure et leur candeur. Mais il ne pourrait jamais le confirmer. Par élimination, puisque aucune des survivantes ne ressemblait à Alberte Lagnieu, on supposa que Jeanne Lagnieu, de Jujurieux, avait fait partie des victimes enterrées dans la galerie aux fossiles. Il était même possible que la fille du charcutier ait été la première de la longue série qui avait suivi. En tout état de cause, elle était la seule à ne pas être orpheline.

Parce que les experts jugèrent qu'il était sans doute le plus vieux de tous, on estima que ce devait être le squelette de Jeanne qui avait remplacé celui de Léonie sous sa pierre tombale. En tout état de cause, Lagnieu avait accepté cette dépouille comme celle de sa fille, et lui avait donné une sépulture.

Les pensionnaires décrivirent l'homme qui avait emporté leur accord et leur conviction. Il était gentil, joli garçon, et promettait une vie de concorde. On fit venir des dessinateurs de la région pour donner ses traits au visage qu'elles décrivirent, chacune isolément. Et, hormis quelques nuances de pilosité, de coiffure ou d'âge apparent, le même homme apparut sous tous les traits de crayon.

Lorsqu'on s'intéressa aux proches d'Étienne Perrin, on étudia les situations des autres membres de la commission départementale du travail au sein de laquelle il s'avéra qu'Étienne représentait son père.

On ne tarda pas à lier le faux fiancé apparu sous les crayons des artistes à l'instituteur de ladite commission. Lorsqu'on se présenta à la ferme familiale de Nantua, parce qu'il vivait toujours chez ses parents, on le découvrit pendu à une des poutres de la grange.

Enhardies par l'efficacité de l'exercice, les filles furent alors sollicitées pour dépeindre aux dessinateurs les visiteurs qui se présentaient à elles. Car plusieurs hommes abusaient des prisonnières, avec plus ou moins de cruauté, les battaient parfois, les humiliaient souvent. Certains se présentaient à visage découvert, d'autres demeuraient masqués. D'autres encore couvraient les yeux des filles avec des bandeaux. Il avait été établi que certains de ces tortionnaires n'étaient venus qu'une fois, alors que d'autres étaient des habitués.

L'implication d'Étienne Perrin avait été admise dès le commencement de l'enquête. Il avait été un membre très actif de ce groupe lubrique, se présentant de plus en plus souvent au fil des années, au point que la chose était devenue une véritable addiction. Parce que les femmes étaient enlevées aux Soieries Perrin, il fut confirmé qu'il était l'organisateur principal de cette scandaleuse organisation.

Jean-Gabriel Berthelier, qui n'avait pris aucune disposition particulière pour cacher son apparence, fut le suivant à être reconnu par ses victimes. Il faut dire que l'ingratitude de ses traits vérolés aida incontestablement à l'identification.

L'homme au bouc et au nez tordu, abattu par les gendarmes, avait également été reconnu : il s'agissait d'Édouard Rambau, unique héritier des propriétaires des cuivreries du Bugey. Les Soieries y achetaient du matériel et des bassines. Édouard était, dans la vie, l'un des plus proches amis d'Étienne Perrin depuis l'enfance.

Enfin, Mercier avait également été confondu. Il était la caution médicale de l'organisation. Il soignait les filles, les aidait à accoucher, et n'hésitait pas à se payer en nature de temps à autre pour ses bons services. Du jour de son arrestation, il resta parfaitement muet, et totalement indifférent aux questions des enquêteurs. Aussi, on ne sut pas s'il avait concouru activement au sort funeste du jeune Paul.

Tous les coupables ne furent pas retrouvés : parce qu'ils ne s'étaient présentés qu'une seule fois plusieurs années auparavant, parce qu'ils s'étaient dissimulés, ou encore parce que les souvenirs des prisonnières étaient trop flous ou pas assez convergents pour en tirer une certitude absolue.

La révélation des événements eut l'effet d'une bombe aux Soieries de Saint-Jean-le-Vieux. Plusieurs tisseuses externes, parmi les plus expertes et les plus précieuses, renoncèrent spontanément à leur emploi en signe de protestation et de soutien aux malheureuses victimes. De nombreuses pensionnaires mirent fin à leur contrat, en même temps que les orphelinats se détournèrent de ce partenaire industriel. Cette situation provoqua une crise majeure dans la production des usines, incapables d'honorer les commandes de l'année.

César Perrin, qui n'avait pourtant jamais été inquiété dans cette affaire, s'enferma dans ses appartements de la maison bourgeoise. Il refusa d'en sortir pendant plusieurs jours, tant la honte le tenaillait. Lorsqu'il finit par réapparaître, il n'était plus que l'ombre de lui-même, et même la résilience d'Olympe ne parvint pas à le consoler.

Il souffrait de trop de maux en même temps : la

mort du fils préféré, le déshonneur, l'acharnement des journalistes qui multipliaient les dépêches ordurières, les clients en colère… À peine rendu à la lumière du jour, il fit une attaque cérébrale. On le retrouva tordu et aussi raide qu'une souche, au beau milieu de l'orangerie. Il en sortit vivant, mais diminué de moitié.

Comme ses précieuses usines.

## 25

## *Funérailles*

C'est donc seule que Claude revint à Bourg.

La maison d'Edgar, sans lui, résonnait tel un violon sans cordes. Pour la première fois, Claude s'y sentit comme une intruse. Elle passa les premiers jours de son retour à se morfondre dans sa chambre. La cuisinière historique persista quelque temps à déposer de copieuses assiettes au pied de la porte des appartements de Claude, puis se lassa.

Un jour pareil aux autres, Claude finit par réinvestir les lieux trop vides. Elle défit enfin ses bagages, mais devant la malle d'Edgar, elle se trouva incapable de l'ouvrir. Elle aurait eu le sentiment de violer son intimité. Elle erra d'une pièce à l'autre, rangea, classa, relut. Elle pleura beaucoup, aussi.

Après la découverte des pensionnaires disparues, on dragua comme on le put le lac souterrain. Mais il était bien trop profond. On décida alors d'attendre que les corps remontent sous l'effet de la putréfaction et des gaz ainsi générés. On supposait que la nature aurait fait son œuvre au bout de deux semaines.

En réalité, il en fallut près de quatre, sans doute du fait de la basse température des lieux. Et les brigadiers qui se relayaient tous les jours pour scruter la surface purent enfin mettre un point final à leurs sinistres tours de garde : les deux cadavres bouffis et violacés avaient été rendus au monde, comme après une pénitence bien méritée.

Étienne Perrin fut enterré de la façon la plus discrète, dans un espace excentré du cimetière des Soieries. D'aucuns avaient trouvé obscène qu'il se retrouve si proche des femmes qui étaient mortes dans son « bordel clandestin », aussi l'on tut le jour des obsèques. Selon les vœux d'Olympe, il n'y eut aucun nom gravé sur la pierre tombale, de peur qu'elle ne soit profanée. Seuls sa mère, son frère Philibert et son neveu Louis se recueillirent sur ses restes. César refusait désormais de quitter la maison.

Soixante ans plus tôt, le cimetière de Bourg avait été déplacé depuis le centre-ville jusqu'à un ancien domaine du comte de Montrevel, dans le quartier de Challes. Le splendide parc de l'aristocrate, guillotiné à la Révolution, avait été béni en 1830 par le diocèse d'alors. Il allait passer de l'usage d'un seul vivant au bénéfice de tous les morts.

Claude ne connaissait pas cet endroit avant de l'envisager pour l'éternité d'Edgar. Mais elle avait tout de suite été séduite par les grands arbres centenaires qui gardaient les parterres verdoyants et les larges allées qui ordonnaient les tombes.

C'était la jeune inspectrice qui avait organisé les funérailles du divisionnaire, puisque le corps lui avait été rendu et qu'elle ne savait pas vers qui se tourner.

L'inhumation eut lieu le jeudi 24 mai 1894, en petit comité.

Claude accueillit d'abord Julien Morel, le sous-préfet, arrivé très en avance. Il semblait sincèrement affecté par la mort de son ami. Il était accompagné d'un homme à l'allure de corbeau, qui se disait notaire à Trévoux. Ce dernier n'était pas un proche d'Edgar, mais il avait reçu ses dernières volontés, Julien en avait été témoin.

Lors du dernier déplacement des inspecteurs dans la ville où était mort Constantin Prudent, le divisionnaire en avait profité pour mettre en ordre ses affaires. Pendant que Claude courait la campagne pour procéder aux contrôles qu'exigeait leur fonction, Edgar rédigeait son testament. Ses instructions étaient claires, elles étaient toutes en faveur de la jeune femme.

L'apprendre finit de lui broyer le cœur, et elle s'effondra en pleurs dans les bras de Julien, qui ne fut pas en reste dans la peine. Claude prenait conscience qu'elle avait eu une autre famille, l'espace de quelques mois, et qu'elle l'avait perdue au fond d'une grotte du jurassique.

Le temps que les autres participants convergent vers la sépulture d'Edgar, elle s'était reprise, gardant pour plus tard les regrets et l'apitoiement.

Elle aperçut deux femmes, à l'entrée du cimetière, qui se dirigeaient vers elle. Elle reconnut d'abord Olympe, à son port altier, accentué par un col montant de dentelle noire, faisant ressortir un lourd chignon plus argenté que dans son souvenir.

Derrière elle, une femme d'âge mûr lui parut familière. Ses cheveux pâles avaient dû être roux dans sa jeunesse. Ils restaient dorés et crépus, balayés de lignes franchement blanches, et ficelés dans une tresse épaisse qui ressortait avec élégance sur la tenue verte. Claude ne put s'empêcher d'apostropher d'abord la femme à la robe couleur d'émeraude assortie à ses yeux.

— Sœur Placide ? Mais… que vous est-il arrivé ?

L'ancienne religieuse sourit de toutes ses dents, avec une spontanéité que Claude ne lui avait jamais connue. Comme si le voile qui entourait auparavant son visage avait aussi emprisonné ses mâchoires.

— Mathilde. C'est mon nom de baptême, et je l'ai retrouvé.

— Vous voilà toute revêtue de couleur !

— Oui, et ce n'est pas là le plus nouveau dans ma vie. Comme vous le devinez, j'ai renoncé aux ordres. J'étais parvenue au bout de ma vocation. J'ai quitté les Soieries, et nous allons nous installer avec Léonie, Victorine et le bébé dans les Dombes, d'où je suis originaire.

— Comment va Léonie ?

— Bien mieux. On dirait que chaque semaine qui passe efface une de ces terribles années d'enfermement. Elle a accouché d'un petit garçon, et c'est pourquoi elle n'est pas des nôtres en ce triste jour. Elle me charge de vous présenter ses regrets de n'avoir pu vous remercier en personne, pour toute l'aide dont Edgar et vous nous avez gratifiées. C'est une nouvelle chance qui s'offre à elle, et à moi. Nous comptons bien la saisir. Nous le devons à Edgar, et à Paul.

Puis les deux femmes s'enlacèrent avec ferveur.

Enfin, Claude se tourna vers Olympe.

— Chère madame Perrin. Sachez que je mesure tout le courage qu'il vous a fallu pour nous soutenir, quitte à ce que votre propre fils s'en trouve condamné. C'est apparemment à vous que nous devons l'intervention des gendarmes, qui m'a sauvée d'une mort certaine.

— Il est déjà bien assez pénible de vivre avec la disgrâce de mon fils, mademoiselle Tardy. Mais si je n'avais pas agi, elle serait devenue la mienne…

— Comment nous avez-vous retrouvés, au fond de ce tombeau de pierre ?

— Nous ne sommes toujours pas d'accord avec sœur Placide… Mathilde, corrigea-t-elle. Je maintiens que quelque chose de surnaturel nous a sciemment guidés pendant cette difficile période. Car c'est bien sur son passage et après ses manifestations que nous avons, à chaque fois, trouvé la poussière de fossiles. Et j'ai compris ce que cet esprit cherchait à nous dire quand j'ai fait le rapprochement entre cette ammonite qu'il ne cessait de faire tomber chez moi et les anciennes mines. En effet, c'est exactement de là qu'elle venait. Elle avait été offerte par Berthelier à mon époux à la fermeture de l'exploitation d'Ochiaz, il y a plus de vingt ans.

— Dieu seul sait ce qui nous a véritablement guidés, Olympe.

— Chère enfant, ajouta-t-elle en lui attrapant le bras pour faire quelques pas sous les marronniers. Je ne connaissais pas beaucoup Edgar, mais peut-être savez-vous qu'il est venu dîner chez nous, un soir.

— Oui, je m'en souviens.

— Nous avons passé une fabuleuse soirée, à parler ensemble de spiritisme. Lui aussi croyait en ces choses de l'après-vie, vous le saviez ? Il a notamment été très impressionné par une photographie que je lui ai montrée. On m'y voit avec mon petit-fils, accompagnés d'un spectre qui fut figé dans l'image. À l'époque, il voulait que je lui confie ce portrait fantastique, mais j'ai refusé. Aujourd'hui, je le lui cède bien volontiers, en témoignage de mon affection.

Olympe tendit alors une enveloppe à Claude, qui s'en saisit.

— Tenez. Je vous laisse la glisser dans sa tombe.

La jeune femme promit, elle trouva que c'était une jolie attention.

D'autres anonymes se présentèrent, la plupart ayant probablement appartenu à ce qu'avait été la vie d'Edgar, avant Claude. Des hommes assez vieux, certains ayant bien du mal à se mouvoir sur le terrain inégal, et quelques femmes les accompagnant. Les traits de l'une d'entre elles, à l'écart, intriguèrent Claude. Quelque chose chez cette inconnue éveillait un écho en elle. L'avait-elle croisée aux Soieries ? À Bourg, ou à Trévoux ?

Elle n'eut pas le loisir d'y réfléchir plus longuement, car l'office commença à ce moment-là.

Il fut bref, sobre, et empreint de ferveur.

Claude tâcha de retenir ses larmes, imaginant le vieux divisionnaire derrière elle, l'admonestant : « Allons, mon petit, un peu de tenue ! »

À un moment, elle sourit, l'entendant réellement dans sa tête.

À l'issue de la cérémonie, les participants la saluèrent, les uns à la suite des autres, à l'instar d'un membre de la famille. La mystérieuse inconnue choisit de se présenter la dernière. C'était une femme aux traits typés, comme si elle arrivait tout droit d'un pays méditerranéen, avec de lourds cheveux encore sombres malgré les stigmates du temps.

Puis tous s'en allèrent en ordre dispersé, exception faite de Julien et du notaire. Ce dernier entendait probablement lui faire signer quelques papiers. Lorsque les deux hommes s'approchèrent de Claude, elle interrogea le sous-préfet :

— Monsieur Morel, cette femme, là-bas, ne vous dit-elle rien ? Il me semble l'avoir déjà vue quelque part…

— Cette dame ? Naturellement, c'est Magdalena, la femme d'Edgar. Enfin, ex-femme, plus précisément.

— La femme d'Edgar ? Mais je la croyais morte !

— C'était le cas pour lui. Il a d'abord fait comme si elle l'était, puis il a fini par le croire. Il y a plus de douze ans, elle l'a quitté pour un médecin de Lyon. Elle le trouvait distant, entièrement dévoué à sa tâche, et sans doute était-ce vrai. Mais le départ de Magdalena a détruit Edgar, il faut bien le dire. Il est devenu comme fou, s'est enfermé pendant plusieurs semaines, à Bourg. Puis il est progressivement devenu acariâtre, cynique, distant. Parfois même agressif et violent.

« C'est à partir de cette époque que ses absences ont commencé. Il était embrouillé, oubliait des personnes, des événements. Il est arrivé qu'il ne me reconnaisse pas alors même qu'il venait de passer la nuit chez moi. Il s'égarait dans Trévoux et l'on me prévenait qu'on l'avait retrouvé, prostré, dans quelque endroit obscur. Longtemps, j'ai cru l'avoir perdu dans cette démence sénile trop précoce, manifestement accélérée par le chagrin d'amour. Il ne pouvait plus travailler comme avant, bien sûr. Mais il ne voulait pas qu'on le sache. Et c'est pourquoi il a demandé qu'on lui envoie un inspecteur départemental pour l'Ain, son territoire de cœur. Il espérait que quelqu'un reprenne sa suite.

— Et je suis arrivée, moi, une femme.

— Oui. Il en fut d'abord désespéré. Heureusement, vous avez mis au point ce stratagème permettant de le suppléer. Et puis, très vite, je l'ai trouvé changé.

Il allait bien mieux en votre présence. Son esprit revenait, les phases de crise semblaient de plus en plus rares, votre stimulation permanente le ramenait à la raison. Je crois que c'est pour cela qu'il vous a tout laissé. Il vous doit d'avoir été lui-même sur ses derniers temps de vie.

Claude intégra ces informations. À bien y réfléchir, elle avait forcément eu conscience des fragilités d'Edgar. De ses terreurs nocturnes, ses confusions, ses pertes de mémoire. Elle comprenait, à présent. Lorsqu'il était positivement sollicité par Claude, sœur Placide ou par l'enquête, il parvenait à tenir à distance, la plupart du temps, le véritable spectre qui le guettait : la démence, l'oubli, l'aliénation.

Mais, parfois, il se trouvait abandonné à sa condition et à ses souvenirs enfouis et niés, en particulier ceux liés à la trahison de sa femme. Alors, le monstre de l'égarement se rappelait à lui, dévorant la nuit ce qu'Edgar avait tenté de construire le jour.

Elle signa les papiers du notaire, et ce faisant, se trouva embarrassée par l'enveloppe confiée par Olympe qu'elle glissa sous son bras. Elle l'avait oubliée !

Lorsque les deux derniers invités eurent tourné les talons, elle s'en retourna au bord du trou frais, au fond duquel avait été descendu le cercueil. Des hommes étaient déjà en train de saisir des pelles pour recouvrir le tout.

Parvenue au bord de la fosse, elle considéra l'enveloppe. Était-il vraiment possible qu'un esprit se soit invité sur une simple photographie ? Elle n'ignorait pas les récentes avancées en matière d'électricité, d'électromagnétisme, et toutes les magies du monde qui restaient encore à découvrir. Était-il concevable qu'une énergie d'un autre univers ait pu impressionner la plaque ? À quoi ce prétendu fantôme ressemblait-il ? Pouvait-on en distinguer les traits ?

La curiosité fut la plus forte et, avant de laisser tomber l'image, elle décida d'y jeter un œil, pour en avoir le cœur net. Elle ouvrit l'enveloppe, saisit la large photographie cartonnée bichrome et la regarda longuement, le cœur battant. Refusant de croire à ce qu'elle voyait, elle leva les yeux au ciel comme pour les laver, revint au pli entre ses mains.

C'était impossible !!

Fébrile, elle replaça l'image dans l'enveloppe, et repartit avec.

Une calèche vient de la ramener à la maison du centre-ville.

Elle se précipite à l'intérieur. En bas, au pied de l'escalier, elle considère le cadre où trône une Magdalena plus jeune, et radieuse. « Ma femme », avait inscrit Edgar d'une main tremblante. C'était là qu'elle l'avait vue. À chaque fois qu'elle était passée devant, pensant qu'elle était morte, alors qu'elle était simplement occupée à une autre vie.

Claude monte l'escalier d'un pas résolu et se dirige droit vers la chambre d'Edgar. Sa malle est toujours là, déposée au pied du lit par les porteurs. Elle s'agenouille, l'ouvre, et jette autour d'elle les maillots de corps, les chemises et les pantalons de coton. Au fond, sous les habits, elle dégote une série de photographies : elle se voit d'abord, elle, Claude, assise de profil, concentrée sur un rapport parmi d'autres. Edgar a inscrit : « Claude Tardy, elle travaille avec moi. » Il y a aussi une religieuse, manifestement saisie à son insu, tandis qu'elle sert du pain à une pensionnaire du réfectoire. « Sœur Placide, des Soieries Perrin. » Elle trouve quelques autres portraits annotés, de Julien, de l'orphelinat de Pont-d'Ain, de Paul. Le pense-bête astucieux d'un vieil homme à qui sa propre vie échappe comme du sable entre les doigts. Claude comprend mieux la passion d'Edgar pour la photographie, qui figeait ces moments pour toujours.

Mais il n'y a pas là ce qu'elle cherche.

Elle redescend alors prestement, jusqu'à la fameuse salle de développement photographique. Pose sa main sur la poignée, hésite. Puis ouvre. La petite pièce est sombre, assurément, car aveugle. Elle a manifestement été construite au sein même du salon, bien après la maison. Claude sort, revient avec une lampe allumée et, dans la clarté fébrile, se met à fouiller parmi les multiples photographies qui jonchent la table centrale.

Elle ignore le matériel auquel elle ne connaît rien, et qui embarrasse le fond de l'endroit : une curieuse boîte enchâssée sur de hauts pieds, des bouteilles de verre coloré, plus ou moins remplies de produits anonymes et inquiétants.

Elle se concentre sur les étagères, les placards, les tiroirs. Partout des représentations commentées de tous les lieux où Edgar est passé ces dernières années, marquées de légendes destinées à ne pas les laisser se perdre dans les méandres d'une mémoire embrouillée. Des usines, des rues, des maisons, des quais de gare, des personnages divers. À un moment, elle déniche une image qui réunit sous ses yeux la sinistre commission départementale fraîchement dissoute. Celle-ci est vierge de légende.

Autour d'une table en marbre clair, on reconnaît,

plus jeunes, tous les membres de la vilaine bande : le fourbe Mercier, avec son œil qui se refuse à l'appareil, Berthelier et son visage lunaire, Étienne Perrin, chahuté par Édouard Rambau qui n'a pas encore de bouc à cette époque et, un peu à l'écart et apparemment mal à l'aise, l'instituteur et apprenti comédien. Les sourires sont larges alors, et les regards malicieux. Pourtant, nul doute qu'au même moment des filles croupissent déjà au fond d'une caverne depuis plusieurs années.

Claude étudie un long moment cette photo. Non pas tant pour ceux qui s'y trouvent, dont elle sait maintenant le destin criminel, mais pour tenter de deviner l'état d'esprit du photographe. Elle la met de côté et continue de chercher.

Un peu plus loin, elle exulte. Elle vient de tomber sur ce qu'elle est venue chercher, trônant sur un tas de plaques vierges. Elle glisse la précieuse trouvaille dans sa ceinture. Il ne faut pas la perdre, c'est peut-être sa seule preuve.

Dans sa précipitation à fuir cet endroit oppressant, le bas de sa robe accroche une série de clichés qui avaient été glissés sous la dernière étagère de la paillasse centrale. Ils se répandent au sol. Elle pourrait les piétiner, passer outre. Elle y songe véritablement, car une partie d'elle, tout au fond, sait ce qui l'attend. Elle ferme les yeux, refuse l'évidence.

Mais des visages s'impriment alors derrière ses paupières, malgré elle : ceux de Victorine avec ses bras rougis, Léonie terrifiée, sœur Placide devenue Mathilde, Olympe. Toutes sont comme autant de fantômes domestiques qu'elle aurait elle-même convoqués pour l'aider à affronter la réalité. Ils blessent ses yeux, la font pleurer de nouveau.

Commandée par ces figures, elle se sent obligée de se baisser pour ramasser les photographies.

Une femme, nue, formant une tache blanche dans l'obscurité alentour. Elle est sur le ventre, fesses impudiquement relevées. Puis sur un autre cliché, la même, de côté. Elle a un bandeau noir sur les yeux, les cheveux en bataille. Une troisième image, une quatrième. Une succession de poses vulgaires, dégradantes, sales.

Claude les réunit dans un brouillard de larmes qui dilue le monde. Elle sort prestement de ce cloaque étouffant, retrouve l'air libre et calme progressivement son émoi par de longues et profondes inspirations.

Puis, résolument, elle se dirige vers la cheminée. Dépose avec douceur les clichés immondes au fond de l'âtre. Frotte une allumette, et les contemple, alors qu'ils caramélisent et se tordent dans tous les sens comme soudain arrachés à leur sommeil par une violente douleur.

# 26

## *Confession*

En ce début juin, le jardin de la maison bourgeoise éclate d'une indécente exubérance. Les rosiers s'illuminent de fleurs colorées et odorantes, les lourdes pivoines commencent déjà à piquer dangereusement du nez, et les jasmins étoilés frémissent au vent léger.

Mais Claude ne sent rien de cette vie foisonnante. Elle l'observe, concentrée, depuis la verrière de l'orangerie. À sa droite, plus bas, elle aperçoit l'entrée des Soieries et le fronton du monument à la gloire de César Perrin. En cette fin de matinée, l'endroit est assez vide. Seules quelques taches mobiles, en arrière-plan, trahissent la présence permanente des sœurs. D'ici, elles ressemblent à des pies.

Autour d'elle, de hautes plantes exotiques, d'un vert tendre et soutenu, émergent de pots multicolores. Le parfum entêtant des fleurs d'agrumes plane dans l'air tiédi par les glaces. Elle avance entre des feuilles aussi larges que des ombrelles, et avise une petite table ronde, toute de mosaïque bleue. Elle s'installe sur l'une des deux chaises en fer forgé qui l'encadrent.

— Vous avez demandé à me voir ?

Claude ne se lève pas à l'arrivée du visiteur. Elle

acquiesce simplement de la tête, sans mot dire, et indique de la main la seconde chaise.

Philibert Perrin s'étonne de l'attitude pour le moins cavalière de la jeune femme. L'homme au visage imberbe, osseux et sans joues, tout d'angles et de creux, reste pourtant impassible. Ses yeux sont loin, comme cachés, à l'abri, encastrés dans les orbites telles des pierres précieuses dans une dague. Il est mince, presque frêle, et pourtant, on le devine aussi malin que dur. Un mélange qui doit faire des miracles dans le monde des affaires. Claude suppose même qu'avec cette morphologie qui n'impressionne pas, il doit souvent être sous-estimé par ses interlocuteurs. Un avantage qu'elle-même n'ignore pas.

L'aîné des fils Perrin détaille la jeune femme qui lui fait face. Ses cheveux mi-longs et noirs sont simplement retenus par un ruban, et dégagent un visage aussi harmonieux que s'il était sorti d'un tableau italien. Il est si parfait qu'il en oublierait presque d'être beau.

— Vous êtes Mlle Tardy, c'est bien cela, commence-t-il. Vous œuvriez avec M. Roux, le divisionnaire. Alors, que faites-vous là ? Auriez-vous encore à procéder à quelque contrôle dans nos usines moribondes ?

Pour toute réponse, Claude saisit la serviette en cuir acajou crevassé, qui appartenait à Edgar. Elle l'ouvre et en sort deux photographies. Elle pose la première sur les petits carreaux azur, et la pousse devant Philibert. Il la prend en main, la scrute attentivement, et tout d'un coup voit où elle veut en venir. Il la repose lentement.

Dans un réflexe qui le perd, il tourne la tête, cherche derrière lui vers l'intérieur de la maison. Il se reprend, et tente une dernière fois de feindre l'étonnement.

— Qu'est-ce que cela ? demande-t-il.

— C'est une scène de crime, monsieur Perrin. Celle d'un jeune homme qui se nommait Constantin Prudent. Il était fileur d'or à Trévoux. Sur cette image, il est mort. Par définition, il n'a donc pas bougé du tout quand Edgar a pris cette photographie ; une netteté qui fait qu'on le reconnaît parfaitement. Ses traits sont caractéristiques, ainsi que cette tache de naissance en forme de cœur, juste là, dit-elle en la montrant du doigt.

Philibert garde le silence. Claude prend une longue inspiration.

— Je m'étais résolue à penser que les décès de Constantin d'une part et d'Alfred d'autre part, son frère jumeau retrouvé aux glacières de Sylans, étaient finalement bien ce qu'ils semblaient être. Un suicide pour l'un, une noyade accidentelle pour l'autre. Je supposais qu'un incroyable hasard les avait vus périr presque en même temps. Et j'en étais venue à croire qu'il s'agissait là d'un signe du destin pour nous mettre sur la voie des Soieries. Peut-être même l'œuvre d'un esprit qui aurait voulu nous guider jusqu'à sœur Placide. Mais voilà. Récemment, votre mère m'a confié ceci.

Et Claude sort de la pochette la deuxième photographie, qu'elle pose à côté de la première. On y voit Olympe, à genoux devant des massifs, une trace informe et blanchâtre au-dessus d'elle, et, juste derrière, Louis.

Le petit-fils de la vieille dame, le fils de Philibert et de Marcelle.

Un garçon fin, si allongé qu'il semble pencher légèrement sur le côté. Il sourit à l'objectif, tenant devant lui des plants sans doute colorés. Son nez est mince et effilé, on dirait presque un trait droit. Des yeux en amande, trop écartés, lui confèrent un petit air de chat.

Et sur sa pommette droite, on devine la forme d'un cœur.

Claude reprend.

— Je n'ai pas compris tout de suite ce que je voyais. Il était impossible que votre fils soit à ce point identique à Alfred et Constantin. Et pourtant… C'était là un parfait mobile pour faire disparaître les jumeaux. Leur seul visage aurait pu être rapproché de celui de l'unique héritier des grandes Soieries Perrin. Même si je ne m'explique pas encore pourquoi vous avez attendu vingt ans pour vous débarrasser d'eux.

« Dès lors, si ces trois garçons étaient liés, il était évident que vous étiez de mèche avec Étienne Perrin et sa sinistre bande. Car nous croyons que Constantin et Alfred sont les fils de Jeanne Lagnieu, le premier otage de votre frère, et qu'ils sont nés du viol de la jeune fille. Ce qui sous-entend que Louis l'est aussi. Et que vous avez obligatoirement eu affaire à elle au moment où ces enfants sont nés. Pourquoi en avez-vous volé un et laissé les deux autres dans la nature, ça, je l'ignore. Cependant, c'est forcément ainsi que les choses se sont passées.

« Cela confirmait que vous étiez nécessairement au fait des tendances vicieuses de votre frère. Et n'en avez rien empêché. Peut-être vous êtes-vous rendu coupable d'une de ces agressions, mais rien ne l'indique. Aucune des filles libérées ne vous a jamais reconnu. Vous êtes tout dévoué à vos usines et à vos maudites étoffes. Rien d'autre ne vous motive que ces fils de soie qui coulent dans vos veines. Alors quoi, quel était votre bénéfice dans cette affaire ?

« J'ai tenté de considérer les choses sous un angle différent. J'ai imaginé que ce pouvait être vous, le véritable cerveau de cette affaire : vous paraissez tellement plus lucide et plus subtil que votre défunt frère… Qu'est-ce qui, dans cette ignoble entreprise, pouvait servir les intérêts des Soieries ?

« Et j'ai compris : la main-d'œuvre infantile. Cette chair à tisser, docile, malléable, économique, indispensable. Elle se raréfiait progressivement avec l'évolution de la réglementation sur les enfants, l'éducation grandissante de leurs parents, le développement de l'école, et la propre réticence de vos anciennes pensionnaires à imposer à leurs filles l'enfance qu'elles avaient connue ici.

« Voilà pourquoi l'effectif des abandonnés d'Hotonnes a explosé ces quinze à vingt dernières années, alors que rien dans l'urbanisation des montagnes ne le justifiait. Les enfants de ces malheureuses étaient déposés là, en nombre.

« Vous avez privatisé cet orphelinat pour blanchir votre production de bébés. Les garçons étaient destinés aux cuivreries du Bugey et aux mines de phosphate. Les filles, elles, partaient pour les Soieries Perrin, comme la petite Victorine. Personne ne réclamerait jamais ces orphelins. Comble de l'optimisation, certaines des filles seraient même recyclées plusieurs années plus tard. Arrivées en âge d'enfanter, elles seraient enlevées à leur tour par votre frère et deviendraient ainsi d'éternelles pensionnaires de votre manufacture secrète…

« Car cet abominable endroit, si honteux que vous l'avez dissimulé sous la terre, n'était pas un harem.

« C'était une ferme, une usine, une fabrique à bras.

« Où l'on cultivait les bébés comme des légumes,

où vous laissiez les filles se faire ensemencer par vos partenaires, poussés par leurs bas instincts. Il est même possible, dans leur illusion de toute-puissance, qu'ils aient pris du plaisir à contribuer à la création de leur propre personnel. L'argent dérobé des dots était directement transmis à l'orphelinat où les nourrissons atterrissaient. Ainsi, il n'y avait aucune trace d'aucun transfert dans vos comptes, susceptible de vous relier à Hotonnes. Ces pauvres filles avaient travaillé des années dans vos murs, pour financer elles-mêmes leur propre captivité, ainsi que l'entretien futur de leur progéniture. Avez-vous poussé le cynisme jusqu'à équiper vos sinistres cabanes des trousseaux que vos victimes avaient constitués pour leurs noces ?

« Vous maîtrisiez toute une filière de production : la matière première, la fabrication et la transformation, la valorisation, et même le recyclage. Vous avez inventé un système perpétuel, cyclique, qui vivait de ses propres spoliations, et vous conférait un avantage discret mais certain sur vos concurrents. C'est… brillant autant qu'effroyable.

Pendant tout cet exposé, Philibert n'a pas bronché, les yeux rivés aux photographies. Subitement, une lueur folle traverse son regard fixe.

— N'imaginez pas les détruire, précise Claude. Je les ai déjà montrées aux gendarmes. Et je leur ai exposé ma théorie. Contrairement à ce que j'aurais pu concevoir, ils m'ont écoutée, et ils m'ont crue. Ils se font fort d'obtenir la confirmation de Berthelier, qui semble de plus en plus disposé à collaborer. D'ailleurs ils sont là, dehors, qui attendent mon signal. Mais, avant qu'ils n'arrivent, peut-être pouvez-vous m'expliquer ce qu'il est advenu de Constantin et d'Alfred. Edgar et moi avons été les seuls à nous intéresser à leur cas. Et il me semblerait juste que vous ne les laissiez pas disparaître à jamais sans un motif valable. Je suis là, Philibert. Et je vous écoute. Profitez-en.

— Me croirez-vous si je vous dis que je suis désolé ? Que la réussite de cette machination m'a totalement dépassé, au point de ne plus pouvoir l'arrêter, et que son succès m'a débordé ?

La question n'exige aucune réponse. Il soupire et consent :

— Tout a commencé il y a un peu plus de vingt ans. Marcelle, la femme que j'avais épousée fort jeune, avait de grandes difficultés à tomber enceinte, et cela me désolait. Mais enfin, elle a fini par l'être. Cette miraculeuse grossesse en était à un peu plus de six mois quand un jour que nous étions à Lyon pour une soirée à l'Opéra, elle a été prise de contractions. On l'a transportée à l'Hôtel-Dieu, juste à côté, mais elle a souffert d'une terrible hémorragie et elle a perdu conscience. L'enfant lui a été extirpé par la chirurgie, mort-né. C'était un garçon. J'en étais désespéré et je redoutais le moment où il faudrait le lui dire.

« C'est alors qu'un proche de mon frère, le jeune Édouard Rambau, est venu me chercher. Une affaire fort grave requérait ma présence de toute urgence à Saint-Jean-le-Vieux. J'ai donc chevauché le reste de la nuit, pour aboutir au parc de Varey, dans une des anciennes caves du château. J'y ai trouvé une femme, sur un lit de paille, en grand état de faiblesse, Mercier à ses côtés.

« Il m'a expliqué qu'elle venait juste d'accoucher de jumeaux. Mon frère venait à l'instant de les emmener en vue de les noyer dans une rivière quelconque. J'ai rapidement compris qu'Étienne avait enlevé cette femme plusieurs mois auparavant, aux Soieries, l'avait enfermée, et l'avait violentée.

« Alors que nous étions là, Mercier et moi, près de la couche ensanglantée, elle a été prise de nouvelles contractions. À notre grande surprise, un troisième enfant est arrivé. Il était chétif, à peine viable selon le médecin, mais il était là. Et alors qu'il me le tendait pour s'occuper de la malheureuse, elle a rendu son dernier souffle.

« Une idée déraisonnable m'est alors venue, tandis que je tenais cette forme tiède dans mes mains. J'ai fait jurer à Mercier de garder le secret, et j'ai décidé de conserver l'enfant, sans rien en dire à quiconque. Pas même à Étienne ni à Marcelle.

« Je suis retourné à Lyon, avec le bébé. Dieu seul sait comment il a survécu à ce voyage, mais j'ai pris ce miracle comme un signe d'encouragement.

« Lorsque Marcelle est revenue à elle, j'étais là, et j'ai pu lui montrer l'enfant qu'elle avait eu. Sa fragilité pouvait le faire passer pour un prématuré. J'ai promis que Mercier le suivrait jour et nuit. Puis nous avons quitté l'hospice sans demander notre reste, avec une donation suffisamment généreuse à l'établissement pour que personne ne nous interroge ou ne cherche à nous retenir.

« Marcelle s'est consacrée corps et âme à Louis, avec l'aide de ma mère. Pourtant, à compter de cet épisode, elle n'a plus jamais été la même. Une peine indicible l'avait envahie, qui ne l'a plus jamais quittée. Je soupçonne qu'au fond elle connaissait la perte de son véritable enfant, ignoré de tous, et ne s'en remettait pas.

« Après cet événement, Étienne est demeuré vaguement contrit quelques semaines. À peine plus.

J'ai compris que ses instincts ne le laisseraient jamais en paix, et nous non plus. Nous avions déjà étouffé une première affaire de viol, et le décès d'une autre malheureuse en couches, que nous avions roulée dans un tapis avant de l'enterrer dans le parc. Il était illusoire d'espérer qu'il s'en tienne là. Il recommencerait, c'était une certitude. Mais il était mon frère, et il n'en était qu'au début de sa vie !

« Je ne pouvais de toute évidence pas le contraindre ; le dénoncer, encore moins. La renommée des Soieries en aurait souffert. J'ai donc décidé qu'il était préférable de cadrer son addiction, plutôt que de la laisser libre. Je lui ai intimé l'ordre de jeter son dévolu sur des orphelines, que personne ne chercherait, et de limiter ses prélèvements à une ou deux filles par an, au maximum.

« Pour nous aider, nous avons payé les services de l'instituteur de la commission. Il était tendre, et rassurant. Au tout départ, il ignorait le devenir de ces femmes auxquelles il mentait quand il leur faisait miroiter le mariage rêvé. Il supposait de simples vols de gages tandis qu'il se faisait passer pour un gentil fiancé.

« Il y eut une, puis trois femmes au château de Varey. Certaines tombaient enceintes, me plongeant dans la plus grande angoisse : je rechignais à occire des bébés, moi qui avais eu tant de mal à devenir père. J'ai alors compris comment tirer parti de cette situation. J'ai décidé de confier les nourrissons à un orphelinat excentré, avec l'engagement de nous les restituer lorsqu'ils seraient en âge de travailler.

« La réglementation venait de changer, et de porter l'âge minimal de travail de huit à douze ans. Tous les industriels y ont vu un brusque frein à leur développement ; moi, j'y ai vu une opportunité. Il suffisait de nous arranger avec l'orphelinat pour modifier certaines dates de naissance, notamment pour les garçons. Mercier fournirait les certificats d'aptitude physique adéquats, et l'instituteur les certificats d'études primaires que la loi exigeait désormais. Au départ, le professeur a tenté de refuser, mais quand il a su ce qu'il était advenu des femmes qu'il avait aidé à piéger, il a eu peur, et nous a obéi en tout.

« Il nous fallait plus de place pour mettre en œuvre ce projet. Le château de Varey n'y suffirait pas et ne serait pas assez discret. Je m'en suis ouvert à Berthelier, qui venait de fermer sa mine d'Ochiaz, non sans y avoir découvert un incroyable gouffre. Il ambitionnait de l'ouvrir aux visiteurs. Mais en fin de compte, mon idée l'a emporté. Il a exigé de pouvoir contribuer à la fécondation des filles, et a réservé une partie des garçons de l'orphelinat. Édouard Rambau, l'héritier des cuivreries qui avait secouru Étienne la première nuit, était également désireux de participer à l'entreprise. Il récupérerait le reste des garçons "produits", pour ses industries près de Cerdon.

« On a donc équipé les anciennes mines de quelques cabanes. L'eau du lac fournissait l'indispensable, et de la nourriture était descendue régulièrement par l'oculus central. Les déchets remontaient par le même biais.

« On a exhumé le premier corps, celui qui avait été enterré à Varey. Il a été transféré dans les galeries désaffectées, cela me semblait plus sage. D'autres l'ont rejoint, bien indépendamment de notre volonté. Mais il y a eu quelques infections, des couches avec complications… Et les années ont passé, au rythme des nouvelles cabanes de bois.

— Aucune d'entre elles n'a jamais tenté de fuir ?

— Il y a bien eu des résistances plus fermes que d'autres, quelques tentatives, mais rien de vraiment déterminant. Vous savez, ces femmes avaient été formées à l'obéissance depuis leur naissance ; d'abord à l'orphelinat puis au pensionnat. Elles n'avaient jamais rien connu d'autre. Mais pour limiter encore ce risque, Étienne et moi avons profité des grands travaux qui ont suivi l'incendie des ateliers en 1888. Nous avons modifié le Ménage, et créé un couloir dans un mur à double fond. Étienne s'en servait pour repérer les pensionnaires les plus calmes et les plus sages, parmi les orphelines. Je préférais cette prudence à son habituelle observation insistante. Même s'il a parfois échappé à ma vigilance.

« Petit à petit, les filles étaient de plus en plus nombreuses, et vieillissaient avec nous. Mercier avait remarqué qu'elles étaient souvent réglées de concert, ce qui devait aider à identifier les jours propices à leur fécondation. Mais en réalité, Étienne et ses acolytes faisaient une interprétation très large des indications transmises par le médecin. Ils ont même eu l'idée d'inviter quelques amis dans leur "écurie", comme ils l'appelaient. Ces quelques visiteurs étaient conduits à la caverne avec un cache sur les yeux pour ne pas être tentés de moucharder.

— Pourquoi ont-ils fait cela ? C'était un peu risqué, non ?

— Parce qu'il commençait à y avoir beaucoup de femmes à ensemencer, parce qu'ils se lassaient de certaines d'entre elles, qui vieillissaient ou s'étiolaient. Parce que je ne parvenais pas réellement à décider de nous débarrasser d'elles, encore toutes en âge d'enfanter.

« Et parce que c'était là une façon de s'assurer un moyen de pression sur des personnes qui pouvaient compter dans nos affaires. Par ces procédés, nous avons tissé un petit réseau d'influence, censé être à même de nous protéger.

Claude le voit hésiter, puis se lancer.

— Vous savez, parmi ces invités, il y eut Edgar Roux, une fois, m'a-t-on dit. Il a été emmené là-bas par mon frère, pour l'aider à oublier la perte de sa femme. Et, croyez-le ou non, il ne s'est pas fait prier. Par la suite, il a été bien difficile à l'inspecteur divisionnaire de procéder au contrôle de nos industries, vous comprenez. Du reste, il ne l'avait jamais fait jusqu'à cette année.

Claude reste de marbre, elle ne veut pas donner à Philibert le plaisir de l'avoir blessée.

— Je vois. Entre cette complicité passive d'Edgar, et le fait que vous maîtrisiez la commission du travail pour l'avoir investie à la suite de vos parents, vous vous gardiez de la curiosité des pouvoirs publics. Et combien y en eut-il en tout, de ces bébés ?

Philibert baissa les yeux.

— J'ai arrêté de compter à trois cents…

— Mon Dieu…

— Et nous en avons déjà récupéré la moitié dans nos usines, sortis d'Hotonnes, formés et conditionnés. Bien nourris, soignés, solides. Savez-vous que, dans la classe populaire, la mortalité infantile au cours de la première année d'existence dépasse les trente pour cent ? Nous, nous l'avons presque éradiquée.

« Quoi que vous en pensiez, avec nous ces enfants avaient un destin. Une formation, des soins, et, pour l'immense majorité d'entre eux, un avenir et même un pécule. Nous avions commencé à nouer des relations avec des partenaires parisiens, prêts à offrir de nouveaux débouchés à nos petits travailleurs. Le manque de main-d'œuvre est cruel dans la capitale, alors que Paris se transforme et que les grandes expositions décuplent le potentiel des industries.

— À vous entendre, vous êtes un bienfaiteur de notre époque… raille Claude. Croyez-vous que ce soit là l'avis des femmes que vous avez enfermées et impunément violées ?

— À peine quarante femmes, sur toutes celles que nos usines ont sauvées de la fatalité, de parents indigents, des maladies, de l'oisiveté et de la misère. Nombre d'entre elles auraient de toute façon été abusées dans l'existence qui les attendait. Par un père, un frère, un voisin. Beaucoup seraient peut-être déjà mortes, malades ou folles.

« La plupart des nôtres sont restées en vie. Je comprends que la chose vous choque, vous êtes une femme. Mais si vous faisiez abstraction des limites de la moralité, vous admettriez que l'idée avait au moins un mérite : elle donnait du sens et de la valeur aux instincts primitifs des hommes, comme à la faculté procréatrice des femmes.

Claude ne prend pas la peine d'argumenter. Elle n'est pas là pour ça.

— Constantin, Alfred, que leur est-il arrivé ?

— L'année dernière, par le plus grand des hasards, j'ai fait une visite professionnelle à la tréfilerie de Trévoux. Je devais acheter des bobines de fil d'or, pour nos tissages. Et je l'ai vu, là, mon propre fils, en train de tirer les bâtons de cuivre dans cet atelier… Alors j'ai compris. Étienne n'avait pas tué les jumeaux, comme il l'avait promis.

« J'ai interrogé mon frère, je l'ai poussé dans ses

retranchements, et il a fini par avouer. Il n'avait pas pu se résoudre à s'en débarrasser et les avait abandonnés à des orphelinats. Des établissements distincts et éloignés, pour ne pas attirer l'attention. Oh, il ne les avait pas épargnés par grandeur d'âme, mais plutôt par lâcheté, et par narcissisme : ces rejetons étaient la seule production personnelle qu'il pouvait revendiquer, au fond. De mon côté, j'ai dû confesser à mon frère que Louis, son neveu, était l'un de ces enfants. Et que l'existence même de ses frères bâtards nous menaçait tous.

« Nous nous sommes alors trouvés contraints de faire ce qui aurait dû être fait vingt ans plus tôt. À l'occasion d'une nouvelle visite à la tréfilerie, pour récupérer notre commande, nous avons attiré Constantin dans l'atelier, après son travail. Nous l'avons étouffé de nos mains avant de le pendre pour simuler un suicide.

« Il a été moins aisé de retrouver Alfred Bourgeois. Mais Étienne se souvenait de l'orphelinat où il l'avait déposé, à Pont-d'Ain. C'est ainsi que nous avons suivi sa trace jusqu'aux glacières. Nous lui avons proposé un travail important aux Soieries, qu'il devait tenir secret. Puis, nous lui avons donné rendez-vous au bord du lac pour finaliser nos accords, et nous l'y avons noyé.

« Je pensais que cela suffirait. Nous avons été rassurés lorsque nous avons appris qu'Edgar Roux était sur ces deux affaires. Nous l'imaginions incapable de remonter jusqu'à nous. Puis, lorsqu'il s'est présenté à Saint-Jean-le-Vieux, nous ne nous sommes pas plus méfiés. Avec ce que nous savions de lui, et ce qu'il avait fait, nous étions certains qu'il nous protégerait. J'ai cru en avoir la preuve, lorsqu'il est venu dîner chez nous, et qu'il a feint de ne pas reconnaître Louis, ni Étienne…

— Oui, confirme Claude. Je l'ai compris dans la grotte, quand j'ai vu que votre frère ne le visait pas lui, mais moi. Il n'arrivait toujours pas à l'imaginer en adversaire… Il lui a reproché d'avoir des états d'âme. Mais ce n'était pas cela : je pense qu'il ignorait simplement à quel point Edgar était atteint par cette étrange sénilité.

Claude précise, autant pour elle-même que pour Philibert :

— Je crois que l'esprit d'Edgar s'était appuyé sur son affliction mentale pour tout oublier de l'épisode dont il s'était rendu coupable plusieurs années auparavant, à l'époque où le départ de sa femme l'avait rendu fou de rage et où il avait préféré la croire morte. Il avait connu trop de traumatismes, et à un moment donné, sa conscience a utilisé la maladie naissante pour enfouir les souvenirs de ce temps et les rayer de sa mémoire.

— Comme quoi, mademoiselle Tardy, vous constatez vous aussi que les défaillances humaines peuvent avoir du bon. Car c'est là une amnésie bien confortable… J'aurais aimé en être atteint également, murmure Philibert comme pour lui-même avant de poursuivre : Cette religieuse nous inquiétait plus qu'Edgar. Elle avait mis le doigt sur la disparition d'une pensionnaire et s'en était ouverte à ma mère. Cette dernière en avait prévenu mon père qui, comme d'habitude, m'a transmis le dossier. Lui, tout ce qui l'intéressait, c'était les congrès et les voyages.

« Avec l'aide de Berthelier, nous avons donc mis en scène l'exhumation d'un squelette et lui avons fait porter le bracelet de la fille. Nous espérions que cela mettrait un terme aux recherches. Mais apparemment, cela n'a pas suffi. Il a fallu que le neveu de la religieuse soit découvert par Mercier en train de fouiller dans les archives. Parallèlement, on avait appris par une de nos sources que la mairie d'Hauteville avait été interrogée sur un mariage qui n'avait jamais eu lieu.

« Nous avons alors décidé de détruire tous les dossiers. C'est Étienne qui s'en est chargé. En toute sincérité, nous ignorions que le comptable se trouvait encore aux archives ce soir-là. Étienne est tombé dessus par hasard, ils se sont battus, et mon frère l'a assommé. Il avait été reconnu, aussi a-t-il laissé le comptable sur place quand il a mis le feu. Nous n'avions pas d'autre solution. Mais cela non plus n'a pas suffi. En réalité, je me rends compte à présent que rien n'aurait pu suffire.

« Contrairement à ce que j'ai toujours cru, il est des situations qui nous échappent, finalement.

Philibert est arrivé au bout de sa confession. Mais elle ne l'a pas transformé. Il est toujours le même, calme, maître de lui, exempt de tout remords. Machinalement, il rapproche l'une de l'autre les deux photographies qui l'ont confondu.

— Mademoiselle Tardy, cela changerait-il quelque chose à votre appréciation si je vous disais que je n'ai, pour ma part, jamais violenté aucune de ces femmes ?

Claude se lève de l'inconfortable chaise de fer. Elle la replace avec délicatesse, et considère Philibert un moment, de toute sa hauteur :

— Oui. C'est encore pire.

# ÉPILOGUE

*C'est dans l'effort que Dieu se manifeste ; Et la vertu est Sa plus grande récompense.*

Sœur Grimonie fait lire à haute voix aux nouvelles recrues la devise des Soieries qui marque toujours l'entrée dans l'usine. Mais le buste de César Perrin a disparu. Il a été récemment déboulonné par les nouveaux propriétaires de l'usine. Ils lui ont préféré une Vierge Marie toute fraîche, qui ouvre ses bras nus aux arrivants.

Au-dessus de la porte d'entrée vers les bureaux, une pancarte annonce le changement : COMPAGNIE NATIONALE DE TISSUS DE QUALITÉ. C'est là l'identité du consortium qui a racheté l'endroit à César Perrin, après que son fils aîné eut été arrêté, et condamné aux travaux forcés à vie. Il aurait été guillotiné s'il n'avait pas porté son nom. Mais les intérêts supérieurs de la France exigeaient que l'on ne traitât pas de la même manière un bandit de grand chemin et un fils de bourgeois, symbole de l'excellence nationale.

Nul n'ignorait à présent que Philibert avait été l'un des instigateurs des rapts, viols et assassinats qui avaient ébranlé l'endroit l'année précédente. Les exactions des deux frères avaient frappé d'horreur toute la communauté et, au-delà, la nation jusqu'à Paris. Pléthore de journalistes avaient défilé pendant de longs mois devant les grilles des Soieries, régulièrement repoussés par l'aumônier.

Olympe avait alors convaincu son mari de vendre l'industrie familiale pour protéger ce qui restait de leur nom : le mieux que l'on pouvait espérer, à présent, était que l'on oublie. Il en allait de l'intérêt de Louis, le pauvre garçon qui s'était découvert une bien cruelle origine, en même temps qu'il perdait un oncle, un père, et deux frères inconnus.

Étrangement, les révélations qui secouèrent le département eurent le même effet sur Marcelle, la belle-fille d'Olympe. Elle put enfin donner une explication au mal-être qui l'habitait, et finit par le combattre. Elle surprit tout le monde par son opiniâtreté et son nouvel optimisme. Comme si elle pouvait enfin se relever, maintenant qu'elle ne pliait plus sous le poids du secret, ni sous celui du cynisme de son époux.

Ce qui restait de la famille Perrin était parti s'installer dans les Cévennes, dans un vieux domaine abandonné, qu'Olympe et Marcelle se faisaient fort de restaurer. Louis décida d'y cultiver des mûriers et d'y élever des vers à soie, revenant ainsi aux origines de leur lointaine histoire collective.

Sœur Grimonie considère avec une joie non dissimulée les six nouvelles internes, qui rejoignent le pensionnat aujourd'hui. Elles sont les premières depuis bientôt un an. Car durant toute cette malheureuse période, plus personne n'a voulu confier d'enfants aux Soieries, pas même les orphelinats.

Les commandes se sont effondrées, et par conséquent la production. Le diocèse a réduit de moitié le contingent de religieuses affectées à l'endroit. Et encore, l'accord passé avec la Compagnie nationale de tissus de qualité prévoit qu'il diminue progressivement, jusqu'à ce que l'entreprise récupère la responsabilité intégrale de la gestion de ses jeunes pensionnaires.

Les nouveaux propriétaires ont décidé de restreindre le nombre des internes au profit d'ouvrières externes, plus expérimentées. Pour qu'elles ne perdent pas de temps en déplacements, on est en train de construire de l'autre côté de l'enceinte des petites maisons dans lesquelles les ouvriers pourront loger. Tout un quartier est en devenir, là où débouchait, il y a à peine un an, un tunnel secret reliant le Ménage à la rivière.

Avec des métiers mécaniques, on produira de moins en moins de soie pure, au profit de produits plus diversifiés et élaborés : des façonnés aux incrustations chatoyantes, des velours, et des satins de coton. Les tissages classiques seront principalement réalisés à domicile, par des ouvrières qui ne mettront quasiment jamais les pieds à l'usine et utiliseront des métiers à bras.

« C'est dans l'effort que Dieu se manifeste ; Et la vertu est Sa plus grande récompense », répète tant bien que mal la dernière nouvelle. Les autres pouffent à l'entendre, car elle lit avec difficulté.

— Ne t'inquiète pas, la rassure la religieuse. Il y a maintenant une école à l'usine. Tu pourras parfaire ton apprentissage de la lecture.

Alors que sœur Grimonie poursuit la visite, son trajet lui rappelle sœur Placide, qui excellait dans l'accueil des pensionnaires. Elle ne saurait l'imiter, maintenant que tant de choses ont changé. Elle présente les ateliers, les bâtiments de la Forge, de la Filature, et enfin, le Ménage, objet de nombreux fantasmes après les révélations de l'affaire l'an passé.

Le petit groupe pénètre dans le bâtiment et fait le tour des étages. On découvre les grandes salles de réfectoire, les espaces de récréation et d'école, on baisse les yeux devant les Vierges muettes, toujours flanquées dans les coins, en hauteur.

Elles n'ont jamais rien révélé de ce qu'elles avaient vu.

On visite les dortoirs, bien que la moitié d'entre eux ne soient plus utilisés. On a notamment condamné le niveau de sœur Grimonie, au dernier étage, en attendant de lui donner une nouvelle fonction. La fidèle religieuse a donc récupéré celui de sœur Placide, au premier.

Lorsque le tour est fini, les pensionnaires reçoivent l'ordre de se rendre au bâtiment de la Filature, pour y être accueillies par les contremaîtresses. Celles-ci leur expliqueront les différentes étapes de préparation du fil, et les équipes où elles seront affectées. Désormais, la filature n'occupe plus que deux étages sur les quatre, les autres étant dévolus au stockage des matières et aux nouvelles archives.

Les filles disparaissent, tandis que la religieuse rejoint le réfectoire pour aider les cuisinières à la préparation de la prochaine collation. Elle croise la mère supérieure qui la salue chaleureusement : c'est une des nouveautés de la situation. Pour une mystérieuse raison, les relations entre les occupants des lieux se sont considérablement détendues. Avec les pensionnaires et entre elles, mais également entre les religieuses. À croire que le nombre et la concentration laissaient moins de place à la cordialité. Une fois le réfectoire prêt pour la collation, sœur Grimonie quitte la cantine et entame l'ascension pour rejoindre son dortoir. Elle doit s'assurer que tout est prêt pour accueillir les nouvelles.

Tout d'un coup, alors qu'elle grimpe péniblement l'escalier en écrasant la rampe à chaque pas, elle entend clairement des rires qui descendent les marches. Parvenue à son étage, elle stoppe sa progression et tend l'oreille. Elle distingue maintenant, très nettement, des pas étouffés. Ils s'éloignent et se rapprochent, comme si de petits pieds parcouraient le dortoir désaffecté dans un sens et dans l'autre, à toute vitesse.

La colère la saisit. Ce n'est pas parce que les châtiments corporels sont désormais proscrits et le tutoiement de rigueur qu'il faut imaginer une relâche générale !

Sœur Grimonie gravit le niveau supplémentaire qui la sépare de ces effrontées, qui ont manifestement préféré poursuivre leur exploration plutôt que de se rendre à la Filature comme on le leur avait ordonné. La religieuse regrette l'absence de sœur Placide. Avec elle, il n'était jamais vraiment besoin de gronderie.

Elle débouche au dernier étage et entre résolument dans son ancien dortoir. Vidé de ses lits, il ressemble à une salle de bal, dans laquelle on aurait bizarrement entreposé des lavabos dans le fond. Elle ouvre la bouche, prête à formuler des remontrances.

Mais reste interdite.

Personne.

Sœur Grimonie retient son souffle et croise les bras. Elle ne prend conscience du froid ambiant que lorsqu'elle s'avance, avec prudence, dans la longue pièce, qui paraît maintenant anormalement dénudée.

Il n'y a plus de miroirs sur le mur de gauche. Après les événements, le passage secret a été détruit. Pour faire la preuve de sa disparition, des fenêtres ont également été ouvertes sur le côté nord.

Les battements de cœur de la religieuse résonnent dans le volume vide. Elle voudrait les calmer, mais n'y parvient pas. Quel est ce prodige ? Aurait-elle rêvé ? Non, elle a bien entendu des rires, et des pas, qui venaient de cet endroit précisément. Et personne n'aurait pu quitter l'étage sans qu'elle le croise.

Elle avance encore, même si elle sait que c'est inutile. Il n'y a nulle part où se cacher, hormis peut-être au milieu des rangées de lavabos, puisqu'ils reposent sur des murets.

Dans un effort surhumain, elle se contraint à se rendre jusque-là. Mais le pire pour elle, c'est qu'elle sait déjà qu'elle n'y trouvera rien.

Les nouvelles recrues sont bien à la Filature.

Maintenant qu'elle est arrivée au bout de la salle déserte, elle avise la porte d'entrée, et s'estime bien trop loin d'elle. Dieu seul sait pourquoi, elle se convainc que cette dernière va se refermer d'un coup, dans un claquement brutal, la piégeant entre ces murs. Si elle s'écoutait, elle ferait le chemin inverse en courant, mais elle n'ose pas.

Elle se sent observée, ne veut pas que cela se voie.

D'un air faussement détaché dont elle ressent le ridicule, elle fait mine d'observer les parois, les sols et les fenêtres en retournant lentement vers l'entrée. Négligemment, comme si elle effectuait un contrôle de propreté. Sur le mur nord tout neuf, les récents enduits ont effacé les multiples graffitis qui tailladaient les surfaces plâtrées depuis probablement plus de soixante ans. Tout est net et immaculé.

Alors, pourquoi distingue-t-elle déjà de fines griffures dans le plâtre, au-dessus des plinthes flambant neuves ?

Malgré l'affolement qui accélère son flux sanguin et la dope d'adrénaline, elle ne peut s'empêcher de s'approcher des petits traits gravés dans la cloison, exempte de toute marque par ailleurs.

Sœur Grimonie constate que des bâtons maladroits forment des lettres en s'entrecroisant, et les lettres des mots. Il y en a six au total :

LOUISE

ANNETTE

BERTHE

CLAIRE

MARGUERITE

Et le dernier,

JEANNE.

## NOTE DE L'AUTEURE

Des tireurs d'or ont œuvré dans la tréfilerie de l'ancienne argue royale instituée à Trévoux jusqu'à la Première Guerre mondiale.

A priori, aucun d'entre eux ne s'est suicidé.

Le lac de Sylans sera exploité à partir de 1864 par Joachim Moinat, un cafetier de Nantua qui comprit rapidement l'intérêt de la glace pour l'export. La Société des glacières de Paris rachètera l'entreprise en 1868. L'entreprise déclinera à partir de 1910, et d'autant plus avec la Première Guerre mondiale.

Patrice Jacquet y a vraiment travaillé, même s'il n'a pas connu les aventures qu'on lui attribue ici. Son arrière-petit-fils, Sylvain Poncet, fait encore visiter les ruines des glacières aux passionnés.

Des mines de phosphate de chaux ont bien été exploitées à Bellegarde, au-dessus du château de Mussel, de 1871 au milieu du XXe siècle.

En revanche, les mines d'Ochiaz n'ont jamais existé. Une grotte assez comparable à celle décrite dans ce roman se visite à Cerdon.

Les Soieries Perrin de Saint-Jean-le-Vieux ont été

créées pour le besoin de l'histoire. Mais leur description et leur fonctionnement général sont librement inspirés des usines Bonnet, à Jujurieux, situées juste à côté.

Le complexe de Jujurieux est entré en fonction en 1837. De 137 ouvrières en 1841, l'effectif était passé à 657 en 1881. Le buste de l'entrée, les bâtiments, l'incendie de 1888 (et la légende de l'interne qui se suicida à la perte de son trousseau), la présence des sœurs de Saint-Joseph, les métiers décrits sont véridiques même si romancés.

Certains de ces bâtiments existent encore, et se visitent. Un musée passionnant retrace la vie quotidienne d'une des plus célèbres usines-pensionnats du XIX^e^ siècle.

Les femmes ont toujours représenté au moins un tiers de la population active. Le corps des inspecteurs du travail n'est pas le seul où elles furent longtemps sous-représentées.

Les limites qu'on leur impose dans cette histoire sont réelles. Tout comme le fait, au début du XX^e^ siècle, d'amputer les programmes scolaires des filles de certaines matières scientifiques, ou de l'apprentissage du latin.

En 1896 en France, on estime encore à 12 % de la population active, au moins, la part des jeunes de moins de dix-huit ans employés dans les usines.

Aujourd'hui encore, l'Ain est le premier département industriel de France : 23 % de sa population active travaille dans ce secteur (contre 13 % dans le reste du territoire).

Pour le reste, toute ressemblance avec des événements ou des personnes ayant réellement existé serait parfaitement fortuite. Et l'auteure confirme avoir pris des libertés historiques avec certains faits et règlements (composition des commissions départementales, domiciliation du divisionnaire, localisation des orphelinats, etc.).

# REMERCIEMENTS

Un roman, et en particulier un premier roman, est une aventure collective. Et cette histoire doit beaucoup à de nombreuses personnes.

En premier lieu, je remercie mon éditeur pour sa confiance.

Ensuite, je suis infiniment reconnaissante à tous ceux qui ont un jour compilé leurs savoirs dans des livres, essais, mémoires, qu'ils soient sociologues, historiens ou chercheurs. Grâce à leurs travaux, il est possible de redonner vie, de la manière la plus sincère possible, à une époque et à ceux qui la firent.

Je remercie Sylvain Poncet, guide du côté de Nantua, pour ses apports sur les glacières de Sylans ; le musée des Soieries Bonnet, et en particulier Jean-François Dupont, ancien gareur (technicien spécialiste de la préparation des métiers à tisser) des soieries, pour ses conseils avisés et généreux ; Cécile Gerbe-Servettaz et ses équipes, aux archives départementales de l'Ain.

Je remercie mon mari, pour son indéfectible optimisme et son soutien sans faille ; ma fille, et mes beaux-enfants pour former une tribu positive et inspirante ; ma mère, qui met à disposition ses talents de professeure de français pour corriger mes premières fautes ; tous ceux, famille, amis, qui m'ont lue, et encouragée à faire mentir les statistiques en confiant mon manuscrit à la chance, et notamment, pêle-mêle : Carole (et ses remarques pertinentes), Yann, Audrey, Laetitia, Corinne, Jorge, Emmanuel, Louis-Christophe, Marie-Hélène, Isabelle, Maud, Chantal, Christian, Christine, et tous les autres !

#lisez engagé !
www.lisez.com
Pour plus d'information :
Imprimé sur du papier issu de forêts gérées durablement.

10/18 – 92 avenue de France, 75013 PARIS

*Imprimé en France par*
CPI Brodard & Taupin

N° d'impression : 3055608
X08296/01